解味红楼

陈继征 著

西安交通大學出版社
XI'AN JIAOTONG UNIVERSITY PRESS

图书在版编目(CIP)数据

解味红楼 / 陈继征著. -- 西安 : 西安交通大学出版社, 2023.12
ISBN 978-7-5693-3521-7

Ⅰ. ①解… Ⅱ. ①陈… Ⅲ. ①《红楼梦》研究
Ⅳ. ①I207.411

中国国家版本馆 CIP 数据核字(2023)第 216386 号

书　　名　解味红楼
　　　　　JIEWEI HONGLOU
著　　者　陈继征
责任编辑　魏照民
文字编辑　张治国
责任校对　赵怀瀛
封面设计　伍　胜

出版发行　西安交通大学出版社
　　　　　(西安市兴庆南路 1 号　邮政编码 710048)
网　　址　http://www.xjtupress.com
电　　话　(029)82668357　82667874(发行中心)
　　　　　(029)82668315(总编办)
传　　真　(029)82668280
印　　刷　西安五星印刷有限公司

开　　本　700mm×1000mm　1/16　　印张　16.125　　字数　213 千字
版次印次　2023 年 12 月第 1 版　　2024 年 3 月第 1 次印刷
书　　号　ISBN 978-7-5693-3521-7
定　　价　79.00 元

如发现印装质量问题，请与本社发行中心联系。
订购热线：(029)82665248　(029)82665249
投稿热线：(029)82668133　82664840
读者信箱：897899804@qq.com

作者简介

陈继征，河南长垣人，西安交通大学教授。1962年西北大学中文系毕业，参军到总参三部任参谋，有25年军旅生涯。1986年转业到西安交大，从事中国古代文学教学与研究。出版著作有《红楼梦艺术论》《三国演义智谋论》《中外名著精义》《莘莘学子读红楼》《理工大学写作》《中国古代文学简史》等9本。2001年3月退休。

作者简介

陈维礼，河南长垣人，西安交通大学教授。19[illegible]年毕业于北大学中文系。[illegible]。1960年[illegible]西安交大，从事中国古代文学教学与研究。[illegible]《红楼梦》[illegible] [illegible] 2001年[illegible]月退休。

这是我 84 岁身染重病的情况下写的一本书。我把它作为我生命最后的一点光和热奉献给我深爱的祖国和人民，以报答党对我 60 多年的教育培养之恩。

——作者题记

书前心语

这本书的写作，既是我长期的积累，也出于偶然的机缘。我13岁初涉《红楼梦》，虽读不懂书中的诗词和文言段落，采取跳读的方式阅读，却还是被它那趣味盎然的情节故事和一个个鲜活的人物所吸引，不知不觉成了《红楼梦》的爱好者，一直到80多岁，仍痴爱不减。退休之前，不管多忙，都要抽空阅读，断断续续，不记得读了多少遍。每次读都有新的收获、新的认识、新的理解、新的意会，而集中到一点，就是反复体会书中的人生之味和艺术之趣。虽然也写过两本论红学艺术的书和几篇论文，但觉得仍没有从深处、细处去探讨研究《红楼梦》的艺术性，没有领略其奥妙，就是说没有真正解味。20多年来，"解味红楼"这个梦想一直在心里盘旋。

古人云："得之于倾俄，积之于平日。"此言不虚。一天，我对老伴说，我心里还揣着一个梦。老伴说："我知道，就是你常念叨再写一本有关《红楼梦》书的事。不是我给你泼冷水，你都不想想，都84岁了，又身染重病，别再累着了，好好治病，好好休养，保住老命要紧！"我对她说，我这个病，不疼不痒，不痛苦，不难受，也能吃能睡；透析吃药，维持得还好。我写作，有事干，精神有寄托，活得有意义，可能有利于健康。她见我说得有理，又如此坚执，也就不劝阻了，但提出了条件：一天只许半天写作，不得加班加点，更不许开夜车。我都一一答应。我能体会她的心意，但她却不知道我内心的想法，我是在实现18岁入党时的誓言：为党的事业——共产主义奋斗终生！我一直认为，人活着的价值和意义，就是创造和奉献。我要把我生命的最后一点光和热献给党、祖国和人民。

一写起来，竟然感觉精神亢奋，思维敏捷，左右逢源，充满激情，灵感也不时袭来，进展很是顺利。连我自己都感到惊愕，耄耋重病之人，竟会出现这种情况，自然既惊且喜！

这本书主要是写给青年《红楼梦》爱好者和初涉红学者，针对他们遇到的普遍问题，采取对话式文体（如“红楼晤语”）写成，但大部分内容却不适合这种体式，不能深入细致地阐明问题，也显得单调，易使读者产生阅读疲劳，所以多数内容仍采取分章论述。

我在写作过程中，尽量避免空泛议论，而是紧密联系作品内容进行分析，以使行文有骨有肉，观点和结论在分析阐述中得出。这样就难免引文要多一些，但绝不是拿来充数，望读者谅之。

写这本书的本意，是要回答曹雪芹提出的“谁解其中味”的拷问。虽然我试图从不同角度和层面尽力加以阐述解析，但因能力水平所限，不知能解得几何。以耄耋之年、老朽之体，著成拙著，名利二字早已飞去九天，只要对读者略有助益，也就聊以自慰了。

共读西厢

序言　谁解其中味

满纸荒唐言，一把辛酸泪。
都云作者痴，谁解其中味？

曹雪芹在《红楼梦》开卷第一回中题的这首绝句，既慨叹他著书的意图可能不被人理解，甚至担心他的书会被人误解或曲解，同时又给读者出了一道题：看谁能真正解书中之味？好像这是一种预见，300 多年的红学史证明，曹雪芹的慨叹和担心不是多余的，反而恰恰被他言中。一代代的读者和红学家，对《红楼梦》作了各种各样的解释：索隐派把它作为“笨谜”来猜，牵强附会，歪曲了它；考证派则把它作为曹雪芹的“家史”和“自传”来考证，虽然有某些积极意义，却使它远离了文学；点评派，特别是曹雪芹的亲人脂砚斋、畸笏叟等人，对著书的背景和情况曾透露了一些“天机”，也有一些精彩的点评，但似乎并没有真正理解曹雪芹著书的意图和苦心。例如脂砚斋说：“乐极生悲，人非物换，竟是到头一梦，万境归空，是全书的总纲。”这显然不是曹雪芹著书的主旨，也违背《红楼梦》的现实主义内容和客观效果。以上三派都没有真正读懂《红楼梦》，更不用说“解味”了。此后的各种评论和鉴赏，更是流派纷呈，见仁见智，莫衷一是。这说明要真正“解味红楼”，谈何容易！

《红楼梦》为什么这样难以解读呢？这有以下三方面原因。第一，它实在太博大精深了，超过了我们每一个人的头脑和心灵。《红楼梦》不是一般的文学名著，而是一部中华文化经典，涵盖了中国封建社会的各个方面——政治、经济、文化、教育、科举和各种典章制度、礼节礼仪、社风民俗等，它写了各个阶级、各个阶层、各行各业的各种各样的人物，反映了各种社会生活、不同的生活环境和生活方式，它容纳和积淀了传统文化的各种因素——儒、释、道等三教九流，以及园林、建筑、服饰、饮食、医学医药、诗词歌赋、琴棋书画、博弈百戏等，无所不包，无所不有，而且写得那样高超绝伦，叹为观止。所以《红楼梦》被称为“形象的封建社会史”“生活的百科全书”。它所传载的知识和信息量几乎超过了我们每一个人的知识范围，就是说，没有一个人能熟悉这一切。不熟悉自然不理解，不理解何言解味？第二，它写出了社会生活的深度和人性的深度。曹雪芹虽不是哲学家和思想家，但他以艺术家特有的敏锐感悟和丰富经验，洞悉了封建社会的各个方面和内里，认识和把握了它的某些规律，看出了它必然灭亡的趋势。他写封建社会如庖丁解牛。在曹雪芹的心目中，封建社会这头“牛”是通体透明的，“未尝见全牛也”；他解剖它，是“以神遇，而不以目视，官知止而神欲行。依乎天理，批大郤，导大款，因其固然”。所以封建社会的方方面面在他的笔下既显得纷纭复杂，又通体透明，并且呈现出从未有的深度。这不仅是一般作家难以企及，也使读者不易理解和把握的。再者，曹雪芹知人性之广之深，可以说超过了人类学家和心理学家，而且描写得那样入情入理，精微绝妙，表现出了人性的丰富性、复杂性和灵魂的奥秘，这更不是随便就能领略的。第三，为了躲避文网，作者不得不写得隐晦曲折，所以运用了象征、隐喻、谐音、谶语、谜语和诗词歌赋，以及烟云模糊、背面敷粉、反面春秋、草蛇灰线、声东击西、一击数鸣、注此写彼、目送手挥等各种艺术手法，将作者的思想表达得曲折委婉，含而不露，使《红楼梦》具有通体含蓄的风格，引起读者丰富的联想和各种生活体验。一方面它经得起反复推敲和分析，十分耐读；另一方面也易产生歧义和异议，会引出不同的解释。这也是形成诸多“红楼之谜”的原因。

以上这些，便都增加了阅读的难度。一般的书我们读一遍就可洞悉无遗，而《红楼梦》没有人能读一遍就完全了解，甚至读多遍也未必真正能懂。《红楼梦》的这一特性，让人百读不厌，常读常新。每次读，都会有新的发现、新的理解、新的意会、新的领悟。它是一本非常耐读的书。这也正是它具有永久生命力的原因。

莱辛在《拉奥孔》一书中说：“艺术家的作品之所以被创造出来，并不是让人一看了之，还要让人玩索，而且长期地反复玩索。”曹雪芹说，他的书“说来虽近荒唐，细玩颇有趣味”。这两位异族异代异域的大师，他们的艺术见解竟是惊人的相似，都道出了艺术的基本规律。他们都劝人们对艺术作品要反复“玩索”或“细玩”。“玩索”与“细玩”这两个词其实是一个意思，就是多读、精读、深研，读深读透，进而反复玩索、仔细品味，才能享受到其中的人生趣味和艺术之美。

《红楼梦》伟大深厚的意蕴，不是在文字的表面，而是在文字的背后，甚至是在文字之外。我们只有不断地阅读，认真地欣赏，反复地把玩，细细地品味，才能真正读懂《红楼梦》，也才能真正“解味”，不辜负曹雪芹的苦心和期望。

《解味红楼》这部小书，是我多年研读《红楼梦》的心得体会。题为“解味”，实是一种追求的理想和目标，是对曹雪芹的“谁解其中味”拷问的一次响应和试探，力求尽量接近曹雪芹的真意，未敢说真“解味”也。因为《红楼梦》实在太丰富、太复杂、太深微、太精妙了，不是哪一个人——即使是一个红学大家所能穷尽的，更何况我这样的平凡之人呢。而且这红楼之味，不同的人来解，会解出不同的味来。所以我这书，只是一家之言、一人之味，仅供红学家和《红楼梦》爱好者参考而已。

本书写作的初衷，是希望帮助青年《红楼梦》爱好者克服阅读中的难点，能读懂《红楼梦》；在读懂的基础上，进一步读深读透，能领会其中的人生之味和艺术之美。所以首先解开红楼梦的一大谜团——后四十回的作者和评价问题。由于这个问题非常复杂，一般人不掌握有关史料，不知道它的来龙去脉，所以用较大篇幅加以论证阐述。接着还专门设了一章“红楼晤语——答疑解难”，一一解答青年读者阅读中普遍遇到的问题，以扫除障碍，并加深理解。其他各章，则都围绕《红楼梦》的艺术性，特别是艺术手法和美感效应进行论述，以探讨它的艺术魅力和妙趣，从而窥视作者是怎样写作《红楼梦》的，为何写得那样精致美妙，有什么“高招”和“诀窍”，在艺术上有什么突破与创新，从而受到人生的启迪和艺术美感享受。

目录

Contents

上　篇

中　篇

下　篇

上篇

第一章

“无材补天”创新天

《红楼梦》虽不是曹雪芹的自传，却是带有自传性的小说。这部小说主要是以曹雪芹家族的盛衰家史为背景，根据曹雪芹自己的人生经历和体验而创作出来的。所以比之于《三国演义》《水浒传》等作品，《红楼梦》就带有更强的作家个性，这是不容置疑的。何况文学作品是由心灵创造出来的，原始的创作素材、书中的所有内容，都被作家的思想感情所浸润，被他的写作意图所规范和改造，都被心灵化了，作品变成了心灵的产品，具有了作家的精神品格——在某种意义上说，曹雪芹化作了《红楼梦》，或者说《红楼梦》就是曹雪芹“心灵的身体”(黑格尔：“作品是作家心灵的身体。”见《美学》)。因此从这个意义上说，《红楼梦》就是曹雪芹的人生史、心灵史，也可以说是曹雪芹的特殊意义的“自传”。

李白说“天生我材必有用”，又说“大道如青天，我独不得出”。曹雪芹也像李白一样，是个伟大的天才而又意识到自己是天才的人，他希望做出一番事业，实现自己的理想抱负。然而，他的世界观、人生观和理想追求，他的叛逆性格，这一切都与封建传统、封建礼教格格不入，他不愿也不可能去补封建社会的“天”；当时的主流社会并不认可他，排斥他，遗弃他，他就像《红楼梦》里的那块石头一样被弃而不用，“无材补天”。石头既是贾宝玉的象征，也是曹雪芹和天下怀才不遇的失意文人的共同遭遇。他想，我这块石头，如果没被炼过，也就罢了。我是被女娲炼过的，我也是有灵性有能力的，我也想去补天，为何却被弃而不用？所以心有不甘，但又无可奈何，日夜哭泣悲哀。曹雪芹就是怀着这样悲愤的心情，在极其困苦的情况下，以惊人的毅力和卓异的天才，创造了一个千古不磨的艺术的新天——《红楼梦》，来表现他的理想，实现他的人生价值。马克思说："人不仅在意识中以理智的方式，而且也以实际活动的方式，复现了他自己，从而在自己所创造的那个世界中观照自己。"（《马克思恩格斯选集》第一卷）我们也可以说，曹雪芹正是在自己创造的艺术世界里观照、追忆、回味和认识自己的一生的，认识和批判他所处的那个社会和时代，同时也展现了他的理想——大观园就是他创造的桃花源。

孟子说："读其书，吟其诗，不知其人可乎！"我们要解读《红楼梦》，深解其味，就要了解它的作者曹雪芹；反之，只有真正读懂了《红楼梦》，也才能更深刻地认识曹雪芹。

一、悲剧人生

我以为要认识曹雪芹，必须了解他所处的时代和社会，了解他所成长的家庭环境和他的生活道路、命运遭遇，了解中华传统文化对他的熏陶和滋养，以及他个人的禀赋才情。因为正是由这些因素共同铸成了他的人格和才能，并且对他的文学创作产生了决定性的影响。

作家是时代的儿子。作品是社会生活在作家心灵中能动反映的产物。作家身上必然凝聚着时代的精神，并体现在他的作品中。曹雪芹所处的时代是十八世纪初中期（1715—1763），这正是所谓的"康乾盛世"，但若从整个封建社会来看，其实是封建社会的后期。即使在清朝，也是处于由盛而衰的时代，一个社会转型的时期。自满族入关，定鼎中原，到康雍乾时期，清王朝已历百载，经过几代的经营，确已达到了鼎盛。据历史记载，当时国家空前统一，版图辽阔，人口众多，生产发展，社会繁荣，生产总产值竟占世界近乎四分之一。清帝国可谓世界上最强盛的国家，四方来朝,八方进奉,赫赫扬扬,不可一世。然而正是这个“盛世”,却被清初思想家黄宗羲看作是“天崩地解”的时代。这是为什么呢?原来在这繁荣景象之下,隐伏着各种矛盾:农民与地主的矛盾,统治者与被统治者的矛盾,满族与汉族以及其他少数民族的矛盾,而且这些矛盾日趋激烈。除了这些封建社会固有的矛盾之外,又出现了封建社会从来不曾有过的新矛盾——市民阶级与封建制度的矛盾,而且日趋尖锐。从历史发展来看,封建社会延宕了两千年之后,到了最后一个朝代清朝,已是强弩之末,就要寿终正寝了,这是不可抗拒的历史规律。1840年发生的鸦片战争,标志着清帝国从此便江河日下,走向衰落。所以“康乾盛世”的繁荣,不过是封建社会无限好的夕阳光辉。这种时代特征和社会现状,早被曹雪芹所认识和发现。艺术家的敏感和直觉,有时会超过哲学家和思想家的认知。杜勃罗留波夫就曾大赞莎士比亚比哲学家所揭示的真理还多,发现了人的灵魂,道出了人们仅仅意识的东西……(《杜勃罗留波夫选集》第二卷)。曹雪芹就是这种伟大的天才。

家庭环境对一个人成长的影响是很重要的。因为曹雪芹受的家庭教育和生活习俗的熏染,从幼年一直到成年,那是深入骨髓的,而且时代精神、社会思潮和世俗民情,往往通过家庭对他产生直接的影响,所以要认识曹雪芹,还必须了解他的家世。胡适的《红楼梦考证》、周汝昌的《红楼梦新证》和冯其庸的《曹雪芹家世新考》等,对曹雪芹的家世考证可谓详且备矣,这里无需赘言。我只想用鲁迅先生的一句话概括之:曹雪芹“生于繁华,终于零落。一生经历,绝似石头”。曹雪芹的曾祖母是康熙的奶妈,曹雪芹的祖父曹寅是康熙的奶弟和伴读,由此可见曹家与皇族的特殊关系。曹雪芹的曾祖父曹玺、祖父曹寅和父辈曹頫等四代,一直任江南织造,官职虽不高,却是一个“肥差”,而且还负有监督江南官吏的“特殊”使命,是康熙的心腹和耳目神。康熙六次南巡,曹家接驾了四次。可见富贵已极,但也埋下了祸患——康熙死后,雍正执政不久,曹家就被抄家,从此便一败涂地。13岁的曹雪芹随家由南京迁到北京,渐次沦为庶人,过着清贫的生活。他在城里待不下去,又迁到西山脚下,以写字卖画糊口。从曹雪芹的朋友敦敏、敦诚兄弟和张宜泉的诗里可以看出,他晚年生活十分清贫窘迫,竟然到了衣食不济、伸手借贷的地步:“全家食粥酒常赊”,“卖画钱来付酒家”。一个人由贫贱到富贵,会觉得顺风顺水,一切都很自然,对人生不会有深刻的体会和认识;但若是一个人由富贵到贫贱,那他对自己的遭际就会刻骨铭心,对人生的滋味会有更深的体会,对他生活的那个社会有更清楚的认识。记得鲁迅大致说过这样的话:有谁是从小康坠落下来的,那他更能看清世人的真面目。从“锦上添花,烈火烹油”之盛到“树倒猢狲散”家破人亡,从锦衣玉食到“全家食粥”,从养尊处优到被人鄙视嫌弃,那才能尝到人生百味,特别是“辛酸”的滋味。曹雪芹可能曾有过贾芸向其舅舅赊贷被拒和受数落的相似经历,有过刘姥姥打秋风的那种自卑感受。这种巨大的生活落差,昔日的种种情景,他所经历的人和事,总是时时浮现眼前、聚在心头。“燕市哭歌悲遇合,秦淮风月忆繁华”(敦敏诗《赠芹圃》)、“都来眼底复心头,辛苦才人用意搜”(永忠《因墨香得观〈红楼梦〉小说吊雪芹三绝句》)、“劝君莫弹食客铗,劝君莫叩富儿门。残杯冷炙有德色,不如著书黄叶村”(敦诚《寄怀曹雪芹》),他的家世和经历,使他动心忍性,也成为他创作《红楼梦》的物质的和心理的基础,也可以说,如果没有这种家境的巨变,没有这种特有的经历和感受,他是写不出《红楼梦》的。

五千年的中华传统文化,是哺育曹雪芹的精神乳汁;曹家的家学,特别是其祖父曹寅对他产生了直接的影响。曹寅博学多才,是当时著名的作家、戏剧家和诗人,著有《楝亭诗钞》《楝亭词钞》和数本戏剧,家有戏班,他还曾粉墨登场。此外,他受康熙指令,负责校刊《全唐诗》《佩文韵府》等经典,家有藏书十万余卷。曹雪芹虽没有见过他祖父,却在精神上一脉相承。他天赋甚高,勤奋好学,博览群书,并直接继承了祖父的文化遗产(《红楼梦》中写到演出的《续琵琶记》,即是其祖父所著)。我们从《红楼梦》里可知,曹雪芹知识极为渊博,仅文学领域来说,无论诗词歌赋、戏曲弹词、民歌童谣,各种文体,无所不能,无所不精。这是他能写出《红楼梦》的又一重要原因。

二、旷世奇才

孟子说“五百年而王者生”。这是说历史上出现一个伟大人物很不容易。像曹雪芹这样的旷世天才,可能更难。《红楼梦》不是出现在别代,而是出现在封建社会的最后一个朝代——所谓的清代“康乾盛世”;也不是出现在别的人家,而是钟鸣鼎食,有着赫赫扬扬的家世,已历百载的江南望族、后又被抄家而一败涂地的曹家;曹家人颇多,不是别人,而是曹雪芹。可见伟大天才的出现是有特定条件的。如前面所述——深厚的生活阅历、高度的文化素养和天才禀赋。那么,曹雪芹的天才主要表现在哪些方面呢?

他对事物有总体感,善于从总体上把握事物,这是高级才智的标志。曹雪芹能把庞大复杂的事物看得清清楚楚。如对封建社会,对人口众多、事情繁杂、如同乱麻一般的曹府,能够理得一清二楚。他举重若轻,化难为易,“治大国如烹小鲜”,如庖丁解牛,如凤姐协理宁国府,所谓“能着不难”。如果条分缕析,曹雪芹的天才主要表现在如下三个方面。

第一,博闻强记,有丰富的想象力和创造力。人对有兴趣的事物才能记住。曹雪芹的兴趣极其广泛,他的目光和心灵能够关注到各种事物上去,并且能牢牢地记住。这是创造的基础。进而展开丰富的联想和想象,进行创造性的思维和组合,巧妙构思和塑造人物。《红楼梦》里的人和事,可能都是他亲历、亲闻的,他在创作《红楼梦》时,正如“都来眼前复心头,辛苦才人用意搜”所述,所以写出来,就像生活本身一样真实。

第二,他具有敏锐的观察力和极强的洞察力。他是时代的先觉者,也是艺术的创新者。还在“康乾盛世”时,他就已发觉封建社会衰败的必然趋势,同时也看到了资本主义的萌芽,以及市民阶层的出现。曹雪芹的初步民主主义思想,比他更早或同时期的哲学家、思想家黄宗羲、顾炎武、唐甄、戴震、颜元等产生的还要早,并通过贾宝玉、林黛玉等艺术形象表现出来。他富有独创性,如鲁迅先生所说:“自有《红楼梦》出来以后,传统的思想和写法都被打破了。”

第三，他有极强的表现力。他是语言大师，又有高超的艺术技巧。他那支神来之笔，点铁成金，化腐朽为神奇，不仅把人间，甚至把神界、仙境、地狱里发生的事情都能呈现出来。他笔端带情，触处生春，一片神行。他将散文、戏曲、诗词歌赋、民歌民谣等各种文体巧妙地运用到《红楼梦》的创作中，取得了很好的效果。写人神形兼备，栩栩如生，数十上百个人物，个个活蹦乱跳，各有个性，毫不雷同，能从千万人中认出他来。写事，千头万绪，井然有序，严丝合缝，浑然一体，把平凡琐碎的日常生活写得妙趣横生，颇有兴味。写景写境，美景如画，意境全出，诗意盎然，如在目前，如处其中。奇矣神矣，雪芹之笔！

三、研血为墨，滴血成字

在封建社会，写书是没有稿酬的，正如李白所说："吟诗作赋北窗里，万言不值一杯水。"就是说作文无利可图。在曹雪芹的时代，写小说不但无利可图，也无名可沽。因为那时小说被列入稗官野史之流，难登大雅之堂，为正统社会所鄙视。不仅如此，如稍不注意，触了文网，还会大祸临头，轻者坐牢，重者杀头。那么，曹雪芹为什么要在衣食不继、穷困潦倒中，冒着文字狱的危险坚持写《红楼梦》呢？在《红楼梦》第一回中，作者作了含蓄的交代：

此开卷第一回也。作者自云：因曾历过一番梦幻之后，故将真事隐去，而借"通灵"之说，撰此《石头记》一书也。故曰"甄士隐"云云。但书中所记何事何人？自又云：今风尘碌碌，一事无成，忽念及当日所有之女子，一一细考较去，觉其行止见识，皆出于我之上。我堂堂须眉，诚不若彼裙钗。我实愧则有余，悔又无益，大无可如何之日也！当此日，欲将所赖天恩祖德，锦衣纨绔之时，饫甘餍肥之日，背父兄教育之恩，负师友规训之德，以至今日一技无成、半生潦倒之罪，编述一集，以告天下，知我之罪固多，然闺阁中历历有人，万不可因我之不肖，自护己短，一并使其泯灭也。故当此蓬牖茅椽，绳床瓦灶，未足妨我襟怀；况对着晨风夕月，阶柳庭花，更觉润人笔墨。我虽不学无文，又何妨用假语村言，敷衍出来，亦可使闺阁昭传，复可破一时之闷，醒同人之目，不亦宜乎？故曰“贾雨村”云云。更于篇中间用“梦”“幻”等字，却是此书本旨，兼寓提醒阅者之意。

我少时读《红楼梦》，往往把这一段轻轻读过，不以为意；成年再读，方意识到此乃是极重要、绝不可忽视的一段话，是比其他所有材料更为可贵的第一手材料。作者在这段自白里，透漏了他的心迹，告诉读者他为何要写《红楼梦》这部小说。我们应该细心体会和深刻领悟作者的苦心。

据我的理解，这段话有三层意思。一是说《红楼梦》写的是他曾经历过的“一番梦幻”，不是事实。所谓“梦幻”，就是他由“锦衣纨绔，饫甘餍肥”的贵族生活，到“蓬牖茅椽，绳床瓦灶”的贫民生活的巨变。这种荣枯盛衰的遽变，使他感到人生和世事的无常，如梦似幻，迷离恍惚，醒来却无路可走，如今再追忆变幻莫测的人生，方有所悟。其实对于悟性极高的作者，其感悟自是异常的广深。所以他所写的就是他人生经历的体验和感悟，是他的心路历程，即他所经历的“一番梦幻”，而不是实录其事，不是他的自传。所谓“将真事隐去”“假语村言”，就是把他的人生经历和大量素材作了艺术的改造和熔铸，并且是用艺术的手法和语言写成的小说。他还反复提醒读者，不要把书中的内容当成真事看待，如果那样，就会弄成“假作真时真亦假，无为有处有还无”的笑话（这里的“假”是指艺术的真，这里的“真”是指生活的原貌）。二是抒发他“半生潦倒，一技无成”的悔恨、悲愤、不平与不甘。曹雪芹是个伟大天才，并是意识到自己天才的人，他像李白一样，坚信“天生我材必有用”，一生中会有大的作为，定能实现自己的人生价值。然而生不逢时，他那异端的思想，他那豪放不羁、蔑视权贵的叛逆性格，自然与当时的社会格格不入，为传统势力所不容。天才的悲剧都是因他们的思想超前，不为世人理解，又被当权者排斥而造成的。曹雪芹曾以石头自况，说那石头自经锻炼，灵性已通。可见它是可用之石，有能力补天，却被遗弃不用。因无材补天，不得入选，日夜悲哀。这不仅是曹雪芹的悲苦，也是千古怀才不遇文人的共同浩叹！一个伟大天才，却被社会所排斥、所遗弃，弄得碌碌无为，一技无成，这是怎样的人生悲剧！是怎样难以忍受的精神痛苦！这让人想起李白失志后发出的“大道如青天，我独不得出”的怒号，那种“停杯投箸不能饮，拔剑四顾心茫然”的神态；想起司马迁遭宫刑的奇耻大辱而使他“肠一日而九回，居则忽忽若有所失，出则不知所往”的迷惘情状。由此可以想见，曹雪芹灵魂的巨大痛苦。

他为什么要在衣食不济、穷愁潦倒、痛苦不堪的情况下要写《红楼梦》呢？正如李贽在《焚书·杂说》中所说：“世之能文者，比其初非有意为文也。胸中有如许状可怪之事，其喉间有如许欲吐而不能吐之事，其口头又时时有许多欲语而不能告人之处，蓄之既久，势不可遏。一旦见景生情，触目兴叹，夺他人之酒杯，浇自己之块垒；诉心中之不平，感奇数之千载。”这是说积之既久，发之必薄；喷薄而出，势不可遏。潘德舆在《金壶浪墨·读〈红楼梦〉题后》中说：“吾谓作是书者，殆有奇苦积郁在于文字之外者，而假是书以明之。”刘鹗在《老残游记·序》中说：“《离骚》为屈大夫之哭泣；《庄子》为蒙叟之哭泣；《史记》为太史公之哭泣；《草堂诗集》为杜工部之哭泣。李后主以词哭，八大山人以画哭；王实甫寄哭于《西厢记》；曹雪芹寄哭于《红楼梦》。”二知道人在《红楼梦说梦》中说：“蒲聊斋之孤愤，假狐鬼以发之；施耐庵之孤愤，假盗贼以发之；曹雪芹之孤愤，假儿女以发之；同是一把辛酸泪也。”这些先贤之言，都道出了一个共同的真理：伟大的不朽之作，都是仁人志士发愤而为，用血泪写成的。

其实，古代的那些天才的杰作，多是在极不利于创作的情况下产生的。正如司马迁所历数的：“盖文王拘而演《周易》；仲尼厄而作《春秋》；屈原放逐，乃赋《离骚》；左丘失明，厥有《国语》；孙子膑脚，《兵法》修列；不韦迁蜀，世传《吕览》；韩非囚秦，《说难》《孤愤》；诗三百篇，大抵圣贤发愤之所为作也。人皆意有郁结，不得通其道，故述往事、思来者。乃如左丘无目，孙子断足，终不可用，退而论书策，以舒其愤，思垂空文以自见。”这也是司马迁的自况。他说：他被处腐刑，“所以隐忍苟活，幽于粪土而不辞者，恨私心有所未尽，鄙陋没世而文采不表于后世也。”曹雪芹因胸中郁积着无限悲愤，有无数块垒不吐不快；他有一种喷薄欲出、难以抑制的创作激情；他要写出他所爱的真善美和他所憎的假丑恶，以及他的向往和理想。他不甘心自己的一生碌碌无为，决心实现自己的人生价值。所以他说：“蓬牖茅椽，绳床瓦灶，并不足妨我襟怀；况那晨风夕月，阶柳庭花，更觉润人笔墨。”他能以旷达的心胸、爽朗的精神和泉涌的灵感进行创作。三是说他要“为闺阁昭传”。曹雪芹在追忆往事时，觉得并非一切都是灰暗的、肮脏的、可悲的，也并非只有悔恨和自责，还有值得为之哭、为之笑、为之悲、为之叹、为之歌的人和事，但使他梦绕魂牵、永难忘怀的是那些美丽纯洁的众女儿，他要为她们“昭传”。曹雪芹觉得，他的一生中什么也没有留下，唯有他对众女儿的那段“痴情”和永远斩不断的“情根”，深深扎在他的心里，他甘愿为之献身。他的八斗之才，他的全部心血，都倾注于《红楼梦》的创作，以泄其愤，以明其志。但是，他始终未料到，不仅写出了“千红一哭，万艳同悲”的大悲剧，而且也写出了盛世危言、形象的封建社会史和一部百科全书式的伟大著作。

“字字看来皆是血，十年辛苦不寻常。”曹雪芹创作《红楼梦》，“研血为墨，滴血为字”“披阅十载，增删五次”，那是一本“用血写成的书”。他为之付出了全部心血和生命。可惜“书未完，芹为泪尽而逝”，留下了千古不磨的伟大杰作，成为中华文化中的瑰宝，让中华儿女代代珍玩，受益恒久。

第二章 关于《红楼梦》后40回的作者和评价问题

我把有关《红楼梦》后 40 回的文章放在最前面，是因为我们研究的对象是人民文学出版社出版的 120 回本的《红楼梦》，而不是仅 80 回的《石头记》，这就必然牵涉到争论颇多的《红楼梦》后 40 回。我们要评论得正确，就要对它有个全面准确的了解和认识。将本章内容放在前面，是希望读者先读到它，然后才能从容深入地去领略后面的内容，并非有意主次颠倒，望读者谅之。

一、《红楼梦》后 40 回非高鹗续作

在中国古典小说中，争论最多也最为激烈的要数《红楼梦》了。人们把那些争论不休的问题称作“红楼之谜”。在这些“红楼之谜”中，最大的也是须首先解开的“谜”，乃是后 40 回的作者究竟是谁的问题。因为这关系到《红楼梦》的著作权和对整部小说评价的问题，自然也影响广大读者对《红楼梦》的理解和认识。不少红学家评论《红楼梦》时，仅涉及前 80 回而置后 40 回于不顾，也许以为这样避开比较稳妥。然而，二百多年来，社会通行的是 120 回本的《红楼梦》，一般读者都把它当作一部完整的作品来读，这是一个客观事实。那么，一部小说，只评论它的前大部，而置后部于不顾，怎么能评论得全面和准确呢？怎么能满足广大读者对整部小说

的正确认识和理解的需要呢？这也说明首先弄清《红楼梦》后 40 回的作者的重要性和必要性。

（一）程伟元没有作伪欺世

程甲本编印之前，120 回本《红楼梦》既已流传。许多红学家对《红楼梦》后 40 回的作者问题都非常重视，他们认真考证，深入研究，力求解开这个《红楼梦》“首谜”，然而却各持己说，莫衷一是。到目前为止，主要说法大致有五种：一曰高鹗续作，二曰曹雪芹原稿，三曰高鹗根据曹雪芹残稿补缀而成，四曰曹雪芹的某一亲人据其残稿补续而成，五曰另一人（非芹非鹗）所作。五说之中，影响最大、最为流行的是“高续说”。它得到了多数人的认同和接受，一般文学史也取此说，人民文学出版社和其他出版社历次印行的 120 回的《红楼梦》，径署“曹雪芹 高鹗 著”，似乎“高续说”已成定论。然而随着新材料的不断发现和研究的深入，越来越证明《红楼梦》后 40 回并非高鹗续作。

为了证明我们这个看法，还必须从“高续说”的始作俑者说起。

最早提出“高续说”的是胡适。在胡适之前，虽然也有几个人说过《红楼梦》后 40 回不是原著而是续作的话，甚至也有人说是高鹗所补，但却语焉不详，并无根据，他们的说法也鲜为人知。直到 1921 年胡适发表《红楼梦考证》，才明确提出《红楼梦》后 40 回系高鹗续作。

胡适在《红楼梦考证》中说：《红楼梦》后 40 回是高鹗补的，这话自无可疑，我们可约举几层证据如下。

（1）张问陶的诗及注，此为最明白的证据。

（2）俞樾举的“乡会试增五言八韵诗始乾隆朝，而书中叙科场事已有诗”一项；这一项不十分可靠，因为乡会试用五言律诗，起于乾隆二十一二年（1757 年或 1758 年），也许那时《红楼梦》前 80 回还没有做成呢。

（3）程序说先得二十余卷，后又在鼓担上得十余卷。此话便是作伪的铁证，因为世间没有这样奇巧的事！

（4）高鹗自己的序，说得很含糊，字里行间都使人生疑。大概他不愿完全埋没他补作的苦心，故引言第六条说："是书开卷略志数语，非云弁首，实因残缺有年，一旦颠末毕俱，大快人心；欣然命题，聊以记成书之幸。"因为高鹗不讳他补作的书，故张船山赠诗直说他补作后40回的事。

除了这四条"证据"之外，胡适还从《红楼梦》后40回与前80回在内容上的种种矛盾和不合，推论"后40回不是曹雪芹做的"，并认为这是比前四条更为重要的证据。所以，实际上胡适是提出了五条证据。

胡适提出的这五条证据，在笔者看来，真正能算作证据的其实只有两条：第一条和第三条。因为第二条胡适自己已作了否定；第四条只是他自己的感觉和推测，算不上什么证据；最后一条只能说明"后40回不是曹雪芹做的"，而不能作为是高鹗续书的证据。在胡适的证据中，最具实质性、最关键的问题只有一个，即程、高在序言和引言中是否说了谎话，是否作伪欺世。如果这个问题解决了，甚至张问陶的诗及注，也就不言自明，《红楼梦》后40回是否高鹗续作的问题也就迎刃而解了。

胡适的考证是不是合乎事实，是不是"铁证"？为了使广大读者了解事情的真相，笔者只好不避冗长之嫌，将程、高的序言和引言列述于后，然后作一些分析判断。

程"序"说：

《红楼梦》小说……原目一百廿卷，今所传只八十卷，殊非全本。读者颇以为憾。不佞以是书既有百廿卷之目，岂无全璧？爰为竭力搜罗，自藏书家甚至故纸堆中，无不留心。数年以来，仅得廿余卷。一日偶于鼓担上得十余卷，遂重价购之。欣然翻阅，见其前后起伏，尚属接笋，然漶漫不可收拾，乃同友人细加厘剔，截长补短，钞成全部。

高"序"说：

予闻《红楼梦》脍炙人口几廿年，然无全璧，无定本。向曾从友人借观，窃以染指尝鼎为憾。今年春，友人程子小泉过予，以其所购全书见示，且曰："此仆数年铢积寸累之苦心，将付剞劂，公同好。子闲且惫矣，盍分任之！"予以是书虽稗官野史之流，然不缪于名教，欣然拜诺，正以波斯奴见宝为幸，遂襄其役。工既峻，并识末端，以告阅者。时乾隆辛亥冬至后五日，铁岭高鹗叙并书。（以上程、高两序，均列程甲本卷首）

程、高合写的"引言"中说："书中后40回系历年所得，集腋成裘，更无他本可考。惟按其前后关照者，略为修辑，使其有应接而无矛盾。至其原文，未敢臆改，俟得其善本，更为厘定，且不欲尽掩其本来面目也。"后署："壬子花朝后五日，小泉兰墅又识。"（程乙本《红楼梦》卷首）

这真像在打一场官司。我们把"原告"和"被告"的"诉状"摆在这里，是想和广大读者和红学家们一起审理这桩"公案"，以期作出正确的"判决"。

胡适认为程高"作伪"的一个"铁证"就是"程序说先得廿余卷，后又在鼓担上得十余卷，因为世间没有这样奇巧的事！"这到底是"铁证"还是武断？问题的关键是，在程、高于乾隆辛亥年（1791年）冬排印120回本之前，世间是否有120回本流传。如果世间根本不存在120回本，那程、高的话确系作伪欺世，胡适的"铁证"也便成立；如果世间真有120回本，程伟元又是处处留心，竭力搜罗，他完全有可能搜罗到。因为偶然得之于必然，幸运往往属于孜孜以求的人。倘果真如此，不仅说明程、高没有作伪欺世，反而会使胡适的"铁证"化为乌有！事实证明，程伟元没有撒谎，他说的是实话、真话。这至少有以下证据。

第一个证据，是周春《阅红楼梦笔记》的记载。

"乾隆庚戌秋，杨畹耕语余云：'雁隅以重价购抄本两部：一为《石头记》，80回；一为《红楼梦》，120回，微有不同。爱不释手，临监省试，必携带入闱，闽中传为佳话。'时始闻《红楼梦》之名，而未得见也。壬子冬，知吴门坊间已开雕矣。兹苕估以新刻本来，方阅其全。"

程甲本排印于乾隆辛亥年(1791年)冬,雁隅至迟已于乾隆庚戌(1790年)秋购得120回抄本《红楼梦》。这说明在程、高本排印之前,世间已有120回本流传。或论者说,这是第二手材料,不足征信。且慢,看看真实情况再说。周春(1729—1815),清朝进士,十年待选,潜研经史,著作甚丰。畹耕是诗人杨芬的字。雁隅是福建巡抚徐嗣曾的字。徐本姓杨,与杨芬是堂兄弟,过继给徐姓;杨又是徐的幕僚。而周春是徐和杨的表兄。他们说的话是可信的,有史料可证。杨畹耕的话说得十分恳切,是其亲闻亲见,所以给周春留下了深刻的印象,他才郑重其事地写入书中。这说明,在1790年前120回《红楼梦》版本已在世间流传,至少比程本早两三年。

程、高在程甲本出版不到七个月,就又不惜工本费用,再版程乙本,有些蹊跷。有的红学家认为,可能是程、高忽然发现这个120回本的《红楼梦》的后40回,比程甲本优越,故取其长而用之,很快就出版了程乙本。两者对照,颇为相似。这个后40回,就是20世纪50年代末发现的《乾隆抄本百廿回红楼梦稿》(简称梦稿本)的后40回,也就是程乙本的后40回,亦即我们现在读的后40回。(关于梦稿本,下文详说)

第二个证据是脂批。我们从脂批中可以看出曹雪芹不仅写了前80回,而且还写了80回以后的若干回,甚至写完了后40回的草稿;只是还未来得及修改定稿他就逝世了。这就是脂批说的:"壬午除夕,书未成,芹为泪尽而逝。"我们这样认为的根据是:①脂蒙本第三回有侧批云:"后百十回黛玉之泪总不出此二语。"庚辰本第四十二回回前总批说:"今书至三十八回已过三分之一有余……","由此两条批语可知曹雪芹至少已写到百十回之后。②己卯本、庚辰本等已有百廿回目录。此时曹雪芹还在世,那目录自然是曹雪芹所拟。《红楼梦》第一回中说:"曹雪芹于悼红轩中,披阅十载,增删五次,纂成目录,分出章回。"从著书的规程说,只有《红楼梦》全书大致写出之后,作者才能"纂成目录,分出章回"。只不过前80回经过"披阅""增删",已成定稿;而后40回尚属草创,还未修改罢了,甚至还有个别章回待补。这时曹雪芹“泪尽而逝”。事实上脂砚斋、畸笏叟等人都读过 80 回以后的内容。如脂批中披露的“薛宝钗借词含讽谏,王熙凤知命强英雄”,“花袭人有始有终”等内容,在后 40 回里是有所反映的;脂批中甚至还说到“悬崖撒手”“情榜证情”等情节,则可知全书已基本写完了。或曰:为什么脂砚斋所披露的“三十余事”在《红楼梦》后 40 回中没有踪影?其实不然,最近我在重读俞平伯先生的《脂砚斋红楼梦辑评》时,意外发现脂批中披露的有些情节在《红楼梦》后 40 回里有体现和照应。这在下面分析明义的咏《红楼梦》诗中可以得到印证。至于“狱神庙红玉茜雪一大回文字”以及“卫若兰射圃”等内容确实没有着落。那也不奇怪。脂砚斋所读的那些草稿,还在修改变动中,后来有的用了,有的废弃了,废弃了的自然不会出现在《红楼梦》后 40 回中。

第三个证据是明义的《题红楼梦》二十首七言绝句。明义是曹雪芹的同时代人,字我斋,都统傅清之子,他是《红楼梦》收藏者弘晓的姐夫。明义之兄明琳、明仁都与曹雪芹有交往[敦敏有诗(芹圃曹君霑别来已一载矣。偶过明君琳养石轩,隔院有高谈声,疑是曹君,急就相访,惊喜意外,因呼酒话旧事,感成长句)。另一个《红楼梦》收藏者墨香(永忠有《因墨香得观〈红楼梦〉小说吊雪芹》三绝句],真名额尔赫宜,是曹雪芹之友敦敏、敦诚的叔父,又是明义的堂姐夫。以上情况说明,明义很可能与曹雪芹相识有交往,他完全有条件读到最早的《红楼梦》抄本。

据考证,明义的《题红楼梦》二十首七言绝句,约作于乾隆三十五年庚寅(1770 年),即曹雪芹逝世后的七八年。其诗前序文说:“曹子雪芹出所撰《红楼梦》一部,备记风月繁华之盛。盖其先人为江宁知府;其所谓大观园者,即随园旧址。惜其书未传,世鲜知者,余见其抄本焉。”从这个序文里,我们至少可以看出以下几点。①明义对曹雪芹的家世、《红楼梦》的创作和流传情况比较了解,说得较为切实。②他所读的《红楼梦》是较早的抄本,还只在亲友中传阅,知之者甚少;虽然没有说他读的抄本《红楼梦》是多少回,却明确地说是“一部”,而没有说仅前 80 回。明义在曹雪芹逝世后仅七八年所读的这部抄本《红楼梦》，它透露的信息可以说既重要，又微妙。

明义的《题红楼梦》二十首七言绝句，与一般的《红楼梦》题咏不同，他不是仅仅抒发感慨，而是几乎每一首都在咏叹《红楼梦》的具体内容，从中可以看出他所读抄本《红楼梦》中的一些故事情节、人物命运和贾府的巨变。这些内容多在今本《红楼梦》中能查对出来。如怡红院嬉戏、宝钗扑蝶、玉钏尝羹、群芳宴怡红等。但有的内容与今本不尽相符，如第三首“潇湘别院晚沉沉，闻道多情复病心。悄向花荫寻侍女，问他曾否泪沾襟”。再如第八首后两句：“留得小红独坐在，笑教开镜与梳头。”（今本是麝月而非小红。这有可能是明义记错了人。）甚至还有各版本中都没有的情节，如第六首：“晚来薄醉帽颜欹，错认蜗儿唤玉狸。忽向内房闻笑语，强来灯下一时嬉。”这些都说明，明义所读的这部抄本《红楼梦》是很早的一种本子，曹雪芹在“披阅”“增删”的过程中，有的故事删去了，有的情节改变了。

以上这些情况尚好理解，而且都是说的《红楼梦》前80回的内容，而第十八、十九、二十等三首，则涉及《红楼梦》80回以后的情节了。这三首诗如下：

第十八首

伤心一首葬花词，似谶成真自不知。
安得反魂香一缕，起卿沉痼续红丝？

第十九首

莫问金姻与玉缘，聚如春梦散如烟。
石归山下无灵气，总是能言亦枉然。

第二十首

馔玉炊金未几春，王孙瘦损骨嶙峋。
青蛾红粉归何处，惭愧当年石季伦。

这三首诗所透露的信息，意义非凡，弥足珍视。现简而析之。第十八首，慨叹林黛玉之死。从诗中可以看出，这是明义读到林黛玉之死的情节后，再回思《葬花词》，突然领悟到，原来《葬花词》就是林黛玉的谶诗啊！“似谶成真自不知”，这既是明义为黛玉慨叹，也是他自己省悟后的认识。当初明义读《葬花词》时，可能也像一般读者一样，仅仅理解为是作者以落花象征红颜薄命，而林黛玉只不过借咏残红以谴悲怀罢了。但看过后面的文字后，细思回想，重新加深对《葬花词》的理解，方知诗中所咏并非泛泛之言，而是黛玉无意中自作的谶诗，如今都成了残酷的现实。诗的后两句是说，他对黛玉之死、宝、黛不能喜结良缘深感惋惜和遗憾，甚至幻想以“返魂香”让黛玉起死回生，与宝玉结合。这首诗所咏黛玉之死的情节，与脂砚斋所作的“看黛玉之逝后”的批语是相合的。

第十九首，咏叹“金玉良缘”的破灭和宝玉悬崖撒手。宝玉与宝钗虽然结为夫妻，实现了所谓“金玉良缘”，但因没有爱情，故无真正的幸福可言，很快便劳燕分飞了，故曰“聚如春梦散如烟”。宝玉弃宝钗而去，并非做了和尚，而是被茫茫大士、妙妙真人夹着去了太虚幻境。“石归山下无灵气，总是能言亦枉然”两句，是说宝玉又化作了一块石头，又回到大荒山无稽崖青埂峰下，回归本真，坦然而卧。这时别说石头已不能言，即使能言，又有何用？这是怨愤至极之语，亦是悲愤至极之语。这首诗所咏情节，与程乙本的内容是一致的。

最后一首，咏叹贾府的破灭，是对贾府彻底衰败后的悲惨情景的总体描绘：王孙瘦损，红粉杳然，当日繁华，富贵风流，皆消没于幻梦轻烟之中。这里的“王孙”当指贾宝玉，亦兼指贾氏诸子弟，他们因穷愁潦倒而瘦损；这里的“红粉”，则是指贾府的十二钗及所有少女，她们都有不同形式的悲惨命运，也已烟消云散。“惭愧当年石季伦”，是说贾宝玉不仅不能保护他所爱之少女，连自身也难保，真像晋朝的石崇不能保护爱妾绿珠而身死那样，深深感到惭恨。这是明义想象中为宝玉一生爱红而不能的悲叹，也是对贾府衰败的慨叹。

从这三首诗所咏内容可以判断，明义所读的这部抄本《红楼梦》，不仅写了黛玉之死，还写了“金玉良缘”的烟散、贾府的衰败，还写了贾宝玉的最后归宿——化为石头回到大荒山。我们把这三首诗所咏情节内容与程乙本后40回对照，不仅一一对应，而且何等相似乃尔！黛玉之死，前面已说："金玉良缘"的破灭，不正是第一一七回"阻超凡佳人双护玉"、第一一九回"中乡魁宝玉却尘缘"中所描写的情节内容吗？（当然，其中可能有补续者的手笔）。第二十首所写内容，则是贾府被抄后的种种惨景，正如鲁迅先生所说："大故迭起，破败死亡之相继，与所谓'食尽鸟飞独存白地者'颇符。"特别是"石归山下无灵气"一句，正是咏的第一二零回贾宝玉归宿的情节。请看此回的有关描写：

（贾政）写到宝玉的事，便停笔，抬头忽见船头上微微的雪影里面一个人，光着头，赤着脚，身上披着一领大红猩猩毡的斗篷，向贾政倒身下拜。……贾政才要还揖，迎面一看，不是别人，却是宝玉。贾政吃一大惊，忙问道："可是宝玉吗？"……宝玉未及答言，只见船头上来了两个人，一僧一道，夹住宝玉说道："俗缘已尽，还不快走！"说着，三个人登岸飘然而去。贾政……只听得他们三人口中不知是那个作歌曰：

我所居兮青埂之峰，我所游兮鸿蒙太空。谁与吾游兮，吾谁与从？渺渺茫茫兮，归彼大荒。

后来甄士隐向贾雨村昭示了贾宝玉的归宿。

宝玉，即宝玉也。那年荣宁查抄之前，钗、黛分离之日，此玉早已离世。一为避祸，二为撮合，从此宿缘一了，形质归一。又复稍示神灵，高魁贵子，方显此玉那天奇地灵锻炼之宝，非凡间可比。前茫茫大士、渺渺真人携带下凡，如今尘缘已满，仍是此二人携归彼处，这便是宝玉的下落。

通过明义这三首诗所咏内容与程乙本后40回的对照，再联系前面所引脂批披露的有关内容，可以肯定地说，明义所读的《红楼梦》之后半部，即程乙本后40回。明义写题《红楼梦》诗的时间约在乾隆三十五年（1770年），那么，他所读的抄本肯定在此之前，这要比程甲本早20多年。应该说这是一个重要的发现。这一发现证明《红楼梦》120回抄本早已流传于世。既然如此，程伟元又是那样孜孜以求，到处搜罗，他就有可能搜罗到，而不是什么“奇巧的事”。

另外，程、高在“引言”中所说的“书中前 80 回抄本，各家互异……繁简歧出，前后错见。即如第六十七回，此有彼无，题同文异，燕石莫辩”等问题，都被红学家的考证一一证实；反之，却没有发现程、高说过一句谎话。

第四个证据是梦稿本（又称杨本）的发现。1959 年在北京古旧书店发现的《乾隆抄本百廿回红楼梦稿》（简称梦稿本），曾引起红学界的轰动。尽管红学家对它有不同的看法，但事实证明，它乃是一切《红楼梦》抄本的母本。有位夏荷先生，他把梦稿本与甲戌本、庚辰本、己卯本、列藏本、程高本等一一对比，发现基本一致。

以上说的是《红楼梦》前 80 回的情况，那么《红楼梦》后 40 回如何呢？范宁先生校阅梦稿本时曾与程、高甲乙本对照，发现这个版本修改后的文字，百分之九十九都和刻本一致（《乾隆抄本百廿回红楼梦稿的跋》）。联系程、高在“引言”中说的“书中后 40 回系历年所得，集腋成裘，更无他本可考”以及“截长补短，补遗订讹”的话，则可知那不同的百分之一，就是高鹗的手笔了。

从以上的考证分析中可以看出，梦稿本是最古老的抄本。在程、高编印程甲本之前，世间确实存在含《红楼梦》后 40 回的 120 回的抄本。

（二）张问陶的诗及注不足为证

仅以以上的事实即可让胡适的“铁证”化为乌有。但因“高续说”延续久远，根深蒂固，胡适又是个红学大权威，不将各种疑点排除，难以让深信者悦服。所以有必要对胡适的另一个“最明白的证据”——张问陶的诗及注剖析一番。其全文如下：

赠高兰墅（鹗）同年（传奇《红楼梦》80 回以后俱兰墅所补）

无花无酒耐深秋，洒扫云房且唱酬。
侠气君能空紫塞，艳情人自说红楼。

逶迟把臂如今雨，得失关心此旧游。

弹指十三年已过，朱衣帘外亦回头。

这首诗是张问陶与高鹗于嘉庆六年(1801年)顺天府乡试任考官时的应酬之作。张、高曾于乾隆五十三年(1788年)同榜中举，故称同年。13年后，又同任考官，得以重逢。“逶迟把臂如今雨”，可见二人13年间并没来往，虽是“旧雨”，实“如新雨”(旧雨即老朋友，新雨即新朋友，典出杜甫诗《秋述》)。这首诗及注有两处为红学家所关注，并成为胡适和“高续说”者的证据。一是题下注，特别是那个“补”字；二是诗中的“艳情人自说红楼”一句。有人认为这个“补”字应作“补作”解，即《红楼梦》80回以后皆高鹗补作。也有人说这“补”字应是“补缀”之义。窃以为只打文字官司是打不清的，而应追溯这“补”的信息之源。很明显，张问陶所说的“传奇《红楼梦》80回以后俱兰墅所补”，这“补”的信息只能来自高鹗。那么，高鹗是怎么说的呢？程、高在引言中说：“因急欲公诸同好，故初印时不及细校，间有纰缪。今复聚集各原本详加校阅，改订无讹。”对于《红楼梦》前80回，则是“广集核勘，准情酌理，补遗订讹”。对于无他本可考的《红楼梦》后40回，“惟按其前后关照者，略为修辑，使其前后有接应而无矛盾”。高鹗《月小山房遗稿》里有一首七绝，题为《重订〈红楼梦〉小说既竣题》，全诗如下：

老去风情减昔年，万花丛里日高眠。

昨宵偶抱嫦娥月，悟得光明自在禅。

作者在标题上说“重订”，订，即订正之义，没有说“补作”或“补续”。参之程伟元的序，则有“乃与友人细加厘剔，截长补短”等语，则“补”的含义就很明确，绝不是“补作”“补续”之义，而是“补订”“补缀”之义。张问陶说的“80回以后俱兰墅所补”，如人的衣服，有了破洞，则加以缝补，叫补缀；只有衣服缺了下半截，才说“续补”。张、高虽为同年，但是13年未见，张问陶对高鹗与《红楼梦》的关系只是道听途说，不甚了了，随口说了补续的话，不足为信。至于张问陶诗中的“艳情人自说红楼”一句，无非是张问陶知道高鹗与《红楼梦》的关系，以赞其对《红楼梦》整理编印问世的贡献。或如人言：“《红楼梦》工于言情，为小说家之别派，近时人艳称之。”张问陶是联类而及高鹗。至于程、高是怎样具体“补订”的，许多红学家做了大量的考证研究，举出众多事例加以印证，我就不赘言了。

关于胡适说的高鹗“不愿完全埋没他补作的苦心，故引言第六条说：‘是书开卷略志数语，非云弁首，实因残缺有年，一旦颠末备俱，大快人心，欣然命题，聊记成书之幸。’”我们的确能从这篇引言和高“序”中看出高鹗“工既峻”的欣喜之情和不欲“没功”的心理。不仅如此，他还专门写诗以志喜，并为自己起了“红楼外史”的别号。他似乎意识到他做了一件功垂千秋的大事，他不止“欣然”，简直有点自豪了，岂止不愿埋没他的苦心！然而，高鹗是个正直的文人，他没有贪天之功为己功，他只是老老实实地承认自己做了“重订”“补遗”的工作。再联系前边所举事实，不是很清楚了吗？

（三）高鹗不可能续作《红楼梦》后40回

从程甲本到程乙本的出版情况看，胡适的“高续说”也是难以成立的。程伟元请高鹗参与编印《红楼梦》的工作，是乾隆五十六年（1791年）春天，程甲本“工既峻”，是该年的“冬至后五日”，即十二月八日，其间只有九至十个月的时间。在这样短的时间里，他们整理编印的是这样一部百万字的巨著：“前80回抄本，各家互异，间有纰缪”“繁简歧出，前后错见”“此有彼无，题同文异，燕石莫辩”；而后40回，则是“涣漫不可收拾”。面对这样一种局面，他们既要“聚集各原本详加校阅，改订无讹”，又要“广集核勘，准情酌理，补遗订讹”；对于后40回，则要“细加厘剔，截长补短”“略加修辑，使其有接应而无矛盾”。仅文字他们修改了多少呢？据统计，全部120回，共改动文字21506字。其中前80回有15529字，后40回有5967字。此外，还要刻字排印，装订成书，真是“卷帙较多，工力浩繁”。能在九至十个月里完成如此浩繁艰巨的工作，已经让人感到吃惊，哪还有时间和精力续写30多万字的后40回？再说续书要比自己创作难得多，特别是续写像《红楼梦》这样的书，那更是难乎其难了；况且高鹗的才情恐怕不如曹雪芹，他又没有曹雪芹的生活经历和体验，怎能在这样短的时间里写出后40回呢？除非他是神仙。

再看看从程甲本到程乙本的演变过程，就更证明高鹗不可能续作《红楼梦》后40回。

自程甲本印成于"辛亥冬至后五日"(1791年12月8日)到程乙本印成于"壬子花朝"(1792年3月23日)，只有100余天。在这样短的时间里，修改了那么多，俞平伯先生说："这在《红楼梦》版本史上是个'谜'。"不过这个"谜"还是俞先生自己解开了。他认为是程、高根据不同的底本整理加工的结果(《谈新刊〈乾隆抄本百廿回红楼梦稿〉》)。窃以为《红楼梦》前80回之所以改动大，是因为抄本众多，"各本互异"，"繁简互出，前后错见"；《红楼梦》后40回之所以改动少，是由于"无他本可考"，并借鉴了梦稿本后40回，而且是他们刚刚整理过一遍。

更令人不解的是，如果《红楼梦》后40回如胡适所说为高鹗续写，怎么高鹗自己写的文字竟然不通？例如，程甲本第九十三回，水月庵事发，赖大问贾芹谁和他不对，书中写道："贾芹想了一想，忽然想起一个人来。且听下回分解。"可是待读者看"下回分解"时，第九十四回却没有了下文。这是什么缘故？如果是高鹗续作，怎么会出现这种情况呢？唯一的解释是，原稿就是这样：或者作者写到这里，思想已飞向了下一回，忘了上下衔接；或者是抄书人粗心大意，漏抄了。高鹗校勘时也没有发现这一"纰漏"，就照排上去了。书印出后才突然发现。于是在程乙本中改成了如下的文字：

贾芹想了一会子，并无不对的，只得无精打采，跟了赖大走回。未知如何抵赖，且听下回分解。

这样一改，就通顺了。这才是高鹗的手笔。这样的例子还有，无须一一列举。但也有相反的情况,即越改越坏,甚至有文理不通之处。如第一零一回,凤姐在大观园夜遇秦可卿鬼魂,内心惊惧,神色大变,急走回家。之后,程甲本有这样一段话:

贾琏已回来了,只是见他脸色更变,不似往常,待要问他,又知他素日性格,不敢突然相问,只得睡了。

看得出来,三个“他”均指凤姐,因为凤姐夜遇鬼魂,所以神色更变;贾琏先已在家,并没有可惊之事,不会“脸色更变”。

从以上事例的分析中可以看出,在程、高编印《红楼梦》之前,世间确实有120回抄本的原稿,程甲本就是在这个原稿的基础上整理编印的,但“因急于公诸同好,故初印时不及细校,间有纰缪”。他们在校勘程甲本时,有的地方看出了“纰缪”,改正了,有的地方自己弄不清,反而将正确的改成错的了。这又进一步证明《红楼梦》后40回非高鹗续作。

(四)结论与猜想

总括全文,我们得出以下结论。通过对周春的有关记载、脂批透漏的有关信息、明义的题《红楼梦》诗二十首(特别是最后三首)和梦稿本的考证分析,用事实有力地证明,在程、高编印程甲本之前,世间确实有《红楼梦》120回抄本流传,后40回是程伟元“竭力搜罗,历年所得”,“集腋成裘,抄成全部”。(其实他们是借鉴了梦稿本的后40回。)他并没有作伪欺世,而说的是真话、实话,从而使胡适的“铁证”化为乌有。我们又对张问陶的诗及注进行了剖析,对他说的“补”字作了追根溯源,证明高鹗从来没有说过“续作”或“补作”的话,这又批倒了胡适的“最明白的证据”。最后,从程甲本、程乙本的出版过程和演变情况,进一步证明,高鹗续书绝对不可能,特别是梦稿本的影像本的现世,以实物证实了《红楼梦》后40回在曹雪芹逝世不久就在世间流传,更彻底地说明后40回非高鹗续作,胡适倡导的延续70余年的“高续说”土崩瓦解了!

这里需要补充一点，即力主“高续说”的俞平伯先生是见过实物梦稿本的，还写了一篇《谈新刊〈乾隆抄本百廿回红楼梦稿〉》的论文。但他只谈前80回，置后40回于不顾，不免让人心生疑窦。其实他非是无话可说，而是不敢说，或不愿说。因为一说实话，他和胡适几十年经营的已经树起的“高续说”，就会轰然倒塌，这是他不愿看见也难以承受的。假话不能说，真话又不敢说，所以采取了避而不谈的方法。这是他的一点私心。不过他毕竟是个有大家风范的学者，临终前他说出了真话：“胡适、俞平伯是腰斩《红楼梦》的，有罪；程伟元、高鹗是保全《红楼梦》的，有功。”对历史作了交代。的确，程伟元在“高续说”还未出现，后40回无着落的情况下，坚信“既有百廿回之目，岂无全璧”，于是到处搜罗，积数年之功，集腋成裘，又和高鹗合作，“截长补短”，“细加厘剔，补遗订讹”等一系列整理编辑工作，终于合成全璧，刻印出版，把中华民族的经典著作《红楼梦》由断了尾巴的龙，变成完整的生气勃勃的龙，使其腾云驾雾，飞上世界文学之巅，这是何等的千秋不朽的功业！

二、《红楼梦》后40回的作者是谁

《红楼梦》后40回不是高鹗所续，那作者究竟是谁呢？这依然是个未知的谜。近年有的出版社把《红楼梦》的作者署名为曹雪芹和无名氏，以无名氏代替了高鹗。这虽然也符合当时的实际，但总觉得有点不三不四，与曹雪芹并列，不够严肃正规。由此可以看出，早日弄清《红楼梦》后40回的作者，是多么必要和紧迫。这个问题由于“高续说”的存在，红学界闹腾了七八十年。虽然已有资料证明《红楼梦》后40回非高鹗续作，但没有实物证据。梦稿本发现后，《红楼梦》后40回的作者这个谜本应很快能得到解决，但是当时的手抄本有限，只有少数红学大家如俞平伯等才能看到。见到实物的俞先生却说“这是一个百衲本，价值不大”。于是一般人也就不太关注梦稿本，像印梦稿本出来以后，更多红学家知道了梦稿本的真相。他们经过对比研究，发现程乙本后40回不是在程甲本的基础上修改形成的，而与梦稿本后40回有惊人的相似；连极力维护“高续说”的俞平伯先生看过后也说，“程乙本是对程甲本的‘三级跳’”。多数红学家认为梦稿本的后40回才是程乙本的母本。夏荷先生把梦稿本与甲戌本、庚辰本、己卯本、列藏本、程乙本等一一对比，发现梦稿本比以上诸本的文字更简朴古拙，其多数章回都没有誊清过，改写的文字潦草而苍劲，保留着涂改增删的原始痕迹；改动后的文字，几乎与甲戌本相同，变得更精彩了；再与其他本对照，无不得出这样的结果。即使有个别微小的差异，只可能是抄录中的改动。夏荷曾列举大量段落，将梦稿本与各本的文字对照，来证明他的看法（见中国人民大学复印报刊资料《红楼梦研究》第3期第60－68页）。因篇幅所限，我们不能将夏荷所举各例一一重列，但为了说明问题，还是摘举一二事例。

（1）写凤姐的眉眼。梦稿本是：“一双丹凤眼，两弯柳叶眉。”己卯本用红笔在丹凤旁边加了“三角”二字，在“柳叶”旁边加了“吊稍”二字，变成了“一双丹凤三角眼，两弯柳叶吊稍眉”。

（2）写黛玉生气。夏荷在作者增字的下面加个圆点，而用括号把作者删去的字括住。

梦稿本：一时黛玉（不觉）红了脸，啐了一口道：“你们这起（烂了嘴的，惯会拿人取笑，且听下回分解）都不是好人，再不跟着好人学，只跟着凤丫头学得贫嘴贱舌的。”一面说，一面掀帘子出去了。

甲戌本：黛玉不觉红了脸，啐了一口道：“你们这起人不是好人，不知怎么死，再不跟着好人学，只跟那些贫嘴贱舌的人学。”一面说，一面摔帘子出去了。

庚辰本、戚序本只是在“贫嘴贱舌”前面又加上了“凤姐”二字。

仅从以上二例可以看出，梦稿本的底稿原文，文字的确简朴古拙，有些句子也不连贯。经过修改后，不仅句子通顺，而且文字也变得精彩了，改后的文字与甲戌本等抄本的文字基本相同。但有的论者却说，梦稿本可能是过录简素本，后来有人据他本作了增添。这是绝对不可能的，因为再愚蠢的人，也不会只删精彩的文字；再说根据这些加工后的抄本，是还原不出一部原始的、保留修改痕迹的梦稿本来的。还有一个根据：手抄的梦稿本，是一个备改的底本；整部书稿是由五六人的笔迹抄写的；字距正常，而行距加倍宽，很明显是为作者修改留下的余地。修改的是同一人的笔迹，虽潦草而笔势苍劲飞扬。有些地方修改的文字比原稿要多得多。那么，这修改的人会是谁呢？夏荷认为只能是作者曹雪芹，而梦稿本应是曹雪芹的工作母本。那么，《红楼梦》后 40 回草稿是什么时候写出来的呢？脂砚斋说："壬午除夕，书未成，芹为泪尽而逝。"壬午是乾隆二十八年，即 1763 年，只能是在此前写的。"书未成"，可能是尚有残缺，更没有增删修改，他便病逝了，是另一人作了补缀，抄成全部。

那补缀《红楼梦》后 40 回的会是谁呢？我以为要补写《红楼梦》，非具备下列条件不可：他手里有曹雪芹的未完成的后 40 回的书稿；他有与曹雪芹相似的生活经历和体验；他非常熟悉甚至染指过《红楼梦》的创作活动；有较高的文化素养和写作水平。谁能具备这些条件呢？只有如脂砚斋、畸笏叟等这类曹雪芹的亲人。从他们的批语中可以看出，他们确实具备这些条件，同时也可以看出，他们的思想比较陈腐，尊崇儒家文化和道德礼教，对家族的败落痛心疾首，光宗耀祖的思想十分浓烈。《红楼梦》后 40 回中充满酸腐之气的一些章节和官复原职、兰桂齐芳、家业复初的光明尾巴，有可能出于他们的手笔。这个"他"到底是谁呢？现在还是个未知者。我们盼望有具体资料能够发现，但也可能永远是一个问号。不过《红楼梦》后 40 回基本出于曹雪芹之手，这是可以肯定的，又有他的某一亲人作了补写，程、高又作了"补遗订讹"编辑整理，使之完备。我认为《红楼梦》再版时，署曹雪芹即可，在出版说明中将有关情况加以解释就行了。

三、怎样评价《红楼梦》后40回

自从程本《红楼梦》问世以后，对《红楼梦》后40回的评价就褒贬不一，争论不休。早在嘉庆年间，裕瑞就对《红楼梦》后40回采取一笔抹杀的态度。他说："诚所谓一美俱无，诸恶具备之物，乃用之曹雪芹原书，苦哉苦哉！"（《枣窗闲笔》）。道光年间的张新之则与裕瑞的看法相反。他说："有谓此书止80回，其余40回乃出另手，吾不能知。……但观其结构，如常山蛇首尾呼应，安根伏线，有牵一发全身动之妙。且词句笔气，前后无差别。"（《妙复轩评石头记》）。这完全对立的两种评价，一直延续至今。如有的红学家认为，《红楼梦》后40回不仅违背了曹雪芹的艺术构思，而且以最隐蔽最阴险的手法篡改了原著的主题，把《红楼梦》反封建社会的伟大意义给泯灭了，在艺术上也是拙劣的，不仅不能与前80回相比，甚至连一般的才子佳人小说也不如。声言要把后40回从《红楼梦》中割掉，扔到纸篓里去。而另一些红学家则对后40回十分推崇，高度评价，甚至认为有了后40回，《红楼梦》才显得更伟大。如有的红学家说："正是后40回，现实主义帮助作者克服世界观的局限，大踏步地描绘历史舞台上的巨变。"还有的说："把120回读本作为评论对象，那就可以承认这部小说不愧为我国古典小说中最伟大的爱情悲剧，并可以列入世界上的悲剧文学名著而无愧。"这种贬斥与褒扬、否定与肯定的相反评价，令广大读者甚为困惑，不知谁说为是。在这种情况下，对《红楼梦》后40回作出科学的实事求是的评价，就显得十分必要和重要了。

（一）以什么态度评价《红楼梦》后40回

肯定派与否定派之所以长期严重对立，争论不休，除了见仁见智以外，主要是他们所抱的态度不够正确，所取的标准也不相同。窃以为要正确评价《红楼梦》后40回，首先应从实际出发，抱取实事求是的态度。我们面对的是这样的客观事实：曹雪芹所著的《红楼梦》，前80回是改订本，后40回是未修改的草稿，且不完整，由另一人作了补写。这些情况就显得有些复杂。幸好程、高整理编辑出版了120回《红楼梦》，为历代读者所接受，流传了200多年，成为中华民族文化宝库中的经典。如果像有的人主张的，把后40回从《红楼梦》中“割掉”，读者会答应吗？“割掉”以后又怎么办？是让它再度变成没尾巴蜻蜓的《石头记》呢，还是由那位主张“割掉”的红学家重新续作出与前80回相称的新后40回呢？若是前者，广大《红楼梦》爱好者肯定不会答应。因为120回本的《红楼梦》作为一个整体已活在读者心里，是任何人也拆不开去不掉的，甚至把后40回作大的改动也难被读者接受。电视连续剧《红楼梦》，根据“脂批”所披露的若干片段和某些红学家的“探佚”成果而改编的一些情节不为观众接受，就是一个有力的证明。若是后者，恐怕那位红学家难以写出与前80回相称的文字，甚至也难写出他要割掉的后40回水平的文字。所以我们还是面对现实，尊重历史，顾及读者，承认后40回与前80回已是一个不可分割的整体，实事求是地去研究和评价它。

这里所说的实事求是地评价，还有一层意思，即《红楼梦》后40回与前80回既有连续性、统一性，又有特殊性、差异性。因此，既要用前80回衡量它，又不能完全以前80回为标准去要求它，而应充分考虑到后40回的特殊性，从作品的实际出发进行客观深入的评价。再说《红楼梦》写到了80回，曹雪芹“像上帝创造世界”一样，已创造出一个新奇美妙无以复加的艺术世界，塑造了众多个性鲜明的人物形象，其艺术结构又是那样千头万绪，盘根错节，宏伟而精致，丰富而奇诡，变幻莫测的情节又写得那样曲折跌宕，摇曳多姿，而矛盾冲突也渐趋高潮。到了这一步，再往下写就难了，正所谓“盛极难继”。就是世界文学巨匠的名著，如《三国演义》《水浒传》《战争与和平》《静静的顿河》等，大都有些后劲不足、精彩渐失的现象。其原因就是前边写得太好了，后边就难以写得再好。事如登山，到了顶峰，再向前走，只有下坡，这几乎是一个规律，《红楼梦》也是这样。再说曹雪芹到了晚年，穷困潦倒，衣食不济，体力精神也大不如前，势必影响他的写作。想到这些情况，后人不应该对《红楼梦》后 40 回过于求全责备，而应该平心静气地研究它、评论它。但这不是说降低对《红楼梦》后 40 回的标准，而是应该给予准确公允的评价。

(二)以什么标准评价《红楼梦》后 40 回

首先，否定派与肯定派严重对立的另一个原因，是他们的着眼点和评价标准不同。否定派多是以考证为主的红学家，他们总是以考证的目光和习惯，以第五回的种种预示和脂批披露的 80 回以后的一些情节为准绳，去对照和衡量后 40 回，看哪里相合，哪里抵牾；哪里一致，哪里悖逆。加之头脑里先有一个“续作”“伪作”在，于是越看越不合，越看越悖逆，越看越转相，结果细缝变成了鸿沟，微斜变成了倒塌，最后成了一塌糊涂。既然《红楼梦》后 40 回如此拙劣，附丽在曹雪芹的杰作之上岂不成了赘疣？因而他们深恶痛绝，忍无可忍，必欲割掉而后快。肯定派多是以文学评论为主的红学家和一些作家，他们多以审美的目光和文学评论的角度分析评论《红楼梦》后 40 回，似乎不太看重细枝末节的差异，而更注重整体上的悲剧效果，给予较高的评价。这说明要正确评价《红楼梦》后 40 回，首先应该把版本研究与文学评论区别开来，从事版本研究和考证的红学家，尽可以考证分析《红楼梦》后 40 回哪些地方违背了曹雪芹的创作主旨和艺术构思，哪些地方与《红楼梦》前 80 回失枝脱节，甚至扭曲悖逆。但这是另一种学问，说到这个地步也就可以了，而不能因为《红楼梦》后 40 回有违背曹雪芹原意的地方，就将其一笔抹杀。肯定派应该从文本出发进行文学评论，既要把 120 回作为一个整体看待，看到它的统一性和整体效果，也要看到后 40 回与前 80 回的差异；既要看到它好的一面，又要看到它的不足，给予全面的科学的评价。

其次，评价《红楼梦》后 40 回，大家应有一个统一的标准。说《红楼梦》后 40 回好或者不好，成功还是失败，或者亦好亦坏，到底以什么为标准呢？以第五回的预言为标准码？可以以它为标准，又不能完全以它为标准。因为即使曹雪芹也没有完全按它去写，如秦可卿由淫丧改为病死，因麒麟伏白天双星，有题无文。以脂批披露的《红楼梦》80 回后若干资料为标准吗？它们只是些支离破碎的片段，而且也许并不是定稿的情节，所以不足为据。以《红楼梦》前 80 回为标准吗？二者有可比性，又有不可比性，它只能作为参照系。窃以为评价《红楼梦》后 40 回，应从《红楼梦》后 40 回的特殊情况出发，把它放在《红楼梦》整个艺术体系中观照；看它与前 80 回在结构上是否有必然的内在的联系，并形成有机的整体；看它是否保持和发展了反封建的主题，最终形成了悲剧；看人物性格在后 40 回中是否保持了"坚定性"，并得以发展和丰富；看它在语言风格上与前 80 回是否保持了一致。总之，看它的思想性和艺术成就到底如何。

(三)我对《红楼梦》后 40 回的基本看法

我以为《红楼梦》后 40 回的思想性和艺术性虽然不如前 80 回，存在不少毛病和缺点，但就总体而论，基本上与前 80 回保持了一致，形成了统一的有机整体，所以这部经典名著已流传了 200 多年，而且还会流芳百世，千秋万年。下面谈谈我对后 40 回的几点看法。

(1)完成了《红楼梦》的情节故事，使之成为一部完整的作品，满足了广大读者的阅读心理，这对《红楼梦》的流传和艺术价值的实现都有重大意义。乾隆时人舒元炜，在其整理的 80 回《红楼梦》抄本序言中说："惜乎《红楼梦》之观止于 80 回也。全册未窥，怅神龙之无尾；阙疑不少，隐斑豹之全身。"舒元炜感叹"神龙无尾"的"惜乎"之情，也是天下中华儿女所共有之情。一部稀世杰作，缺失三分之一，这是多么大的遗憾啊！庆幸的是梦稿本的发现和程、高整理编辑出版了 120 回本的《红楼梦》，使这条神龙真正飞腾起来，这是千秋不朽之功！张新之说：程乙本的《红楼梦》，"如常山蛇首尾呼应，安根伏线，有牵一发全身动之妙。"他读的是《石头记》，显然有些过誉。但仅就故事情节而论，举其大者，如凤姐的结局，香菱、巧姐和平儿的命运改变，都违背了曹雪芹的艺术构思和人物命运的发展趋势，而最后加上去的所谓皇恩浩荡，官复原职，家业复初，兰桂齐芳的光明尾巴，更是荒谬不堪。此外，尚有不少失枝脱节和悖逆之处。不过就总体来说，《红楼梦》后 40 回基本上体现了曹雪芹的艺术构思，是按第五回确定下来的框架和预示的结局，从 80 回的发展趋势和内在的联系上续写下去的。首先是两条主线紧密连接。宝、黛爱情悲剧这条主线，在前 80 回里，经过爱情的萌生、试探、定情的几个阶段，已发展到两心相知、彼此默契、生死不渝的地步。不过也正是在这时，他们的热恋引起当权者的不满与警惕。抄检大观园，不仅是对少女们的残酷镇压与摧残，也是对宝、黛爱情的当头棒喝。晴雯之死和《芙蓉女儿诔》，分明是对黛玉之死的暗示与预演。但是悲剧还未形成。到了《红楼梦》后 40 回，金玉良缘与木石联盟的斗争更加激烈，当权派终于向他们下毒手了。王熙凤秉承贾母、王夫人的意旨巧施“调包计”，弃黛娶钗，于是黛玉“绝粒”“焚稿”“魂归”，宝、黛的爱情悲剧终于形成，而且达到了全书的最高潮。围绕宝、黛的爱情悲剧，先后还有元春的薨逝，迎春的惨死，探春的远嫁，惜春的出家，湘云的丧偶，妙玉的被劫，以及鸳鸯等人的死亡，共同形成了“千红一哭，万艳同悲”的大悲剧！

与宝、黛爱情悲剧这条主线并行交叉的另一条主线，是贾府的由盛到衰的过程。《红楼梦》前 80 回，作者异常精确地叙写了贾府怎样由“烈火烹油，鲜花着锦”之盛，逐渐走向衰落的过程。他们生活上奢侈无度，经济上入不敷出，道德沦丧，教育失败和后继无人，以及内部勾心斗角，矛盾激化，斗争激烈。此时的贾府已是危机四伏，矛盾重重，大有大厦将倾之势，但尚未倒塌。到了《红楼梦》后 40 回，贾府的各种矛盾更加白热化，开始总爆发，内外上下交织，终于使其走向衰败。先是元妃薨逝，贾府失去靠山；锦衣卫抄家，贾府受到致命的一击；接着是贾母、凤姐先后死亡，宝玉失踪，于是贾府“呼啦啦似大厦倾，昏苍苍似灯将尽”！树倒猢狲散，贾府从此便彻底败亡了。从历史发展趋势来看，这是势之必然；在贾府的人甚至作者看来，或者从历史角度来看，这也是一种悲剧。

总之,《红楼梦》后 40 回无论是主线的演进,故事的发展,情节的穿插与转换,还是多数人物的性格发展与结局,总体上是合乎全书的艺术构思和生活逻辑的,是矛盾发展的必然结果。另外,彼此连接和契合得也较为紧密自然,后 40 回与前 80 回融为了一体。

(2)按照曹雪芹的创作意图和构思,《红楼梦》是一部彻底的悲剧,即以宝、黛爱情为中心的"千红一哭,万艳同悲"的大悲剧和贾府的彻底败亡,以此揭示封建势力在扼杀新生势力的同时,它自己也归于灭亡的历史必然性。应该说,《红楼梦》后 40 回较好地完成并深化了这一悲剧的主题思想。因为在《红楼梦》前 80 回中,虽然也写了封建统治者对新生势力的一次次迫害和摧残,特别是通过宝玉挨打,抄检大观园先后造成金钏、司棋、尤二姐和尤三姐等人死亡,茜雪、入画等被逐,文官、芳官一群小戏子被遣散,有的出家为尼,有的被卖,有的配人,有的死去,形成了"悲凉之雾,遍被华林"的惨景,但宝、黛的爱情悲剧,多数少女的悲惨命运,还没有最终形成。贾府虽渐渐露出了衰败迹象,其架子尚未甚倒,封建势力依然强大,只是到了《红楼梦》后 40 回,宝、黛爱情才最终形成悲剧,众少女死的死,散的散,终于演成"千红一哭,万艳同悲"的大悲剧,贾府也最终走向了灭亡。诚如鲁迅先生所说:"后 40 回虽数量止初本之半,而大故迭起,破败死亡之相继,与所谓'食尽鸟飞独存白地'者颇符,唯结尾稍振。"所谓"结尾稍振",即指那个光明的尾巴。它历来为人们所诟病,特别是成为否定《红楼梦》后 40 回的一个把柄。其实这不过是补续者出于恋旧的情绪,一厢情愿地添上去的一些纸花,显得十分虚假,它怎能抵得过那血淋淋的事实?怎能驱散得了那凄凉的浓雾?

我们说《红楼梦》是一个悲剧,是"彻底的悲剧,悲剧中的悲剧"。请注意,这个悲剧是在《红楼梦》后 40 回完成的,而且写得是那样惊天动地,震古烁今,感人肺腑,撼人心灵,使愤者扼腕,悲者掩泣。200 多年来,哪一个《红楼梦》的读者没有被这一悲剧深深打动?这是它与前 80 回在精神上的一致,最本质的契合所产生的艺术效果,也是它被读者接受、经受住历史考验的一个重要原因。因此可以说，这是《红楼梦》后 40 回的最大功绩和价值。

(3)基本上保持了人物性格的“坚定性”，并在新的形势下得到发展和丰富。

《红楼梦》前 80 回，人物性格已十分生动鲜明，一个个都是活的真人；但人物的命运还在发展中，他们的人生还不完整，他们的性格还待进一步丰富和深化。贾宝玉在《红楼梦》前 80 回中，虽然也遭受了笞挞和魇魔法的痛楚和灾难，看到了许多人的不幸和死亡，也隐约感到了爱情危机，但总的来说，他仍处在温柔乡里，过着无忧无虑的贵公子的生活。但到了《红楼梦》80 回以后，他便面临着严峻而残酷的考验，他的爱情遭到当权派的阻拦与扼杀，他所热爱的少女一个个被迫害而死，尤其是他的最爱林黛玉的死亡，使他痛不欲生，对那个世界彻底绝望。他虽然受骗与薛宝钗结婚，却是“空对着山中高士晶莹雪，终不忘世外仙姝寂寞林”。这时，他由多情变成了绝情，即所谓“情极之毒”——事物走向了它的反面。他对人生有了更痛切的体验，对社会有了更深刻的认识，他大彻大悟了！他发誓“下世再不为人”！于是他悬崖撒手，飘然而逝，回到了大荒山青埂峰下，又化作了一块石头，完成了他的人生循环。如果没有《红楼梦》后 40 回，贾宝玉的人生是不完整的，他的性格就不能得到发展和深化。不过他的性格的某些地方，也遭到了歪曲，如他给巧姐教《女儿经》，贾政升了郎中，他竟喜欢的无可无不可，这哪像贾宝玉的作为？他对封建礼教、仕途经济、国贼禄蠹是极其厌恶和极力反对的，怎么父亲升了个郎中，却又喜欢起来了？真是岂有此理！至于他“两番入家塾”，写八股文，应科举等，有人认为这是违背了贾宝玉的性格，其实，这是势之必然。这时的宝玉年事已长，他再没有理由不去上学，仍在内闱厮混了。至于参加科举，还考了个第七名举人，这不仅要看他做了什么，更要看他为何而做。他考上了举人，并没有走向仕途，做“国贼禄蠹”，与统治者同流合污，而是悄然“迷失”，不知所终。这能说是违背宝玉性格吗？林黛玉、薛宝钗和王熙凤等人物的性格，都在《红楼梦》后 40 回中得到了发展和深化。例如薛宝钗，在《红楼梦》前 80 回，虽然感到她有心冷和虚伪的一面，但从总体上却表现出识大体、明事理、懂人情，以及温柔敦厚、忍耐谦让等性格特点。但一旦登上“宝二奶奶”的宝座以后，截然变成了另一个人。她对宝玉讥讽批评，对丫鬟颐指气使，尤其是对黛玉的死，表现的冷酷无情，简直让人瞠目，亦复令人切齿。但静而思之，其实这是她性格发展的必然——隐藏在她灵魂深处的封建道德和处世原则，因时异势移，全揭去了面纱，露出了真容。此外，贾母、鸳鸯、紫鹃、袭人和夏金桂等人的性格，在后 40 回中都得了丰富和发展，这里不再一一论述。

但在《红楼梦》后 40 回里，有些人物的性格也遭到了扭曲。最明显的莫过于巧姐、平儿、香菱的最后结局，甚至贾宝玉也做出了与其性格相悖的事，黛玉也说出了“混账话”。如《红楼梦》第八十二回，她听说宝玉上学，对宝玉说：“你要取功名，这个(指八股文)也清贵些。”从来不劝宝玉走仕途经济之路的林黛玉，怎么说出这样的话？真是荒谬至极！以上这些，可能是补者的劣迹，但却不能从根本上改变他们的性格。

(4)在语体风格和表现手法上，与《红楼梦》前 80 回也大体保持了一致。

有人用计算机技术，对《红楼梦》前 80 回与后 40 回在词语出现的频率、用语的习惯和句式的特点等上进行统计和比对，得出了“完全一致”的结论。这种方法是否可靠，尚需研究。较为可靠的还是语感经验和艺术鉴赏力。虽然人各有别，但多数人的感觉还是比较公平正确的。本人在通读 120 回本时，除个别地方外，并没有语言风格“绝非一人手笔”的感觉，反而觉得前后基本一致，有些章节写得也很好，甚至很精彩，其笔墨的灵动与传神，与《红楼梦》前 80 回相比毫不逊色。如黛玉“惊噩梦”“绝粒”“焚稿”，黛死钗嫁等几回，写得可谓精彩绝伦，惊心动魄，在中国文学史乃至世界文学史上都是罕见的。再如抄家、贾母之死、袭人改志、宝玉别父等章节，也写得相当生动感人。这些看法绝非我一人的偏见，不少作家如王蒙和红学家如蒋和森、舒芜等，也都持这种看法。如果说“品味”的话，我觉得《红楼梦》后40回与前80回是一个味，不过比前80回的味道略淡些罢了。

《红楼梦》后40回与前80回，在语体风格和表现手法上的主要区别是，后40回除少数章回外，再也没有了前80回那种纯净、典雅、流畅、生动、传神的优美语言和文笔了，也没有了触手生春、点石成金、化腐朽为神奇的神来之笔了，没有了生气灌注、充满灵气的神韵了。天才之笔变成了一般才人之笔，个别地方变成了平庸之笔甚至恶劣之笔了。这当然是补者的“劣迹”。希望以后有哪位天才高手，能把这些化为与前80回相似或相近的文字，让《红楼梦》如“淡妆浓抹总相宜”的西子般完美出现。不过，这可能是永远不能实现的奢望。

第三章

红楼晤语——答疑解难

甲：先生，幸会！幸会！没想到能在这里见到您。

乙：我趁暑假到这里小住几日。你也旅游来了？

甲：是的。我也住在这个楼上。

乙：我看着你有点面熟，可一时叫不起名字来。

甲：哦！我叫刘振宇，电信学院的，也是您的学生。我上过您的"红楼梦艺术鉴赏"选修课，受益匪浅。不过还有许多问题理解不了，今幸遇先生，希望不吝赐教。

乙：不知你有些什么问题？

甲：我的问题可多了——不过也不是我一个人的问题，是同学们在交流时经常提出的问题。

乙：这就是说你的问题还有些代表性，那就更值得商榷讨论了。不过，不是你问我答，而应该"奇文共欣赏，疑义相与析"。

甲：好吧，不过还是以先生赐教为主，我也适当发表一些看法。

乙：好，咱们就一个一个问题讨论吧。

甲：首先，请您谈谈为什么要读《红楼梦》吧。

乙：你怎么提出这样的问题？这个问题还需要讨论吗？

甲：平时在交谈时，有的同学曾问我："读《红楼梦》对我们的学习、生活和将来的工作有什么意义?"我回答不了他的问题，所以向先生请教。

乙：这样提问题，是否有点急功近利，太讲实际了?

甲：现在这个社会，谁不讲实际呢？有这样的想法并不奇怪。

乙：倒也是。不过有些事情可以讲实际，而有些事情就讲不得实际。比如读《红楼梦》，如果急功近利、急于求成，不仅难以奏效，甚至会适得其反。我坦诚地告诉你，读《红楼梦》对你们的学习、生活和将来的工作起不到立竿见影的作用，解决不了你们现实中的实际问题。

甲：既然这样，那为什么要读《红楼梦》呢?

乙：人不只是为某种利益而活着，而且还为着理想和精神而活着。现在不是强调素质教育、提高文化素养吗？文化素养对一个人的成长、人格的形成，对他今后事业的发展和成就，起着重要的作用。文化素养的提高，主要是通过学习古今中外的文化，吸取其精华，学以致用，日积月累，长期坚持而得到的。它不仅进入人的头脑，而且浸入人的灵魂，这会在人的一生中发挥作用。所以学习传统文化是学做人的基本功。而阅读《红楼梦》就是最具体、最直接，也是最好的传统文化学习，并能有效地提高文化素养。因为《红楼梦》不仅是一部伟大的文学作品，也是一部伟大的文化经典。

不要说大学生要读《红楼梦》，就是初中文化程度以上的每一个中国人，都应该读读《红楼梦》，以提高自己的文化素养。不然不仅影响素质的提高和人格的培养，如果到国外去旅游或留学，外国人若问到有关《红楼梦》和曹雪芹的事，一问三不知，那就像英国人不知道莎士比亚、俄罗斯人不知道普希金一样，可要闹出国际笑话了。王蒙甚至说，不读《红楼梦》，就不知道人生的酸甜苦辣，白活了一世！

甲：会这样严重！为什么？愿闻其详。

乙：《红楼梦》不是一般的小说，而是一部形象的中国封建社会史，是一部百科全书式的书。你若不了解封建社会，一打开《红楼梦》，便进入活的封建社会了。能看到京城的街道、建筑、皇宫、宁荣二府、乡镇农村、道观寺庙；各种社会现象，应有尽有；各种人物、各个阶层，他们的生活方式、礼节习俗，他们的悲欢离合、爱恨情仇，真是说不完，道不尽……总之，那是一个庞大的立体的完整的活生生的封建社会。你读遍《红楼梦》，就几乎等于在18世纪的中国生活了20年，你对那个社会有一个基本的大致的了解，知道封建社会到底是个什么样子。

说《红楼梦》是一部百科全书，那是指它的内容极其丰富，极其复杂，极其广博，极其全面，可谓无所不包、无所不有。如经济、政治、文化、教育、宗教以及文学、绘画、音乐、医药医术、建筑园林、纺织服装、日用杂货等，还有诗词歌赋、琴棋书画、吹拉弹唱、三教九流，可谓样样俱全，而且各臻奇妙。谁个能够全懂全知？读了《红楼梦》，你可以学到很多知识。

甲：我们读《红楼梦》并不是要学什么知识或技术，只是觉得很美，很有趣，喜欢里边的人物和故事；当然，同时也学到各种知识，懂得封建社会，更重要的是体验人生，受到启迪。读《红楼梦》的难处也不只是那些"拦路虎"，而是书中那些精深美妙之处。

乙：你说得对。《红楼梦》的妙处、美处，正是在那些精微或不经意处。如果像读一般小说那样读《红楼梦》，是难以领略其美其妙的。因为，《红楼梦》在艺术表现上有一个特点，就是它常常运用象征、暗示、反语、诗歌、谜语、谶语、谐音等各种手法，曲折隐晦地表达其真意，甚至一句戏语也伏脉千里。如金钏对宝玉说的那句玩笑话："金簪掉到井里头——有你的就是有你的"，后来她真个因羞辱悲愤跳井自杀！螃蟹宴，凤姐与鸳鸯斗嘴玩笑，凤姐说："鸳丫头，你琏二爷看上你了……"这句玩笑话，后来没有应在儿子身上，却应在老子贾赦身上了。再如元妃赐大观园中诸人礼物，独宝玉与宝钗完全一样，比其他人多一件香珠串，即隐喻二宝成亲。这成了最高权威的钦定，最终"弃黛娶钗"，就不难理解了。总之，《红楼梦》中的一诗一词，一戏语，人名、地名、水名、房名，皆有深意微旨，此书可谓笔细如毛，精美似绣。不反复读，不细细品，是难于领略其美其趣的；而精读细品，却又是美的享受，得神之趣。但更重要的是人生的体验、文化的熏陶、精神的侵染。

甲：听了先生的指教，我懂得了读《红楼梦》的作用和意义，也知道了读《红楼梦》的方法，回去讲给我的同学听。

不过我还有一个问题：《红楼梦》我读了两三遍，感觉内容非常丰富复杂，涉及面也极广，人物众多，只知道写的是贾宝玉、林黛玉、薛宝钗的爱情婚姻悲剧，贾府由盛到衰，以及大量的是日常琐事，可总弄不清它到底写的是什么？

乙：看来你还是看出了一些它的重要内容的，怎么又说不知道究竟写的是什么？

甲：我是指的作者写这部书的初衷是什么，或者说小说的主题思想是什么？

乙：啊，你是指的这个。那你再仔细看看开卷第一回作者自云那段话。他说，他梦幻似的一生，半生潦倒，一事无成，除了悔恨和负罪之感，让他魂牵梦绕、难以忘怀的是那些"行止见识"不凡的青春少女，他要为她们"昭传"。这就是曹雪芹写《红楼梦》的初衷。

热爱女性，尊重女性，是曹雪芹进步的妇女观，也是他的具有初步民主思想的人生观。他曾借幼童贾宝玉之口说："女儿是水做的骨肉，男子是泥做的骨肉。我见了女儿便清爽，见了男子便觉浊臭逼人！"又说，"凡山川日月之精秀只钟于女儿，须眉男子不过是些渣滓浊沫而已。"在将男尊女卑视为天经地义、大男子主义盛行的时代，发出这呼声的不是女性，却是男性的贾宝玉，他还自称"浊玉"，在女儿们面前竟觉得自惭形秽，自贬自损，他把几千年的男尊女卑翻了个过儿，变成了女清男浊。真是亘古未有、石破天惊的大事！贾宝玉多情，是一个泛爱主义者，但他只把纯真之情施与众女儿，昵而敬之，并将此作为他一生的事业。他时时关注她们的喜怒哀乐，并感同身受。鲁迅在《中国小说史略》里说："宝玉亦渐长，于外昵秦钟蒋玉函，归则周旋于姊妹中表以及侍儿如袭人晴雯平儿紫鹃辈之间，昵而敬之，恐拂其意，爱博而心劳，而忧患亦日甚矣。”“昵而敬之”这四个字说得太妙了，把宝玉对女性的既热爱又尊敬的态度，精准地表现出来了；“爱博而心劳”，这就是世人说他“无故寻愁觅恨”。宝玉对女性的爱，除了对林黛玉的忠贞不渝的爱情和包括对所有青年女性的泛爱，爱之既广，则有不虞之隙，不幸之事发生，自然劳心劳神，烦恼亦多。鲁迅在《绛洞花主·小引》中专门谈《红楼梦》的“命意”，先嘲笑了“经学家看见易，道学家看见淫，才子看见缠绵，革命家看见排满，流言家看见宫闱秘事……”几句话就把“旧红学”各派的像活画出来，接着就提出了自己的看法：“在我眼下的宝玉，却看见他看见许多死亡，证成多所爱者，当大苦恼，因为世上，不幸人多。惟憎人者，幸灾乐祸，于一生中，得小欢喜，少有卦碍。”这就是鲁迅对《红楼梦》命意的认知。鲁迅还曾说：“退运方至，变故渐多；宝玉在繁华丰厚中，且亦屡与‘无常’睹面……悲凉之雾，便被华林，然呼吸而领会之者，独宝玉而已。”鲁迅的分析深刻而精辟，字字如金，入木三分。特别是那个“独”字，下得精准之至。所谓“爱博而心劳”，就是指他把每一个青年女性的命运，每一个人的荣辱得失、爱乐悲愁，都在他的关照意念之中，这就难免操劳过度，苦恼日多，“忧患”日甚。每一个青年女性，只感受到自己的不幸和痛苦，而宝玉不仅承受着本身的人生悲剧，而且还把所有青年女性的悲剧的总和肩负一身，其苦若何！所以他是红楼中最大最苦的悲剧人物！

你读了《红楼梦》全书，再回头反复斟酌体味第五回里的图画词曲，看看十二钗以及所有青年女性的最后命运，不正是“千红一哭”“万艳同悲”的大悲剧吗？这个大悲剧是通过贾宝玉的眼看到和心体会到的。贾宝玉的一生，就是悲剧的一生，他又看着他所热爱乃至崇敬的美丽纯洁多才多艺的少女，一个个被折磨，被害死，他的眼在流泪，他的心在流血！他以痛苦的身心又肩负起众少女的所有苦难，其苦简直难以想象！到了这里，你该明白曹雪芹所关注的和要表现的是一个什么“主题”了。

甲：经先生如此精彩的点拨，我明白了全书的中心主旨了。但贾府的盛衰是不是书的主要内容？它与前者又是什么关系？

乙：贾府的盛衰，当然是全书的重要内容，而且与前者有着密切的关系。那些青年女性的悲剧命运是谁造成的？是在哪里形成的？还不是贾府的封建势力和污浊黑暗环境造成的吗？

甲：先生，我还有些地方和问题看不懂，弄不清。比如曹雪芹说，他的《红楼梦》是“真事隐去，假语村言”，怎样理解这两句话？

乙：这是曹雪芹创作《红楼梦》的美学理念，也是他的创作实践。这关系到《红楼梦》的根本性质问题。就是说是把《红楼梦》看作曹雪芹的自传，还是看作小说的基本问题。

甲：我看到有一位红学家说：“所谓‘将真事隐去’者，并不是说将真事付于一概不写之列；而只是说，他把真事隐去的办法就是把它说成是梦幻——这已然是一种最好的‘隐去’的办法了。”你认为这样理解是否正确？

乙：我认为这样理解“将真事隐去”是错误的。如果说“把真事隐去的办法就是把它说成是‘梦幻’”，岂不成了“说是梦幻，其实是真事”了吗？曹雪芹是否全是写的真事？

甲：曹雪芹说的“真事”“梦幻”到底是什么意思？

乙：所谓“真事”，就是曹雪芹亲历亲闻的人和事，即他的人生经历和曹氏家族的盛衰事实；所谓“梦幻”，则是他对自己坎坷悲剧的一生和家族盛衰巨变的如梦似幻的体验和感悟。“将真事隐去”者，的确并非一切真事不写，而是根据他的写作意图，对原始素材有所选择，有所取舍，并广泛汲取社会生活的各种素材，进行重新熔铸和创造，使之成为更集中、更典型、更强烈、更鲜明的艺术形象，以表现他的“梦幻”——对人生的体验和感悟。这才是“将真事隐去”的办法。所谓“假雨村言”，即小说家言——用通俗的语言和艺术手法写出来。

甲：凡小说都有所本。《红楼梦》就是曹雪芹根据其家族的史实写出来的，这是个不争的事实。那为什么不能说《红楼梦》是曹雪芹的自传？

乙：不错，小说创作都有所本，不过"有所本"不等于写的都是"真事"，而且就连"有所本"的真事也发生了质的变化。因为文学创作是一种精神活动，是心灵的创造。生活的原料经过作家心灵的"酿造"，已变成了艺术的"酒"。记得鲁迅先生说过这样的话：作品大抵是作家借别人以写自己，或以自己推测别人的东西；即使作家整个的人进入了作品，那已不是他原来的人。鲁迅的这段话，是说文学作品是精神创作，强调了作家的主观创造精神，而不是照抄生活。比如《钢铁是怎样炼成的》这部小说，虽是苏联英雄奥斯特洛夫斯基根据自己一生的成长和战斗历程写成的，是一部自传性很强的小说，却不能说是作者的自传，保尔·柯察金不等于奥斯特洛夫斯基。同理，《红楼梦》不是曹雪芹的自传，贾宝玉不等于曹雪芹，只能说《红楼梦》是一部带有自传性的小说。

甲：可胡适在《红楼梦考证》里说，曹雪芹写的是他曹家的事情，是他自己的经历，《红楼梦》是曹雪芹的"自叙传"。周汝昌在《红楼梦新证》里考证得更充分，也更烦琐，不仅考证了曹雪芹的祖宗八代，连曹家的三姑六婆都考证遍了；不仅证明贾家即曹家，贾宝玉即曹雪芹，而且还把《红楼梦》中的人物与他考证出来的人一一对号入座，进一步证明《红楼梦》是一部"写实自传"。胡、周二位都是红学大家，权威人物，他们的话还能不信吗？

乙：对于权威自然应该尊重，但不应该盲从，而是要看他说的是不是事实，是否有道理，是不是真理。不是有一位西方哲人说"我爱我师，我更爱真理"吗？

甲：胡适、周汝昌确实都举出了不少事例，说明曹雪芹写的就是他自己的经历和曹氏家族的事，所以他们认为《红楼梦》是曹雪芹的自传。

乙：胡、周所举事例，都是符合其"自传说"的事例，不符合的他们就避而不谈。比如，说贾宝玉就是曹雪芹，难道曹雪芹是"含玉而诞"的吗？说贾家即曹家，可曹家从来没有出过贾元春那样的皇妃。退一万步讲，即使曹雪芹写的全是他自己的经历和曹家的事，也不能称作曹雪芹的自传，何况并非这样。真正的艺术作品,都是对生活的高度提炼和升华,是从生活的矿石中提炼出来的纯金美玉;同时通过作家的艺术想象和虚构,通过心灵的创造,筑起金碧辉煌的艺术之宫。巴尔扎克称小说是"伟大的谎言"。谎言伟大,可见不是骗人的谎言,而是伟大艺术的真实。

甲:经过先生这一番讲解,我对这个问题的理解算是清楚了。不过我还有个问题:《红楼梦》是一本什么类型的小说?有人说它是"爱情小说",有人说是"家庭小说",有的说是"社会小说",还有人说是"政治小说",甚至还有人说"文化小说"……哎呀,这么多的名堂,实在弄不清《红楼梦》到底是一部什么样的书?

乙:有这么多的看法并不奇怪,而且都有一定的道理。因为《红楼梦》里确实都有这些方面的内容,但是又都不能说明《红楼梦》的主要性质或类型。鲁迅先生在《中国小说史略》里把《红楼梦》定位为"人情小说"。我以为这是很确切的。这是因为作者曾声言他的书是"大旨谈情",而这个"情"字似并非专指"爱情"或男女之情,还包括亲情、友情和世故人情,所以说它是"人情小说"是很恰当。

甲:《红楼梦》写情的确非常好,说它是"人情小说"也无不可;但是,哪一本小说不写人情呢?我觉得并没有回答《红楼梦》到底是一部什么小说的问题。

乙:"人情小说"是性质的定位。在中国古典小说中,《红楼梦》写情是最杰出的。若从题材内容来说,是写贾府由盛到衰的过程以及青年男女的爱情和人生的悲剧。从这个角度看,说它是社会家庭小说也未尝不可。我看不必在定义上死抠,读好《红楼梦》才是关键。

甲:一般的小说,读一遍便彻底了解了,可《红楼梦》我读了两三遍仍觉得没有读懂。请先生谈谈怎样读《红楼梦》吧。

乙:我也没有什么好方法,只能说一些体会和看法。读《红楼梦》当然首先要读懂文本。不过要读懂文本,应该先了解作者;要了解作者,就要了解他的时代、他的家庭环境以及他个人的人生经历和创作过程,做一些基础性的工作。然后不带任何框框，一头扎进去，全身心地沉浸在书里，细读，深读，精读，反复读，使《红楼梦》了然于心。然后再跳出来，进行审视和评论。

甲：先生说的对，的确不能像读一般小说那样读《红楼梦》。别说读一遍，就是读多遍也未必能读懂。毛泽东曾说："《红楼梦》不读五遍就读不懂。"我看这不只是说给别人听的，而是他自己的切身体会。

乙：是的，《红楼梦》之所以难以读懂，是因为它太博大精深了，超越了一般人的头脑，而且它的各种巧妙的艺术手法，它的象征性和含蓄性，也增加了阅读的难度。此外，书中的诗词曲赋和文言词语，不仅是一般读者的拦路虎，还含有深刻的精义，甚至谜语戏言，都蕴含有微旨，前后都有呼应，不经意就会滑过去。如秦可卿对凤姐说"治了病治不了命"那句刺心的话，后来果然死于非命(实是自缢天香楼，后改为病死。)再如周瑞家的给惜春送花，惜春笑说："才还对智能说，要剃了头当姑子去；真剃了头，这花戴在哪里?"后来惜春果然出家为尼，应了那句玩笑话。这样的事例多不胜举。所以读《红楼梦》不能像读一般小说那样，粗粗读过即可，也不能采取跳读，而要满怀兴趣耐心、仔细、认真地读。读第一遍时最好借助工具书如《古代汉语词典》和《红楼梦辞典》来读。首先把难懂和不懂的典故、轶事、史实等拦路虎一个个灭掉，首先读懂全书。在此基础上，进一步向细处深处读，上下左右联系着读。这样，每次读都会有新的发现、新的收获、新的意会、新的领悟。读《红楼梦》要细细地品，像品茶、品酒一样，要品出味道来。如读《葬花词》，不能读一遍就完了，要联系林黛玉当时的心境和她的悲剧性格，还要知道曹雪芹善用谶语的手法，深入地分析，仔细地品味，才能真正领略诗的悲与美，知道是林黛玉命运的谶诗，从而才能领略诗的内蕴，加深对林黛玉性格的认识。再如，你要真正理解林黛玉临死前喊出的"宝玉，宝玉，你好……"那句未完的话，更要联系她与宝玉的全部生活和爱情，以及她是在什么情景和心境下喊出这句未完的话的。这样去深思，去遐想，并反复地吟诵品味，才能真正读懂。

总之，读《红楼梦》，要有耐心和方法。如果你真爱《红楼梦》，不妨从青年、中年到老年，一直读下去。你读一遍，就像多活了一次，对人生多体验了一次，那是很美的人生享受啊。

甲：先生说得对。我要反复地读，细细地品，争取真正读懂弄通，能领略其深奥和美妙。不过我有几个具体问题请教先生……

乙：好，那就一一地说吧。

甲：比如，大观园与太虚幻境，一个在天上，一个在地下；一个是虚无缥缈的仙境，一个是现实人间的园林。作者这样构思的意图是什么？两者是何关系？

乙：大观园和太虚幻境，是曹雪芹创造的两个艺术境界。大观园本是为皇妃元春省亲而建的贾府园林，后来成为贾宝玉和十二钗等众少女居住活动的场所。太虚幻境则是警幻仙子和众仙女居住的仙宫。从书里的情形来看，它是天下少女生前死后（灵魂）的住所。曹雪芹所以创造这两个境界，完全是为了小说结构和情节表达的需要。他用浪漫主义的神话和现实主义的叙写，将天上人间、仙子俗人两相对照，造成一种迷离恍惚、生前死后的神秘感，好像太虚幻境是大观园的影像一样。

不过这也是曹雪芹的理想升华，他所向往的世外桃源。你看，在大观园里，宝玉和少女们生活得多么自由自在，他们凭个人的爱好兴趣随意地读书弹琴，赋诗画画，聚会饮酒，猜谜划拳，赏花斗草，谈情说爱……过着无忧无虑、畅心快意的生活，真如桃花源中的羲皇上人。

甲：可惜不久王夫人就抄检了大观园。骂的骂，打的打，赶的赶，死的死，瞬间把个好端端的青春乐园变成了人间地狱。

乙：《红楼梦》里一直充斥着新旧两股势力的斗争。以贾母、贾政、王夫人和凤姐等为代表的封建势力当权派，与贾宝玉、林黛玉和少女们为一方的新生代，一直进行着或明或暗、或急或缓的斗争。抄检大观园，就是这种斗争的一个高潮，一次大风暴，惨杀了晴雯、司棋，逼走了入画、四儿和芳官等一群小戏子。

甲:有一个问题我一直难以理解,就是金钏、司棋、入画等这些贾府的丫鬟,宁可挨打受骂,当奴才,也不愿离开贾府,这是为什么?

乙:人首先考虑的是生存,再就是比较好的生存环境。那些丫鬟们虽然也感到"奴才的滋味"不好受,稍有差错,不是挨骂,就是挨打,更有甚者会没有了性命。但这毕竟是少数,而且不是经常发生。我们看到贾府的丫鬟,特别是那些头等的大丫鬟,她们的吃穿用度还是不错的。比如袭人,她娘、哥本要赎她出去,她却坚决不肯,说:"如今幸而卖到这个地方儿,吃穿和主子一样,又不朝打暮骂……再不要起赎我的念头了!"这里虽包含着恋宝玉的因素,但也是袭人真实的情况。看看袭人平时的衣食穿戴,她在怡红院里的地位,她回家时凤姐给她的准备打扮,就一目了然了。《红楼梦》第六十一回,写迎春的小丫头莲花儿,与厨娘柳嫂因为做一碗炖鸡蛋吵起来。柳家的说:"你们深宅大院,衣来伸手,饭来张口……我劝你们,细米白饭,每日肥鸡大鸭子,将就些儿罢了。"柳家的可能说得有些夸张,但大致可以看出,丫鬟们的生活还是不错的。可是一旦出了贾府,到了外面,不是配个穷小子,过缺吃少穿的贫困生活,甚至有被人贩子转卖的危险,那命运就惨了! 两相比较,她们当然不愿离开贾府。

好了,这个问题就说到这里吧。你看还有什么疑问?

甲:警幻仙子是个什么人物?

乙:警幻仙姑是曹雪芹创造的一个神话人物。第一次提到她是在第一回,神瑛侍者与绛珠仙草在警幻案前挂号,下凡了结宿缘。第五回,她正式出场。贾宝玉神游太虚幻境,遇到一位翩跹袅娜、仙气缥缈的美人,即警幻仙子。自言"司人间之风情月债,掌尘世之女怨男痴"。宝玉随仙子进入太虚幻境,看到了"痴情司""结怨司""朝啼司""暮哭司""春愁司""秋悲司"等,警幻仙子说:"此中各司存的是普天下所有的女子过去未来的簿册。"并让宝玉重点看了"薄命司"中金陵十二钗正册、副册、又副册;品了"千红一窟"茶,饮了"万艳同悲"酒,听了《红楼梦》十二支曲。这些图册和曲词正是暗寓和预示了大观园众儿女的命运和宝、黛、钗的爱情婚姻悲剧以及贾府的败落。可见她是执掌天下女子命运的女神和“散布相思”的爱神，相当于西方神话里的维纳斯、丘比特。

甲：作者一开始就写出人物的命运结局，后来随着情节的发展，被一一验证，是否在宣扬宿命论？

乙：不能这样说。作者做这样的布局安排，是为了满足全书的悲剧结构的需要，是利用神话艺术和浪漫主义手法预示人物的悲剧命运。从总体来看，这就是一种倒写法。

甲：我总觉得《红楼梦》中有封建迷信的东西，比如秦可卿的阴魂向凤姐托梦，叔嫂逢五鬼，秦钟死前小鬼的出现，赵姨娘死前的胡言乱语，鸳鸯上吊前秦可卿鬼魂的引导……

乙：对这些要具体分析，不能简单地统统说成是封建迷信。在当时的封建社会，人们多相信鬼神和因果报应，连曹雪芹也不能完全避免。比如马道婆使的“魇魔法”，自古有之；人死灵魂托梦，民间也很流行。所以书中有所反映是不奇怪的，倒是真实地反映了当时的社会现象。曹雪芹利用这些‘封建迷信’和传说，将其巧妙地插入情节中，起到了化腐朽为神奇的效果。比如秦可卿魂灵给凤姐托梦，预示了贾府的盛极而衰、“树倒猢狲散”；“魇魔法”则揭露了嫡庶的势不两立和马道婆、赵姨娘的阴险狠毒；鸳鸯自缢，则受到了秦可卿“淫丧天香楼”（上吊自缢）的启发，也表现了鸳鸯对贾府的痛恨和绝望；秦钟弥留之际的小鬼捣蛋，则是悲剧中的“小品”，增加了一些趣味。书中不少谶语的一一兑现，则是生活中的偶然巧合和艺术表现的需要。总之，对所谓的“封建迷信”，要具体分析。

甲：《红楼梦》描写的贵族生活我们没有也不可能体验过，今天读来为何会觉得那样真实可信，像亲历了的一般？

乙：曹雪芹在《红楼梦》中所描写的虽是二百多年前的贵族生活，甚至还写了虚无缥缈的神话境界，这些对于今天的读者来说，自然是不曾也不可能体验过，但读来却真实可信，如亲临其境、似曾经历的一般。究其原因，是他在其中写出了人们普遍的生活经验和真实感情。对读者产生作用的不是那些陌生的怪异的外在形式，而是普泛的典型的意蕴。曹雪芹所创造的神话世界是荒诞的、虚假的，但它所隐喻和象征的人和事，它的真正意蕴和表达的情感，以及渗透其中的人生体验却是真实的；而且作家创造了一个个真实具体、可触可感的艺术境界，我们阅读时，就像走进从未到过的人生境界和自然美景中，虽然陌生但却感觉是真实的存在，而且新奇美好，好像自己第一次经历和体验过的那种生活和情感。我想，这恐怕就是艺术的典型性和永久性的缘故吧！

甲：贾宝玉到底是个什么样的人？各个时期的读者对他有不同的认识和评价。如曹雪芹的亲友脂砚斋说："按此书中写一宝玉，其宝玉之为人，是我辈于书中见而知有此人，实未目曾亲睹者。又写宝玉之发言，每令人不解，宝玉之生性，件件令人可笑。不独于世上亲见这样的人不曾，即阅今古小说传奇中，也未见这样的文字……"20 世纪 50 年代"评红"时，认为贾宝玉是封建社会的叛逆者，是资本主义萌芽时期出现的新人，甚至说他是"革命家"。可近些年又有人说他是一种"多余的人""逍遥派""寄生虫"，甚至说他"算不上叛逆"，是个"知忠知孝知悌知礼"的人。对贾宝玉从说不清道不明，到一个"叛逆者""革命家"，又一下成了忠孝节义的人，真不知道他到底是个什么样的人物形象！

乙：同一贾宝玉，不同时代、不同的人有各种看法，并不奇怪。即使是同时代的人，看法亦各不相同，以后可能还会有更多的看法。不过我觉得应该客观地实事求是地分析和评价这个艺术形象。脂砚斋说得囫囵模糊，但他说贾宝玉是个从古至今没有见过的"怪人""新人"，这是颇有道理的。第三种看法实在不敢苟同，那是近乎对贾宝玉这一形象的扭曲和污蔑。第二种看法虽然有拔高之嫌，但还比较接近实际。人是时代的儿子，他必然带有他所处时代的特征。曹雪芹所处的时代，是中国封建社会延宕了两千多年之后的末期，在封建社会的母体里确实生出了资本主义的萌芽，出现了像贾宝玉那样的新人、"怪胎"（王夫人就说宝玉是她的一个"孽根祸胎"）。清代的黄宗羲、龚自珍、唐甄等，就是具有初步民主主义的思想家。一个天才的艺术家，总是最先呼吸领略到那个时代气息的人，并且把那种新思想、新理念体现在他的作品里。记得杜勃留波夫论述莎士比亚时说的一段话："哲学家还只在理论中预料的真理，那些天才的作家却能够从生活中把它把握住，动手把它描绘出来……莎士比亚就是这样的。他的剧本中有许多东西，可以叫作人类心灵方面的新发现；他的文学活动把共同的认识推进了好几个阶段，而且只有几个哲学家能够从老远的地方指出来。"(《杜勃留波夫选集》第二卷)这说明，处于新老交替时期的天才艺术家，如果他是自己时代人类认识的最高代表，就能够用艺术的感性形象把生活中刚孕育着而未被同时代人所理解的新事物摄入自己艺术形象的体系中，成为宣告新时代的来临或即将来临的标志。这样的作品，就包含有不是属于过去而是属于未来的东西。日本的文学理论家大高岩说得更直白："曹雪芹具有近代思想，是以其深刻的洞察力注视着他亲身体验了的一切，用反儒教的、人类解放的精神来写《红楼梦》的。这在中国文学史上是值得大书特书的。"(《红楼梦研究》日本)贾宝玉这样的人物形象，他所主张的个性解放、个性自由、男女平等、婚姻自主等思想，在《红楼梦》之前的所有文学作品中都不曾有过，《红楼梦》是最早也是第一个提出这一新理念、新思想的。所以我们说贾宝玉是封建社会出现的新人、先觉者。

甲：先生这番宏论，精辟深刻，让我深受启发。可是有人认为贾宝玉是一种性格类型，古已有之，正像《红楼梦》里贾雨村所列举的许由、陶潜、阮籍、嵇康等。贾宝玉就属于这类人物。

乙：按这种说法，人的性格不是在社会实践中形成，而是像性格种类一样代代相传。这显然有悖唯物辩证法，更不符合事实。贾宝玉在淡泊名利、适性自放、不与当权者合作等方面，与许、陶等确有相似之处；但他们在思想性格上，有本质的不同。许、陶、阮、嵇，绝没有贾宝玉所具有的初步民主主义思想。贾雨村所阐述的"性格等同论"，是一种"唯心人性论"和"历史循环论"。

甲:有道理,有道理! 不过对于贾宝玉我还有不少地方不好理解。比如他说:“女儿是水做的骨肉,男子是泥做的骨肉。我见了女儿便清爽,见了男子便觉浊臭逼人!”十来岁的孩子,怎么说出这种奇奇怪怪、惊世骇俗之语?

乙:贾宝玉自幼生活在内帏,与少女们常处。这些女孩个个如花似玉,纯洁美丽,且待字闺中,不受外界污染,保持着纯朴善良的本性,自然会使他有清爽愉悦的美感;而他所接触的男人,如贾赦、贾珍、贾琏、贾瑞、贾蓉、薛蟠等,不是色狼,就是淫魔,个个肮脏下流,粗俗不堪,所以才觉得他们“浊臭逼人”。

甲:贾宝玉讨厌臭男人,可为何独独崇敬北静王? 而且与秦钟、蒋玉函、柳湘莲为好友?

乙:贾宝玉讨厌男人,也不是绝对的,也有些区分。那些性格与他相近、彼此话语投机的男人,他也是乐与交往的。比如,他崇敬、亲近北静王,不是因为北静王位高权重,不是为了趋炎附势,而是因为“宝玉素闻北静王的贤德,且才貌俱全,风流倜傥,不为官俗国体所缚,每思相会。”他与秦钟、蒋、柳,更是因为相貌相似,性情相近,趣味相投,正所谓“物以类聚,人以群分”。同理,他热爱崇敬女性,也不是绝对的,他的女儿观也在发展变化。他曾说女儿未出嫁时是无价的珍珠,出嫁后就成了无光泽的珍珠,到老了就成了死鱼眼睛了。他看到周瑞家的拉着司棋向外走,不听劝阻,愤愤地说:“奇怪! 奇怪! 怎么这些人,只一嫁了汉子,染了男子的气味,就这样混账起来,比男人更可杀了!”可见他所喜爱的是纯洁美丽的人性,他所厌恶的是龌龊邪恶的人性,并不是绝对以男女划分的。

甲:贾母的孙辈一大群,她为何特别溺爱贾宝玉?

乙:首先是因为隔代亲,这是普遍的人性;更重要的是,贾宝玉长得最像他的爷爷。《红楼梦》第 29 回“享福人福深还祷福”中,荣国公的替身张道士对贾母说:“我看哥儿的这个形容身段,言谈举动,怎么就同国公爷一个稿子……”贾母说道:“正是呢,我养了这些儿子孙子,也没有一个像他爷爷的，就只这玉儿像他爷爷。”贾母将她对丈夫的爱与对孙子的爱叠加在一起，就特别溺爱这个孙子。此其一。其二，此时贾府面临人才危机，她的儿孙虽多，却一代不如一代，有出息、能治家的没有一个。这时孙子贾宝玉含玉而生，在她看来这是贾府时来运转的祥瑞之兆，是重振家业的希望，所以就特别器重、特别喜爱贾宝玉。

甲：有的同学说，贾宝玉不读书，不干事，没有志气，没有理想，一天到晚在内帏厮混，他文不能治国，武不能安邦，他的人生有什么价值？

乙：如何正确认识贾宝玉，这可是一个有关全书宏旨的大问题。因为他是《红楼梦》的第一主人公、最核心的人物，如果不能正确认识贾宝玉，就把《红楼梦》读到茄子地里去了。

请注意，贾宝玉不是不爱读书，只是不喜欢读四书五经和八股文，他倒是“杂学旁搜”、博览群书的，尤喜《牡丹亭》《西厢记》等脚本杂剧和诗词歌赋等性灵之学。他不是没有志气和理想，而是有宏大的志向和崇高的理想：他主张个性解放，男女平等，婚姻自主。他是个泛爱主义者，即他不仅爱林黛玉，爱所有的少女，也同情一切弱者和不幸者，他有博大的爱。我们考察贾宝玉的一生，可以发现，他是一个重人、爱人、唯人而忘我的人；他的世界观、人生观和价值观有一种新质，既有悖于儒家传统的“仁爱”，也区别于资产阶级的以名利为内核的所谓“博爱”；贾宝玉的情和爱，是纯洁的、无私的、忘我的真情至性。情的本质是爱，爱是最美的人性；爱是情的精核，情是爱的灵光。他把情和爱首先倾注给了那些纯洁美丽的少女们：对她们是那么关心、爱护、同情、体贴、怜悯、呵护……为她们的幸福而欢乐，为她们的不幸而悲哭。诚如鲁迅先生所说：“悲凉之雾遍被华林，然呼吸而领会者，唯宝玉一人而已。”

甲：有的同学还提出贾宝玉在爱情上不够专一。

乙：这是个不成问题的问题。读过《红楼梦》的人，谁会怀疑贾宝玉对林黛玉的生死不渝的爱情呢？

甲：那林黛玉为何说他“见了姐姐就忘了妹妹”？

乙:贾宝玉喜欢薛宝钗不假,但只是喜欢,甚至是艳羡,他曾说宝姐姐是绝色人物。但绝对说不上是爱情,他俩不是一个道上的人。他在梦里还说:“什么金玉良缘,我偏说木石姻缘!”《红楼梦》第二十八回“薛宝钗羞笼紅麝串”一节,写贾宝玉看着薛宝钗那雪白的膀子发呆,心里却想:“这个膀子,若长在林姑娘身上或者还得摸一摸,偏长在他身上,正是恨我没福。”他心中意中只有一个林妹妹。林黛玉说他“见了姐姐就忘了妹妹”,那不过是她过分的担心和爱情的绝对自私而产生的嫉妒和多疑,却不能说明贾宝玉爱情不专一。

甲:有一个情节我一直不可理解,就是宝玉摔玉。女性崇拜者贾宝玉,见了天仙似的林妹妹,应该欢喜异常,怎么又哭又闹,摔起玉来?一般孩子都有“人来疯”的毛病:兴奋、躁动、张扬,或者看到别的孩子有某个好玩的东西,而自己没有,就哭闹起来。贾宝玉却相反,自己有玉便问黛玉是否有玉,黛玉说她没有玉,宝玉便哭闹起来,实难理解。

乙:贾宝玉衡量事物的标准是什么呢?就是看姐妹们有没有、喜欢不喜欢。他说:“家里姐姐妹妹都没有,单单我有,我说没趣,如今来了这个神仙似的妹妹也没有,可知这不是个好东西。”好与不好的标准,不是自己有没有,不是世人怎么说,而是看姐妹们,特别是这神仙似的妹妹有没有。神仙似的妹妹都没有,可见就不是好东西,所以要砸烂这“劳什子”。再往深处推究,他在这个神仙似的林妹妹身上看到了自己,看到了他的宿缘宿情,看到了自己的形影和灵魂,他能不兴奋不躁动吗?能不要求与她完全一致吗?他发现不一致,他能不又哭又闹又砸吗?曹雪芹这样写宝、黛首次见面,真是神来之笔,精彩绝妙!可以说写出了人性的深度、灵魂的奥秘!

甲:《红楼梦》第五回,贾宝玉那个梦为何在秦可卿房中做?

乙:《红楼梦》第五回在全书中具有特别重要的意义,因为贾宝玉在这一回做了一个很长很重要的梦(红楼梦的名字就来源于此)。这个梦隐约暗示了众少女的悲剧命运、宝、黛、钗的爱情婚姻悲剧和贾府的盛衰趋势。

这个梦还标志着贾宝玉的性的觉醒。警幻仙子引导着贾宝玉在太虚幻境中游览了一番。闻了“群芳髓”之香，品了“千红一窟”之茗，喝了“万艳同杯”之酒，看了各薄命司的册子，听了《红楼梦十二支曲》，并与警幻仙子之妹名可卿字兼美的结为夫妻，第一次做了云雨之事。

作者为什么让贾宝玉在秦可卿房中做这个梦呢？实有深意存焉。秦可卿何许人耶？看看曹雪芹对她的判词：“情天情海幻情深，情既相逢必主淫。”她是情即淫的幻身。再看看她房中布置摆设：“案上设着武则天当日镜室中设的宝镜，一边摆着赵飞燕立着舞的金盘，盘内盛着安禄山掷过伤了太真乳的木瓜。上面设着寿昌公主于含章殿下卧的宝榻，悬的是同昌公主制的连珠帐。”显得多么奢侈豪华，浓艳诱人！这些东西又是多么富有讽刺意味和诱惑性！让宝玉在这里做一个春梦，宜矣。

甲：何谓“情种”“情痴”？

乙：所谓“情种”，是指非常多情、钟情的人。所谓“情痴”，是指那些感情非常深挚，到了痴迷程度的人，即所谓情之至极者。人的感情深挚到了极致，就变成了“痴”。所以有人说“恋爱是病”。就是说恋爱的人与常人不同，他们的心理、他们的言行，都异于常人，好像精神出了毛病，显得痴、呆、傻。如《红楼梦》第三十回“椿龄画蔷痴及局外”，就是描写龄官和宝玉“痴”的情景。宝玉看到一个女孩在蔷薇架下，一面哽咽流泪，一面用簪子在地上画字。宝玉随着簪子一起一落的笔势写在手上，原来是个“蔷”字。那女孩画了一个“蔷”，又画一个“蔷”，已经画了几十个。那画“蔷”的女孩原是早已呆了；而一旁看的宝玉也已“痴”了，他们竟不觉大雨的淋漓……原来，椿龄与贾蔷正在热恋中，但他们的身份隔阂了他们的爱情。她被爱情燃烧着，煎熬着，又抑制不住对贾蔷的思念，才有雨中画“蔷”的痴；而旁观者的贾宝玉，出于对女孩的多情和关怀，自然也看得呆了。所以说“椿龄画蔷痴及局外”，成了两个“痴”人。

《红楼梦》中就写了不少情痴，如“黛玉葬花人笑痴”，“情小妹耻情归地府，冷二郎一冷入空门”的“双痴”，以及司棋与潘又安的殉情而死，更是情极之痴。当然，第一等的情种、情痴，自是宝玉和黛玉。

甲：宝、黛爱得真挚炽烈，爱得死去活来，为何还时常怄气拌嘴？黛玉那么小心眼，又是一个病秧子，他们若真的结了婚，会幸福吗？

乙：你提的是两个问题。我们先说第一个：他们相爱为何又常拌嘴吵架。须知，他们的恋爱是在封建贵族大家庭中发生和发展的，那是个不许恋爱的地方；自由恋爱是被看作不道德和叛逆的；就是他们两人之间，也不敢互表爱意，只能想尽法子、委婉曲折地传情达意，这就难免有时闹出误会。再者，由于情之真、爱之深，也易求全责备，容易发生误会和矛盾，吵嘴生气也就难免了。就如《红楼梦》第二十九回“多情女情重愈斟情”一节里那段细致的心理分析一样。我们不妨再重温一遍：

原来宝玉自幼生成来的一种下流痴病，况自幼时和黛玉耳鬓厮磨，心情相对，如今稍知些事，又看了些邪书僻传，凡远近亲友之家所见的那些闺英闺秀皆未有稍及黛玉者，所以早存一段心事，只不好说出来。故每每或喜或怒，变尽法子暗中试探。那黛玉偏生也是个有些痴病的，也每用假情试探。因你也将真心真意瞒起来，我也将真心真意瞒起来，都只用假意试探，如此两假相逢，终有一真，其间琐琐碎碎，难保不有口角之事。

这一段话不仅更明白地回答了你的问题，而且把他们的爱情也表现得深挚异常。这种表现手法叫反面春秋或背面傅粉。

甲：黛玉知道宝玉真心爱她，为什么还老是不停地试探猜忌呢？

乙：《红楼梦》第二十九回的标题“多情女情重愈斟情”，就是一个很好的说明。林黛玉是个痴情的人，她把对贾宝玉的爱情看作她生命的全部，甚至比生命还宝贵。她愈是把爱情看得重，就愈怕失去它，这是她多疑和猜忌的心理机制。从当时的实际情况看，宝玉被众多美女包围着，他又是个对所有女孩都多情的人，她担心宝玉会移情他爱；特别是宝玉对薛宝钗的好感和亲近，更让黛玉对宝玉有“见了姐姐就忘了妹妹”的妒忌，所以她总是放心不下，总要千方百计探个究竟，看看宝玉对她的爱到底有多真、有多深，是否百分之百的可靠。再者，他们的爱情还时时受着“金玉良缘”的威胁。她虽然不信那“金玉”邪说，但她也深知这邪说的社会威力；况且在那婚姻由父母之命、媒妁之言决定的时代，而她却父母双亡，无人为她做主。这是她对爱情、婚姻最担心的根本原因。曹雪芹把真挚炽烈的爱，用互相猜疑、试探和不断斗嘴、怄气的方式表现出来，可以说，是非常精妙、非常传神地写出了那个时代、那个环境中独特的爱情表达方式。

再回答第二个问题。黛玉病弱，难以长寿，若与宝玉结婚，似难长久相守，就是说他们的幸福也难以长久。但幸福与否，或幸福的程度，怎样来衡量呢？有的夫妻白头到老却同床异梦，他们幸福吗？陈铁军与周文雍为了共同的理想和信仰，在刑场上举行了短暂的婚礼，能说他们不幸福吗？恩格斯说：“所谓爱情是一对男女基于一定的社会基础和共同的生活理想，在各自内心形成的相互仰慕，并渴望对方成为自己终身伴侣的一种强烈、纯真的感情。”宝、黛之间的爱情已具有现代爱情的某种性质，其强烈、纯真的程度则有过之而无不及。当然，宝、黛实事上不可能结婚，提出的假设本身就没有意义，但作为探讨宝、黛爱情的真挚程度，还是值得研究的。

甲：《红楼梦》中的人物，如贾宝玉、林黛玉、薛宝钗以及湘云、探春、惜春、薛宝琴等，年龄都很小，只不过十一二岁，或十三四五岁，然而他们的思想感情、言谈举止、为人处世以及知识才能，都显得很成熟，与他们的年龄颇不相称，这该如何解释？

乙：这个问题也曾困惑了我很久。不过经过反复思考和研究，终于有了一些看法。归纳起来有三点。一是他们都聪颖早慧。一个人成熟的早晚，与其禀赋关系甚大。天赋聪颖者则成熟早，秉性迟钝者则成熟晚。宝、黛、钗等人虽不能说是“神童”，但他们个个都是聪明早慧。二是他们的生存环境和所受的教育使然。他们生于公侯富贵之家、诗礼簪缨之族，从小受到良好的教育，博览群书，吟诗填词，扩展了知识，历练了才情，所以比之一般同龄人更为卓异。三是作者的原因，即成年曹雪芹写其少年所历之人之事，所以宝、黛、钗等人的思想和性格都带有成年曹雪芹的思想和性格，都显得成熟。

甲：宝、黛、钗等所作诗谜，一般都能猜到，个别猜不到的，做谜语的人说出谜底，唯独薛宝琴的《怀古诗十首》，到底写的是什么？我读了《红楼梦》诗词的各种版本的注释，都没有看到准确恰当的答案，先生请给解释一下吧。

乙：说实在的，我也难以解释，因为它们实在太模棱两可，模糊不清，不知它到底说的是什么。薛宝琴说，她这十首怀古诗，内各隐一物。到底是怀古诗，还是诗谜？比如第一首《赤壁怀古》："赤壁沉埋水不流，徒留名姓载空舟。喧阗一炬悲风冷，无限英雄在内游。"有人猜是蚊子灯。这与赤壁之战有何关系？灯油岂是长江？一群蚊子死在灯油里，岂是英雄？这种比喻可谓不伦不类。这与杜牧的《赤壁》诗相去何远？怀古诗，一般是怀古述今，抒发己怀；若是诗谜，所咏之物，隐约其中，要与诗的意蕴情调谐调，联系可猜，如黛玉的"更香"诗谜、迎春的"算盘"诗谜等。宝琴这首《赤壁怀古》，通篇写的是壮烈悲惨的场景，"无数英雄"是什么呢？只能说是战死的英魂。再如第二首《交趾怀古》："铜铸金镛振纪纲，声传海外播戎羌。马援自是功劳大，铁笛无须说子房。"东汉光武帝时，交趾暴动，光武帝派马援镇压，取得胜利，在交趾铸大钟铭文，记马援功劳，以镇边陲。这首诗通篇都是写马援的武功和神威。有人猜是"喇叭"，简直是驴唇不对马嘴。这十首怀古诗，不要再一一去打闷葫芦了！我想薛宝琴或曹雪芹，可能压根儿就不想叫人猜出来，只让人领会其新巧和意蕴罢了。

甲：听了先生的讲解，让我困惑顿消。不过我还有一个疑问：贾宝玉被众人宠爱，美女环绕，锦衣玉食，处在温柔乡里，为什么还不满足？还感到痛苦，还要寻愁觅恨？

乙：人生是否幸福，不光是物质生活的富裕优越，还需要精神的自由愉悦，而且后者更为重要。贾宝玉追求的是什么？是人生的自由，适性的生活。可是他什么事都做不了主。他连走出家门、走出大观园的自由都没有，像他所说："什么事都做不了主，行动就有人管。"他喜欢读诗词歌赋等性灵之学，却不让他读；他讨厌四书五经、写八股文，却又逼着他非读非写不可。他讨厌峨冠博带的"禄蠹"，却逼着他去见；他想结交的秦钟、蒋玉函、柳湘莲，却不让他交往。他爱林妹妹，却不让他爱，而用调包计骗他与他不在一个道上的薛宝钗结婚。他像是关在笼子里的"宠物"，失去了人生的基本权利和自由，他能不痛苦吗？他曾说："绫锦纱罗，也不过裹了我这枯株朽木；羊羔美酒，也不过填了我这粪窟泥沟。'富贵'二字，真真把人荼毒了！"他宁愿生在寒门小户，能与秦钟常相聚首。特别是他所热爱、所同情的少女们，一个个惨遭不幸，他怎么能不痛心疾首，悲愤万分！这种精神的痛苦，在外人看来就是放着福不享而去"寻仇觅恨"。

甲：有的同学说，贾宝玉不读书，不做事，整天在内帏厮混，能混出个什么名堂？他的人生有何价值？

乙：这种说法很像尤氏和史湘云对贾宝玉的批评和评价。史湘云对宝玉说："如今大了，你就不愿意去考举人进士的，也该常会会那些为官作宦的，谈讲谈讲那些仕途经济，也好将来应酬事务，日后也有个正经朋友。让你成年家只在我们队里，搅得出来什么来？"可以看出，湘云是真心为宝玉好而劝他，认为这样下去，就会潦倒一生。可是宝玉听了大觉逆耳，对湘云立即下了逐客令。在人生原则问题上，他是寸步不让的。

如前所说，宝玉不是不爱读书，而是不喜读四书五经和作八股文，他喜读的是诗词歌赋、脚本杂剧等性灵之书。他的知识还是相当广博的，他的诗词曲赋写得也很不错。他的聪明灵秀、禀赋才情也是卓尔不群。这从"大观园试才题对额"，从他写的诗词曲赋特别是《芙蓉女儿诔》可以看出来。

我们评价一个人的人生价值，不只是看他实际上对社会做出多大贡献，还要看他所体现的精神意义。德国哲学家李凯特尔说："价值的实质在于它的有意义性，而不在于它的实际的事实性。"这是什么意思呢？这是说人生的价值的大小和意义不在他做了多少事，而是看他一生中所做的事对社会、对人民有什么积极的贡献和意义。古代有所谓"三不朽"：立功、立德和立言。只要在这三方面有一方面做得超凡入圣，那就会名垂千古而不朽。比如雷锋，虽然他是普通一兵，所做的都是一些平凡小事，没有建立什么丰功伟绩，但他身上所体现的那种精神却是伟大和崇高的，人民就会永远记住他。用这个观点来看贾宝玉，他身上确有闪光之处。比如他反对封建势力和封建礼教，尊重女性，主张男女平等，要求个性解放、个性自由和婚姻自主等初步民主主义思想，在当时是超前的，难能可贵的。所以毛泽东戏称贾宝玉是"第一个革命家"，不是随便说的。再如，曹雪芹一生拒绝走仕途经济之道，甘愿忍饥挨饿"著书黄叶村"，死后连安葬费都没有，可谓活得艰难，死得够惨了。但谁能说曹雪芹的人生没有意义、没有价值呢？所以贾宝玉的人生价值就是他在中国社会发展中的启蒙作用，他是一个先觉者。

甲：贾宝玉一向厌恶仕途经济，后来怎么又参加科举了？

乙：这是《红楼梦》后 40 回写的一个重要情节——贾宝玉的最后归宿。我以为写得非常好，它既符合贾宝玉性格发展的必然逻辑，也符合曹雪芹的创作原意。贾宝玉一生厌恶仕途经济，反对八股取士，怎么到头来走进了考场，而且还中了个第七名举人？这岂不是对贾宝玉性格的 180 度的逆转，是对他一生的否定？且慢！我们看一个人，不仅听其言，更要观其行；不仅要看他做什么，更要看他为什么做，做的结果是什么。对于贾宝玉考科举这一看似十分矛盾的举动，我认为还是可以理解的。要知道这是他悬崖撒手之前的决定：你们总说我无能、无用，我看考个举人也不是什么难事。你们养了我 20 年，也不能让你们白养，我就考个举人给你们看看，就算报答你们的养育之恩吧！果然他一下便考了个举人，然后就消失在人群中，然后就跟一僧一道飘然而去，回到大荒山无稽崕青埂峰下，仍化作一块顽石，形质归一。可见不要光看他做什么，而应更看他为何而做。

甲:《红楼梦》第五回,警幻仙子说贾宝玉“乃天下第一淫人”。宝玉矢口否认。她却说:“如尔则天分中生成一段痴情,吾辈推之为‘意淫’。唯‘意淫’二字,可心会而不可口传,可神通而不可语达。”说得玄妙空灵,不可捉摸。先生解释一下,何谓“意淫”?

乙:所谓“意淫”,从字面上讲,“意”即情意、情感;“淫”即过分、泛滥的意思。“意淫”就是情感泛滥,或滥施感情。贾宝玉对所有的少女都多情,甚至对美少年亦多情,但却是纯洁之情。他对林黛玉又是专一的爱情。所以警幻仙子说他是“意淫”。我认为贾宝玉的“意淫”实际上是泛爱,或称博大的爱,所以我谓贾宝玉为“情圣”。

甲:贾宝玉与秦钟特别亲密,与蒋玉函换汗巾子,他们之间的关系有些暧昧,他们是否同性恋?

乙:当时一些贵族子弟确有喜欢男色之风。如《红楼梦》第4四回中的冯渊见到甄英莲前,即“酷爱男风,不喜女色”。第九回群童闹书房,从金荣和茗烟互相谩骂的那些脏话中,以及薛蟠、贾琏的作为,确有同性恋的事情。但贾宝玉却没有这种事,他跟秦钟、蒋玉函、柳湘莲等只是惺惺相惜的朋友;相反,没有任何证据证明他们是同性恋。就连宝玉与蒋玉函换汗巾子,也是欲赠表礼,仓促无备之举,并无可疑之处。

甲:林黛玉临死前说的那句未完的话“宝玉,宝玉,你好……”到底是什么意思?

乙:这句话的意思只能是“宝玉!宝玉!你好狠心哪!”这是一句痛彻肺腑的弥天大恨之话!她误认为是贾宝玉背叛了他们的爱情,他是个可耻的负心者!这是爱之深、恨之切的背反。想想他们的前世今生,他们的重于生命的生死之恋,可谓高于天、深于海、重于山、贵于命,几死几生、生死不渝、撼天动地、弥漫宇宙的爱情,她是多么、多么的恨呀!可是,她错了,毁灭他们爱情的杀死她的不是贾宝玉,而是贾府的当权者——她的外祖母、她的舅母和凤姐,她们合谋,用调包计让傻乎乎的宝玉娶了薛宝钗,金玉良缘代替了木石前盟。贾宝玉枉成了罪魁祸首!林黛玉这句未完的话，包含着多少内容啊！

甲：先生，你的解释真是精警不过！让我长久百思不得其解的疑问顿然消失，有一种豁然开朗之感。不过，我再问一下，贾宝玉的斗争以出家告终，他是胜利了，还是失败了？

乙：可以说既是失败了，也是胜利了。为什么这样说呢？贾宝玉的人生目标、人生理想一个也没有实现，他是在痛苦和绝望中离开了人世的。作为护花使者，花费了一生的心血，关心、爱护、呵护那些美丽纯洁的少女们，可是到头来她们都一个个悲惨地死去；他用生命和心灵所爱着的林黛玉，也被当权者摧残、扼杀，他们的美好爱情成为千古恨事！其实贾宝玉的一生是真正的悲剧的一生。但是贾宝玉始终没有低头，死也绝不认输。他对那个旧世界恨透了，绝望了，最后采取“悬崖撒手”，一走了之！而那个旧世界也“呼啦啦似大夏倾”，树倒猢狲散，走向了灭亡。就是说贾宝玉至终也没有认输，没有低头，他在精神上是胜利者。可以说贾宝玉是个失败而不服输的英雄。当他对那个黑暗龌龊的社会彻底绝望之后，他便怀着他的理想，毅然决然地“悬崖撒手”，离开那个世界。他的理想，他的精神，却留在了世界，以他微弱的光辉映着后人的路。

甲：书中已有一个贾宝玉，作者为何又塑造了一个甄宝玉？

乙：这既是曹雪芹特殊的艺术构思，也是他昔日记忆的辉映。他塑造贾宝玉这一艺术形象的整个过程中，先后有六次变化，即顽石、醒石、三生石、神瑛侍者、贾宝玉和通灵宝玉等六身。每一个身份都有一段丰富而神奇的故事，都有一段生命史，合起来则是完整的、丰满的、灵气贯注的贾宝玉。一人六身的艺术形象，是新颖的、独特的，“古今唯有之一人”。这样的创作方法，在整个世界艺术史上都是独一无二的。似乎只有毕加索的绘画艺术与之略有相似之处，或者让人想起千手千眼的观音。这是主要的。另外，曹雪芹在写作时，心里总忘不了昔日的人和事，不时浮现在他的心头眼前，于是就会出现“真”“假”映照的现象——有个贾府，又有个甄府；有个贾宝玉，又有个甄宝玉。

甲：怎样看"钗、黛合一"？

乙："钗、黛合一论"的始作俑者是脂砚斋。他在《红楼梦》庚辰本第四十二回前总批中说："钗玉名虽二个，人却一身，此幻笔也。"这一看法为俞平伯先生所接受，并进一步作了阐释。他在《红楼梦辨》中说，曹雪芹不褒林贬薛的证据，是《红楼梦引子》中说："因此上，演出这悲金悼玉的红楼梦。""金是钗，玉是黛。……对钗、黛一悲一悼，当然就无褒贬，无轻重。且书中每每并提，若两峰相峙，二水分流，各极其妙，莫能相下。必如此方极情场之盛，必如此方尽文章之妙。"后来，他又在《红楼梦研究》中说："第五回十二钗正册，却只有十一幅图，十一首诗，钗、黛合为一图，合咏为一首诗，这就显然表明，作者是想回避黛、钗的先后次序问题。"这里俞先生虽没有明确说"钗、黛合一"，只强调钗、黛"两峰并峙，二水分流"，但实质上他与脂砚斋的观点是一致的。近来又有一种"钗、黛合一"的说法，即认为这是曹雪芹的美学思想的体现。其根据就是第五回贾宝玉在梦中与警幻仙子之妹、名兼美字可卿者结为夫妻。"兼美"即兼钗、黛二人之美，是曹雪芹理想中的完美。以上三种说法，尽管表述的语言不同、侧重点不同，但在"钗、黛合一"这一基本点上却是一致的。

"钗、黛合一论"，既违背了生活的辩证法，也违背了艺术法则，更不符合《红楼梦》的实际。薛宝钗和林黛玉虽然都是绝代佳人，冰雪聪明，各有才情，但却是两个各自完全独立的且性格相对立的艺术形象。一个出身于富甲天下的皇商，另一个出身于家道中衰的官僚；一个是有母有兄、有钱有势的"宝姑娘"，一个是父母双亡、寄人篱下的孤儿；一个是杨妃式的丰腴之美、鲜艳妩媚，一个是西施式的清瘦之美、婀娜风流；一个是知识广博具有书卷气，一个是灵气贯注富有诗人气质；一个深谙世故、城府甚深，一个直率坦诚、一片天真；一个追求夫贵妻荣的世俗功利婚姻，一个企慕的是精神契合的性灵之爱；一个是标准的封建淑女，一个则是封建社会的叛逆者……这样两个完整而又对立的形象，两个活生生的生命，怎么能够合二为一呢？这正像现实中的两个活人不能合成一个人一样。

然而，脂砚斋和俞平伯他们，为什么会有“钗、黛合一”的看法呢？这跟他们只注意形式而忽视本质的形而上的思维方法有关。他们不理解作者这样处理的意图，没有从两个人物性格的本质区别和对立去判断；看到两人合为“一画一诗”，看到贾宝玉梦中与“兼美”结合，便误认为曹雪芹是要将“钗、黛合一”。其实曹雪芹这样处理，完全是出于他的艺术构思。在曹雪芹看来，钗、黛二人是《红楼梦》里最重要的两个女性，可谓“两峰对峙，二水分流”，不分轩轾；她们的重要性还表现在，她们与贾宝玉的爱情婚姻和命运密切相关；把她们放入一画一诗，是从宝玉的角度眼看心评；把这两个性格对立的“情敌”放在一起，对比则更加鲜明。她们的悲剧命运虽然性质不同，但在曹雪芹看来，都是悲剧，都应给予同情和悲悼，所以曲子中说“悲金悼玉”。至于说曹雪芹追求完美的理想，那也不过在意识中、在想象中，犹如贾宝玉看到薛宝钗的雪白的膀子，叹息没有长在林黛玉身上一样。总之，“钗、黛合一论”是违背艺术描写的实际的，也是有悖情理的。

甲：林黛玉和薛宝钗是一对“情敌”。“木石前盟”与“金玉良缘”的斗争，可以说贯穿《红楼梦》的始终。但仅就钗、黛二人的关系来看，却有一个明显的界限，即《红楼梦》第四十二回“衡芜君兰言解疑痴，潇湘子雅谑补余音”。在此之前，林黛玉时时处处都对薛宝钗充满敌意，一有机会就对宝钗冷嘲热讽，明显地表现出爱情的排他和嫉妒；可是，通过“兰言解疑痴”，这一对情敌突然和好了。我始终不解二人的矛盾为何就这样轻易地冰释了，也不明白曹雪芹这样安排的用意是什么？

乙：这个问题提得好。我早年读《红楼梦》时，也像你一样觉得疑惑不解。不仅一般读者不理解，就连贾宝玉对她们的和好也感到意外，曾当面问林黛玉：“是何时孟光接了梁鸿案？”林黛玉做了详细的解释。就是后来读的次数多了，反复进行思考，似乎有所领悟。现在不妨把我的看法说出来，你看看是否有道理。

首先，钗、黛二人有和好的基础。她们虽是情敌，却不是敌人。青春姐妹，同住大观园，朝夕相处，吟诗作画，嬉笑玩耍，自然培养了一定的感情。虽有爱情的嫉妒，却未到伤害姐妹之情的程度。

甲：先生且慢！正如你说的，她们虽不是敌人，却是情敌。爱情的特性就是排他和嫉妒。别说她们是八竿子打不着的亲戚，就是亲姊妹，也是不容夺爱的……

乙：你先别急嘛！听我往下说。你要注意，她们的和好是在什么情况下发生的？宝、黛爱情经过反复试探，彼此折磨，到"诉肺腑"、宝玉挨打、赠旧帕、题诗，已达到精神默契、两心相知的地步，林黛玉的"疑心病"已经消除，不仅对宝玉再没有试探猜疑，也放松了对宝钗的防范。恰在此时，薛宝钗抓住了林黛玉的小辫子——记得吧，那是在一次酒宴上，大家说曲赌酒，林黛玉怕罚，情急之下顺口说了《牡丹亭》《西厢记》里的两句话，事后薛宝钗就要"审"她，并且还向她讲了一大套不敢看杂书（她认为《牡丹亭》《西厢记》均为杂书）的道理，看了"移了性情，就不可救了"，以针黹为本，"女子无才便是德"的大道理，竟说得黛玉"心下暗服"。

甲：这又让我有些想不通了。薛宝钗既为林黛玉的情敌，为什么不趁这个机会当场揭发她，这不正可以致"敌"于死命吗？再说林黛玉这个聪明绝顶的叛逆者，怎么就轻易被薛宝钗说服了？

乙：你想薛宝钗是何等人，她岂能做顾前不顾后的事？如果她真的当场揭发了林黛玉，她还能在贾府做人吗？况且宝钗确实不是那种有心害人的人。再说她那样做是为了表示对林黛玉的关心和爱护，让林黛玉口服心服，从心里感激她。果然，她的一番话"说的黛玉低头吃茶，心下暗服，只有答应'是'的一字"。这就是薛宝钗的厉害。

至于林黛玉为什么能轻易被说服，那原因却比较复杂微妙些。一是林黛玉虽然有叛逆精神，但毕竟是个贵族小姐，她思想里也有封建意识，所以一时还能接受宝钗的说教。二是薛宝钗那一针扎到了她的软肋。她虽然觉得《牡丹亭》《西厢记》"真是好文章"，非常喜爱和欣赏，但她也知道，这些当时是被社会看作"淫词艳曲"的，她和宝玉也只是偷偷地看。如今既经宝钗点破，她方感到可怕：倘若她当时说的那两句被贾母等人听出，或事后被捅上去，后果是不堪设想的。宝钗正是看准了这一点，方下针砭，刺中要害，使她伏首听命。黛玉觉得宝钗没有当场揭发她，事后还“谆谆诱导”她，自然会从心里生出感激之情，也是能听进宝钗那些话的心理机制。事后她对宝钗说：“你素日待人，固然是极好的，然我最是个多心的人，只当你有心藏奸。从前日你说看杂书不好，又劝我那些好话，竟大感激你。往日竟是我错了，实在误到如今。”可以说，黛玉对宝钗的看法发生了180度的大逆转。此后黛玉不仅不再猜疑宝钗，而且二人言和意顺，姐妹相称，异常亲热。黛玉甚至喊薛姨妈为“妈妈”，叫薛宝琴为“妹妹”。连宝玉都觉得纳罕不解，心想：“他两个素日不是这样的。如今看来，竟更比他人好了十倍。”便笑问黛玉道：“是何时孟光接了梁鸿案？”黛玉告诉了他缘由，宝玉又调侃道，“原来是从小孩儿家嘴没遮拦上接了案了。”从宝玉的感受就进一步证明，钗、黛确实是和好了。

甲：我再问一句，曹雪芹这样处理的意图是什么？

乙：我看曹雪芹是出于两点考虑。一是表明宝、黛爱情已发展到两心相知、生死不渝的阶段，黛玉从此放松了对“金玉良缘”与“木石前盟”斗争的警惕性，预示他们爱情悲剧将在他们毫无察觉的情况下突然发生。二是将宝钗的人情练达、城府甚深与黛玉的纯洁善良、幼稚单纯作进一步对比，使二人的性格更加鲜明深刻。

甲：还有没有特别的用意呢？

乙：我知道你的意思了，你是说是不是要写成“钗、黛合一”？看来“钗、黛合一论”的阴影还没有从你心里消失。我已经说了，钗、黛是两个完全各自独立而又互相对立的形象，是绝对不可能合而为一的。

薛宝钗到贾府之前，黛玉从容地享受着刚刚萌生的爱情的甜蜜，可是，“忽然来了一个薛宝钗，年纪虽大不多，然品格端方，容貌美丽，人人都说黛玉不及。那宝钗却又行为豁达，随分从时，不比黛玉孤高自许，目无下尘，故深得下人之心。就是小丫头们，亦多和宝钗亲近。因此黛玉心中有些不忿”。这自然是出于小儿的嫉妒，但也含有爱情的吃醋的成分。此后，随着宝、黛爱情不断发展，这种争风吃醋的事便频繁发生。黛玉不仅经常用“金玉良缘”刺痛和提醒宝玉，而且还特别防备他人介入他们的爱情关系之中，例如在《红楼梦》第八回，当二宝一个看“宝玉”、一个“识金锁”之际，那黛玉就“摇摇地走了进来”。爱情是自私的排他的。林黛玉把她对贾宝玉的爱情看得比自己的生命还重要，岂能无动于衷？于是便对贾宝玉夹枪带棒、冷嘲热讽了一阵。

甲：《芙蓉女儿诔》中说的“钳诐奴之口，讨其从宽？剖悍妇之心，忿犹未释。”“诐奴”“悍妇”指的是什么人？是否还包括王夫人？

乙：抄检大观园，使晴雯等一大批美丽纯洁的少女惨遭迫害，使贾宝玉悲愤难抑，写下了声情并茂、感人肺腑的《芙蓉女儿诔》，口诛笔伐那些封建恶势力。其中的“钳奴之口”，我看是指丫鬟中搬弄是非、打小报告的人，而“剖悍妇之心”，可能是指王善保家的和周瑞家的。

甲：我觉得搬弄是非的人是怡红院里的丫鬟，很可能是袭人。为什么这样说呢？抄检大观园之后，宝玉心想王夫人“所责之事皆系平日之语，一字不爽”，又想“是谁这样犯舌？况这里事也无人知道，如何就都说着了”。他对袭人说：“怎么人人的不是太太都知道，单不挑出你和麝月秋纹来？”袭人听了这话，觉得宝玉有疑己之意，心里一动，低头不语。我读到这里，就认为犯舌者十之八九就是袭人等三人。我还认为抄检大观园，迫害晴雯等少女的罪魁祸首是王夫人，“悍妇”除了王周二人应该还包括王夫人。

乙：你对“诐奴”的分析和猜想可能是对的，但把王夫人也指为悍妇是错误的。宝玉再悲愤也不可能用这样恶毒的语言咒骂自己的母亲。

甲：先生，恕我不敬，这个问题我不能同意您的看法。我从宝玉悲愤万分地呐喊“我不知道晴雯到底犯了什么滔天大罪”中，听出了他在内心对其母的怨恨——至少在他的潜意识里是满怀怨恨的。

乙：对文学现象有不同看法，是常有的事，即使师生也不例外。那我们就各持己见吧。

甲：宝玉被打之后，卧病在床，他为什么让晴雯给黛玉送去两条旧绢子，这到底是什么意思？

乙：书里说得很明白。你不解，晴雯也不解，还怕黛玉生气，宝玉说："你放心，他自然知道。"黛玉开始也不解，"细心揣度，一时方大悟过来"。所谓心有灵犀一点通，宝玉知道黛玉能领会他送旧绢子的心意——以物传情——宝玉送去的是旧绢子，其实传递的是他在被打的病痛中依然对黛玉的思念不已，对爱情的忠贞不渝。书中这样描述黛玉当时的思想活动："这黛玉体贴出绢子的意思来，不觉神痴心醉，想到：宝玉能领会我这一番苦意，又令我可喜。我这番苦意，不知将来可能如意不能，又令我可悲。……再想到私相传递，又觉可惧。他既如此，我却每每烦恼伤心，反觉可愧……"于是"一时五内沸然，不由得余意缠绵"，在那两块旧绢子上写出了"眼空蓄泪泪空垂，暗洒闲抛更向谁？尺幅鲛绡劳惠赠，为君那得不伤悲？"等三首诗，"觉得浑身火热，面上作烧……"林黛玉为何这样如醉如痴，激动不已？她终于得到了贾宝玉所表白的真情——这两块旧帕就是定情之物啊！从此，宝、黛再没作爱情试探，也不再吵架了，他们的爱情进入了一个新的默契阶段。

甲：贾宝玉的最后归宿是否出家当和尚，皈依佛门？

乙：我认为不是。曹雪芹不会幼稚到把出家当和尚作为贾宝玉的最后归宿。

甲：不过，宝玉出家当和尚的说法还是有一定根据的。比如当宝玉苦恼无奈的时候，曾不止一次地对黛玉和袭人说过出家当和尚的话。又如《红楼梦》第一一七回"阻超凡佳人双护玉"，和尚前来讨玉，宝玉欲跟和尚走，只是由于王夫人、宝钗、袭人极力阻拦，宝玉才未能走脱。再如《红楼梦》第一零二回，贾政在毗陵驿船中写家书，"写到宝玉的事，便停笔。抬头忽见船头微微的雪影里一个人，光着头，赤着脚，身上披着一领大红猩猩毡的斗篷，向贾政倒身下拜……迎面一看，不是别人，却是宝玉……只见船头上来了两人，一僧一道，夹住宝玉道'俗缘已毕，还不快走？'说着三个人飘然登岸而去”。这不是去当了和尚吗?

乙:我说了贾宝玉最终不是当和尚。你看这一僧一道夹持着贾宝玉到哪里去呢? 请听他们唱道:

我所居兮,青梗之峰。我所游兮,鸿蒙太空。谁与我游兮,吾谁与从。渺渺茫茫兮,归彼大荒。

请注意,这一僧一道,可不是寻常寺庙里的和尚道士,而是来往于大荒山和太虚幻境,又到了人间的茫茫大士、渺渺真人,是神通广大的仙人。正是他们在大荒山把女娲炼石补天、弃而不用的那块顽石幻化为扇坠大小、鲜艳明洁的美玉,且镌上了几个字,趁神瑛侍者、绛珠仙草等风流孽鬼下凡为人之机,将其夹带其中,携他到“那昌明隆盛之邦,诗礼簪缨之族,花柳繁华地,温柔富贵乡那里去走一遭”。于是大清乾隆朝京都贾府里,神瑛侍者便托生为贾宝玉,而那块由顽石幻化成的美玉,则是宝玉诞生时口内衔的那块“大如雀卵,灿若明霞,莹润如酥,五色花纹缠护”的“宝玉”。这块玉既是宝玉生命的象征,也是宝玉人生的见证者,二者是合二为一的。贾宝玉的本质是石而非玉,玉是他的幻象。贾宝玉的一生是沿着顽石、灵石、弃石、迷石、醒石的趋势发展的,就是说,贾宝玉在历尽悲欢离合、炎凉世态的红尘凡劫之后,彻底厌弃了那个黑暗污浊的世界,毅然又化作一块冷峻寂寞的顽石,重新回到了大荒山。不过这时的顽石,已非当初的顽石,已是“上面字迹分明,编述历历”。那记载的就是贾宝玉的一生经历,即《石头记》。

甲:这不过是一个荒唐的神话,在现实中是根本不可能发生的。

乙:神话的特征是寓意性、象征性。真正的神话并不荒唐,而是寓有历史的真实和深刻的人生哲理。贾宝玉在其一生中,尝尽了人生滋味,也彻底感悟了人生,真正看透了这个世界,于是迷石已变成了醒石,他宁愿再变成冷峻寂寞的石头,而不愿与世俗同流合污。这样的结局,要比出家当和尚更富有哲理,更有精神的震撼力。如果把贾宝玉的最后归宿写成出家当和尚,那倒是有些浅薄和荒唐了。

甲：《红楼梦》里有两只凤凰——贾宝玉和王熙凤，是贾母最钟爱的人。说过贾宝玉，再说说凤姐吧。

凤姐这个人物，与其他女性截然不同，她是贾府里的“女总理”，有权有势，声名显赫，一呼百应，享尽了荣华富贵，但却又贪得无厌，阴险毒辣，害死几条人命，是一个有恶德恶行的人，曹雪芹为什么把她也列入薄命司？

乙：这个问题提得好。这既关系到如何正确认识凤姐这一人物形象，也关系到作者对凤姐这个人物的态度问题，值得深入的思考和探讨。

的确，如果仅按凤姐的种种恶德恶行，不仅不应该把她列入薄命司，而且应该打入十八层地狱。然而凤姐不光只有恶的一面，她还有善的一面；不只有丑的一面，也有美的一面；不仅有虚假的一面，也有真诚的一面。她是一个非常复杂非常丰富的人物。用西方俗语说，她“一半是神仙，一半是恶魔”。当有人触犯她的根本利益或尊严时，她就成了一个恶魔。如贾瑞这只癞蛤蟆想吃她的天鹅肉，冒犯了她的尊严，她便采用相思计和下流手段，致贾瑞于死地。当发觉尤二姐对她有夺爱甚至可能动摇她的地位时，她就巧施奸计，把尤二姐害死。她又是一个极端自私、贪婪成性、狠毒凶残的人，为了三千两银子，生生把张金哥一对未婚夫妇害死，却心安理得。她还勾通官府，包揽讼词，霸占婚姻，放高利贷……她的恶德恶行，可谓罄竹难书。凤姐身上有各种人性因素和多种性格色彩，并且还经常以假象掩盖着真相，让人一时说不清、道不明。这就增加了认识的难度，必须进行深刻细致的分析，才能做出正确的认识和评价。但是，有的读者只注意了她的得势和恶行，而忽略了她的不幸和可怜，或者只赞赏她的聪明才干，而忽略了她的狠毒恶劣。不管她多么聪明多智，多么有才能干，多么有权有势，但在那个时代，她生为女人，就是最大的不幸，就要入薄命司。在封建社会，女性同时受着政权、族权和夫权的压迫，受着封建礼教的种种束缚，处在社会的最底层，即使是“霸王似的”凤姐也难逃牢笼。

曹雪芹对凤姐这个人物的态度也是很复杂的，可以说既爱又恨：爱她的才与貌，恨她的德与行；对她既有赞扬，又有批判，而对她的悲剧命运则表示出同情和惋惜。这种复杂的思想感情和爱憎态度，集中体现在为她写的判词和曲子中：

其判词曰：

凡鸟偏从末世来，都知爱慕此生才；
一从二令三人木，哭向金陵事更哀。

其《红楼梦曲》曰：

机关算尽太聪明，反算了卿卿性命！生前心已碎，死后性空灵。……枉费了，意悬悬半世心；好一似，荡悠悠三更梦。呼啦啦似大厦倾，昏惨惨似灯将尽。呀！一场欢喜忽悲辛。叹人世，终难定！

我们仔细品味这判词和曲子，就能领会曹雪芹对凤姐的悲剧命运所表示的深切同情和哀叹。可是，我们只记得贾琏怕她，却忘了贾琏借酒疯持剑追杀她的狼狈情景；只记得她管理贾府，特别是协理宁国府时的一呼百应、八面威风，却忘了她主办贾母丧事时的力拙失人心的可怜相，更忘了她“一从二令三人木”的悲惨命运！（对“一从二令三人木”有不同解释。我认为这是贾琏对王熙凤的前后变化的三种态度：开始顺从，继而冷淡，最后休弃。所以“哭向金陵事更哀”。）

这是曹雪芹原来的构思。《红楼梦》后40回改成了冤魂报仇而病死。如此看来，把凤姐列入薄命司不亦宜乎！

甲：那身为贵妃的元春，为何也列入薄命司？

乙：在世人看来，元春身为贵妃，已是荣华富贵至极，何谓薄命？为省一次亲，专门修了一座大观园，银子花得像淌海水似的。省亲那天，那气势，那排场，赫赫扬扬，何等富贵荣耀！竟是“遂令天下父母心，不重生男重生女”了！可是，元春真的很幸福吗？她与亲人见面时，不是欢天喜地，而是哭声一片。看她是怎样向亲人们诉说她在宫中的生活感受吧：“当日既送我到那不得见人的去处，好容易今日回家，娘儿们这时不说说笑笑，反倒哭个不了，一会子我去了，又不知多早晚才能一见！”说到这句，不禁哽咽起来。她虽为贵妃，身居深宫，那里却是“不得见人的去处”。也难免孤独寂寞，难以忍受精神上的痛苦，何言欢乐幸福？元春三十八岁就死去了，不是应该列入薄命司吗？

甲：还有另一个问题：我看到有的诗人和作家都认为《红楼梦》的诗词写得并不好，你认为呢？

乙：如果这些诗词是某诗人的作品，确实算不上好的诗词。但这些诗词不仅与一般诗人的作品不同，也与别的小说的诗词不同，它们是曹雪芹替书中人物写的，也就是说是十几岁的少年写的。这就要另当别论了。小小年纪能写得这样好，已是难能可贵，更难能可贵的是，几乎每一首诗词，都符合各人的身份、口气和性格，特别是表现了人物灵魂深处的那些精微的情愫，对塑造人物形象起着特殊的作用，还暗喻着人物的未来命运。应该说这是曹雪芹的一个创新。

甲：《红楼梦》第12回写贾瑞得了淫邪之病，百药不治，一日一个跛足道人，自称专治冤孽之症，从搭裢中取出一面正反两面皆可照的镜子，背面錾着"风月宝鉴"四字，并再三嘱咐"只可照正面，不可照背面"。贾瑞偏照背面，见是一个骷髅，吓得急忙掩了；再看正面，只见凤姐向他招手，于是他进去便与凤姐云雨一番……不几日，贾瑞便呜呼哀哉了。此后这"风月宝鉴"又在书中多次出现，显得神奇而魔幻，作者创造这一"神器"的意图是什么？

乙：曹雪芹创作的"风月宝鉴"是拟人化的'神器"，大有深意藏焉：一是说看这个"宝鉴"，只可看正面，不可看背面。其实是是说他的书，不要只看正面，还要看反面；此外，更有惊世醒人之意。世人易为声色钱财所迷，那就易走向邪路乃至绝路，警告世上恶男，不要伤害少女们，否则就是贾瑞的下场！他希望人们能真正读懂他的书，能分清真善美与假丑恶。据说，曹雪芹曾写过一本《风月宝鉴》的传奇，后来不知何故，失而不明。他在《红楼梦》第一回中说东鲁孔梅溪题曰《风月宝鉴》，也作为本书的一个名字。还专门写了贾瑞淫丧的一回大书而明示，可见作者的重视程度和用意之深。

啊！时候不早了，肚子有意见了，今天就说到这里吧。

甲：好，谢谢先生。我有个不情之请：能否继续请教？

乙：好吧，晚上再作一夕谈。

宝钗戏蝶

中篇

第四章

《红楼梦》的艺术构思

晚饭之后，月亮升起来了，群山朦朦胧胧，显得异常宁静。啊，师生依约来了。

甲：先生请坐。趁着月明风清，良宵美景，继续咱们的"红楼晤语"吧。

乙：咱们从哪里谈起呢？

甲：我想请先生谈谈《红楼梦》里的艺术构思问题。

乙：这不是你的专业范畴，对《红楼梦》的结构大致清楚就行了。

甲：《红楼梦》是我的最大爱好、"第二专业"，它将伴随我的一生，有空就读。我要把它读通、读懂、读深、读透。

乙：啊，我知道了。那咱们就好好研究研究《红楼梦》的艺术构思。这个专题用对话的方式倒显得灵活方便。

甲：我感到《红楼梦》的内容太丰富，结构太复杂，真是千头万绪，盘根错节，如同一堆乱麻一般，怎么也理不出一个头绪来。我想，要真正弄懂《红楼梦》，就应该搞清它的艺术结构，特别想知道曹雪芹的艺术构思。

乙：《红楼梦》的结构，并非如你所说如同一团乱麻；它的内容虽然极其丰富，极其复杂，盘根错节，但却像我们的人体一样，丰富而有机，复杂而清晰。有人说："曹雪芹像上帝创造世界一样创造了《红楼梦》"，这个说法有意思。它虽说浑然一体，自然天成，还是有蛛丝马迹可寻。

甲：阅读中的确有这样的感觉，真如生活本身一样，真实自然，看不出人工痕迹。但《红楼梦》是曹雪芹“披阅十载，增删五次”，呕心沥血，精心雕琢出来的，达到了巧夺天工的地步。然而我只有感叹的份，却说不出所以然，还需先生指点迷津。

乙：说起《红楼梦》的艺术结构或者构思，让我忆起几十年前的一段往事。那时我读大二，一天下午，我和几位同学到西安市南郊黄浦寺拜访作家柳青。当时《创业史》的上册已出版发行，他正在写下册，其中的一些篇章已陆续在文学期刊《延河》发表。所以一个下午谈的都是有关《创业史》的问题。其中我们问他创作中最难的是什么？柳青沉思了一下说：“最难的是结构。”接着他就阐述了为什么结构最难。他说一部书要写数十上百个人物，又有许多情节线索，和一大堆生活素材，要把这一切编织成一个有机的整体，谈何容易！就像打破了的一座山的乱石，你要按照你的艺术构思把这一堆乱石重新垒成一座更雄伟、更壮观的新山，你说难不难？很多时间和精力都花在结构布局上了。

回忆柳青的话语，我能更深切地想象到曹雪芹构思《红楼梦》这部巨著的难度和艰辛。怪不得他说“批阅十载，增删五次”，“字字看来皆是血，十年辛苦不寻常”！以至于达到了刘熙载所说“练极如不练，人籁化为天籁”（《艺概》），浑然一体，自然天成。

甲：是呀，感觉是这样；但一具体分析起来，又弄不清了。我也读过红学家有关《红楼梦》结构布局的论述，但却是见仁见智，众说纷纭，莫衷一是，而自己又弄不清楚，还请先生具体讲解一下。

乙：天才人物的一个特征，就是能从整体上认识和把握庞大复杂的事物，能看得清清楚楚，如庖丁解牛，如治大国如烹小鲜；他也能把数量惊人、杂乱无章的元素组合成一个有机的整体。曹雪芹是如何具体构思和架构《红楼梦》的，我们不可能知道，因为他创造了这个“世界”之后，就隐身不见了。但有时还从云缝里偶尔闪现，就是说，从《红楼梦》里还能看到一点蛛丝马迹，或者从已呈现的结构思索、推想曹雪芹的艺术思路和意匠经营。例如，他曾借薛宝钗之口论画的那一段话：

如今画这园子，非离了肚子里头有些丘壑的，如何成画。这园子却是像画儿一般，山石树木，楼阁房屋，远近疏密，也不多，也不少，恰恰的是这样。你若照样往纸上一画，是必不能讨好的。这要看纸的地步远近，该多该少，分主分宾，该添的要添，该藏的要藏，该减的要减，该露的要露，这一起了稿子，再端详斟酌，方成一幅图样。

绘画是这样，文学创作也是这样。作家在动笔前，首先要布局谋篇，做到胸有成竹，提纲挈领，打起框架，然后再由大到小，由粗到细，由远到近，逐层展开。他是以《红楼梦》前 5 回作为总的艺术框架，对全书作象征性显示，然后再展开具体的描写。你注意，前 5 回与第六回有一个过渡，作者出来说话："且说荣府中合算起来，从上至下，也有三百余口人，一天也有一二十件事，竟如乱麻一般，没个头绪可作纲领。正思从哪一件事哪一个人写起方妙？却好忽从千里之外，芥豆之微，小小一个人家，因与荣府略有些瓜葛，这日正往荣府中来，因此便就这一家说起。"这就是刘姥姥一进荣国府。

甲：曹雪芹为何从刘姥姥一进荣国府写起？这不是舍近求远吗？

乙：非也！他这样写，是由远而近、由小到大的写法。刘姥姥一进荣国府，一下子就直插贾府的核心——见到了贾府的当家人凤姐，接着就展开了对贾府的具体叙写。这才是最直接、最省力，也是最聪明的写法。

甲：啊，原来是这样的奇思妙想，天才人物就是与一般人不同。那他是怎样构思整部书的？

乙：俗话说，纲举目张，抓住了《红楼梦》结构的"纲"，其"目"也就清楚了。

甲：什么是《红楼梦》艺术结构的总纲呢？请先生具体讲解一下。

乙：我过去总认为前 5 回是《红楼梦》的总纲，但经过长期的思考和反复的揣摩，我改变了原来的看法，认为以贾宝玉和众少女为一方的新生势力与贾政、王夫人等为一方的封建势力之间的矛盾冲突，才是全书的总纲。抓住了这个总纲，全书的目就张开啦。

甲：那《红楼梦》前5回又算什么呢？

乙：《红楼梦》前5回是全书的具有实在内容的艺术框架。作者以虚实结合、明暗结合、隐喻和象征的手法，把全书的结局和主要人物的归宿表现出来了。第一回除了楔子，主要是用甄士隐这个乡宦的小荣枯，暗喻和象征贾府将来的大荣枯；第一个少女甄英莲（真应怜）的悲惨命运，实是天下所有女性悲剧的象征；神瑛侍者与绛珠仙草的"以泪还溉"的故事，则是贾宝玉和林黛玉的爱情悲剧的幻化与隐喻；甄士隐在家破人亡后出家，象征着将来贾府衰落后贾宝玉的"悬崖撒手"。这一回主要是两条线的概括——宝、黛爱情悲剧和贾府的盛衰历史。第二回，借冷子兴之口，介绍了贾府的概况、主要人物及人际关系，特别点出凤姐这个重要人物，分析了贾府衰败的原因。第三回写黛玉进贾府，宝、黛会合。第四回内容较为丰富，揭露了社会的黑暗和政治的腐败，但主要是写薛家进京，借住贾府，宝、黛、钗聚首，形成三角关系，埋下了"金玉良缘"与"木石前盟"的纠葛斗争。第五回贾宝玉的"神游太虚幻境"，用神话和曲词，暗喻并预示十二钗和贾宝玉等人的未来命运和归宿，而且写得迷离恍惚，为全书蒙上了阴郁朦胧的色彩，定下了悲剧的基调。

《红楼梦》这5回，各有侧重，又彼此照应，互相关联，形成了一个整体，既是对全书的鸟瞰和概括，也含有主要线索和重要人物的来龙去脉和具体活动。这个框架的设计和写法，表现了曹雪芹对《红楼梦》的深思宏构，具有极为重要的作用，我谓之"结构红楼梦"。

甲：有人认为贾王史薛四大家族是书的总纲。

乙：这是特殊时期一些人的看法。所谓四大家族，其实只有贾家一族在书中得到全面的展现，其他三家只是附带着涉及而已。王家，只写到王夫人和薛姨妈、凤姐和宝玉、宝钗去外祖母家走亲戚。王子腾升了九省节度使，但在书中没有出现；王仁到过贾府，干过坏事。史家，是贾母的娘家，她却是贾府的老祖宗。史家的人，常来贾府住的只有史湘云；史鼎到过贾府，可连他的姑母老太君也没拜见。薛家倒是与贾家关系密切，薛姨妈带着薛蟠、宝钗及家人借住贾府，后来薛蝌和妹妹薛宝琴也来到贾府，生活在这里。所以真正作为全书的重要内容和背景来写的，只有贾家一族。从作者的写作意图和构思来看，四大家族以贾府为主，以其他三族为辅；贾府，以荣府为主，以宁府为辅；贾府之中，以大观园为主，以园外为辅……这能看出曹雪芹的布局和意匠经营。

甲：我觉得《红楼梦》第五回不是按其自然顺序构思和写作的，可能是在全书基本写成后才写出来的。为什么这样认为呢？如果基本没有写出主要人物的命运和结局以及贾府的由盛到衰，作者则难于写出第五回。他是将结尾倒过来，以神话和象征、暗喻的手法，给人以先验的、神秘的朦胧感觉，让你不得其详，又让你必究其故。

乙：你这个猜想颇有道理，曹雪芹可能就是这样处理的。但不能起曹公而问之，姑且将你的猜想作为一说吧。

甲：对于《红楼梦》的艺术结构，有各种说法。有的说是网状结构，有的说是四维立体结构，还有人说是九宫格式结构，不一而足。不过有的语焉不详，有的模糊不清，有的以偏概全，不知谁说的为是。先生的“总纲”之说和“框架”之论，让我豁然开朗，廓清了头脑中各种纷纭杂乱的说法。但是，怎样提纲挈领把全书的各个部分提起来、联系起来？请先生再具体讲一讲。

乙：任何小说的结构，都是为表现内容服务的。这就涉及《红楼梦》到底是写什么的问题了。总的来说，它写的是贾府这个封建大家族的盛衰过程和这个过程中不同人物的不同命运，特别是宝、黛、钗的爱情婚姻悲剧，贾宝玉和那些少女们的悲惨命运。其实质是有初步民主主义思想的新生势力与腐朽的封建势力之间的斗争。封建势力在扼杀新生势力的同时，它自己也更快地走向了灭亡。所以整个就是一个大悲剧。

甲：的确如先生所说。在这个总纲里，隐含着贯穿全书的两条主线索，一条是宝、黛、钗的爱情婚姻悲剧，另一条就是贾府由盛到衰的过程。不过我又想，贾府由盛到衰的过程不像一条线，而更像一条生活的大河，说成是一条主线似乎不太恰当。

乙：把贾府的由盛到衰的过程说成一条主线，确实让人感觉大而无当；不过它既是宝、黛、钗中心故事的背景，也是一条与之密切相关的贯穿全书始终的主线。体现这条主线的标志，就是王熙凤这个重要人物的理家过程和她一生的命运。另外，还有刘姥姥三进贾府这条辅线与之相配合并印证，则这条主线也便更清晰了。凤姐理家和她一生的命运遭遇，与贾府的盛衰如影随形，彼此映照，密不可分。

贾府的由盛到衰，可分三个阶段。《红楼梦》前18回是它的“锦上添花，烈火烹油”的短暂的鼎盛时期（其实是封建社会的回光返照）。大事件有秦可卿大出殡、贾元春晋升贵妃、修建大观园和元春省亲等，与之相辉映的是凤姐理家。她上有贾母的溺爱，王夫人的信任，加上她的精明能干，又有一颗争强好胜的心，所以她管起家来，威重令行，得心应手，随心所欲，挥洒自如。你看她接见刘姥姥时那般尊贵，协理宁国府时那股英气和干练，贾母为她攒金庆寿那般荣宠！一个贾府，千头万绪，她却理得有条不紊，她真是“万绿丛中一点红”，“脂粉队里的英雄”！

从《红楼梦》第十九回到第五十四回，是由盛到衰的过渡期。其间虽然表面看来仍是一片繁华，过着奢侈挥霍的生活，但事故不断，矛盾渐多，且日趋激化，渐渐露出了衰落气象。比如贾政与宝玉的父子矛盾，贾琏与凤姐的夫妻矛盾，以王夫人、凤姐为首的当权派与贾赦、邢夫人为首的在野派的矛盾斗争；以王夫人、凤姐为一方与赵姨娘、贾环为另一方的嫡庶之争，以及婆子、丫鬟和奴才之间的派系斗争，都加速了贾府的衰败。大事件有魇魔法、笞挞宝玉、凤姐小产、退居幕后、抄检大观园、除夕祭祖等。这期间贾府内部矛盾渐多，斗争日烈，正如探春所说：“还是一家子亲骨肉呢，一个个都像乌眼鸡似的，恨不得你吃了我，我吃了你！”抄检大观园时，第一个抵制的就是她。她对凤姐等人说："你们别急，自然有抄你们的日子呢！你们今早起来不是议论甄家，自己好好地盼着抄家，果然今日真抄了。咱们也渐渐的来了！可知这样大族人家，若从外边杀来，一时是杀不死的……必须从家里自杀自灭起来，才能一败涂地呢！"这是贾府唯一清醒者的警语。

这期间，凤姐虽然康复，却更加忙碌，东西两府，一刻也离不开她，她无时无处不在忙碌。据初步统计，前 80 回中，凤姐出场的有 60 回；在后 40 回中，凤姐出场的有 12 回之多；即使凤姐没有出场，正如脂评所说："纸上虽一回两回中或不能写到阿凤之处，然也有阿凤在彼处手忙脚忙矣！"由于过度的操劳，凤姐儿小产了，不能理事，只好退居二线，由探春、李纨和宝钗代理。但她却未真正"退休"，依旧"心怀魏阙"。许多事情虽由三钗经办，凤姐却事事关心，频频过问，还让平儿代理与三钗协商，并将有关情况向她及时汇报。凤姐何曾一刻心闲，只不过凤姐的脚长在平儿身上罢了。第七十二回以后，凤姐声色倦怠，接着淋血不止，从此病倒，不能理事。到被抄家后，随着贾府这个百年望族"呼啦啦似大厦倾，昏惨惨似灯将尽……"凤姐也气息恹恹，人命危残，死期已到，终于埋入大厦的废墟之中。这由盛到衰的三个阶段和凤姐的人生遭际，刘姥姥都亲眼见证了。这条主线可谓丰富而清晰。

甲：先生这一番详解，澄清了我的模糊认识。至于宝、黛、钗的爱情婚姻悲剧这条主线，早已是明晰又被公认的了，甚至还有人认为宝、黛的爱情故事，是《红楼梦》唯一的中心线索，把《红楼梦》说成是爱情小说，把书名改成《金玉缘》。这当然是片面的，不过也说明宝、黛爱情在书中的重要地位，描写的感人至深。这条主线，我以为宝、黛爱情悲剧的发展大致有这么几个阶段。第一个阶段，尚在孩提，因同被贾母溺爱，共居贾母房中，一桌吃饭，一床睡觉，同止同息，青梅竹马，两小无猜，比其他姊妹略熟惯些，更亲密些。这时还说不上爱情，只是孩子般的友情，但却打下了感情的基础。第二阶段，是互有好感，彼此欣赏，情窦初开，爱情萌芽。第三阶段，年事渐长，懂得了男女之事，有了爱情的意识，有意无意地表现出互相欣赏与关爱，但还互不知底，于是便绕着弯子、生尽办法，用《西厢记》《牡丹亭》的艳曲妙词间接地表爱传情，甚至用参禅的方法，来试探对方对自己的爱到底有多真，有多深。因为你也将真心真意瞒起来，我也将真情真意瞒起来，都以假情假意试探，两假相逢，必有一真，这就难免发生矛盾和争吵。所以他们的恋爱是以痛苦的方式表现出来的。第四阶段，已到心灵相通，知己默契。自从"诉肺腑心迷活宝玉""多情女情重愈斟情"，以及钗、黛和好，林黛玉的疑心病消失，更认识了宝玉对她的深情真爱，于是两人的爱情，变得生死不渝，足可以"感金石，回天地"（洪升语），成为"天下之至情，天地古今男女所不能尽之情"。最后，一个为情而死，一个因情绝世远逝，谱写了古今中外不曾有过的爱情诗篇，成为千古不朽的爱情悲剧。这条主线可谓清晰而深邃。

先生，不知我这样分析认识是否正确？

乙：很好！很好！后生可畏！

甲：谢谢先生的夸奖。不过《红楼梦》写了那么多的人和事，那么多的矛盾和斗争，是怎样与这两条主线联结起来的？

乙：这就关系到情节运筹和细节描写了。你刚才说，贾府的盛衰过程像一条生活的大河，这个比喻很好，既形象又生动。不过你看，在这条生活的大河里，发生了许许多多故事，仅就儿女爱情来说，除了宝、黛爱情这个中心故事，还有秦钟与智能、贾芸与小红、司棋与潘又安、尤三姐与柳湘莲、贾蔷与龄官等的爱情故事，与宝、黛爱情相辉映。围绕宝、黛爱情这条主线，展开了多少矛盾和斗争的描写，演出了多少青年男女的爱情和人生悲剧！

甲：曹雪芹在构思《红楼梦》时，真是匠心独运，胸有成竹。他为了使"闺阁昭传"，既写出她们的"见识行止"的不凡，又写出她们的最后结局是"千红一窟（哭），万艳同杯（悲）"，于是便设计了天上的太虚幻境和人间的大观园，虚实转换，上下辉映。宝玉和众少女居住在大观园里，真是天真烂漫,一片混沌世界。在那里,他们过着无忧无虑、欢乐愉快的生活,各个美丽纯洁,多才多艺,青春阳光,闪现着生命的美丽和光彩。然而,最终一个个都是悲剧的命运,回归到了太虚幻境。如果没有大观园,很难想象作者的"大旨谈情"和为"闺阁昭传"的愿望能够实现。

我总觉得《红楼梦》的整体结构,就像人的血脉一样,有动脉,也有静脉;有主血管,又有支血管,还有细血管、毛血管,都浑然一体,自然天成。对于曹雪芹的这种卓越才能和构思的奥妙,我只知其然,而不知其所以然,所以只有佩服和惊叹的份儿。

乙:其实细想起来,还是能略知一二的。比如书中所用的艺术手法和技巧,如草蛇灰线、伏脉千里、横云断岭、烟云模糊、黄河九曲、曲而不乖、得空便入、回风舞雪等,都是曹雪芹对插叙、侧叙和倒叙等的巧妙运用,不过他是存乎一心,信手拈来,用得恰当,不着痕迹,且妙趣横生。他从来不一笔只写一事,而是一笔写两事,甚至数事。大事件中写数个小事件,如秦可卿大出殡,就写了闻丧、协理、悼念、哭灵、出殡、路祭、打尖、凤姐弄权、秦钟弄情等许多事件,这该有多么丰富的内容啊!像这样的例子还有许多,如抄检大观园、宝玉挨打、锦衣卫抄家等,这些重大情节,迤逦展开了多么广阔而又丰富多彩的生活画面,写出了多少人物和矛盾斗争,又缀满了多少生活的五颜六色的花朵呀!

再如周瑞家的送宫花,一路走来,写了几个人的情形:最先遇到了金钏和香菱,问了香菱的来历,端详了香菱的模样,这是对香菱作了侧面的描写;到了迎春房里,迎春、探春正在下棋,二人的宫花一并送了。到了惜春那里,"只见惜春正同水月庵的小姑子智能儿两个一处玩耍呢"。周瑞家的送上宫花并说明缘故,惜春笑道:"我这里正和智能儿说,我明儿也要剃了头跟他做姑子去呢,可巧又送了花来,要剃了头,可把花儿戴到哪里呢?"说笑了一回,便往潇湘馆走去。这个细节,为惜春将来出家为尼埋下了伏笔,作了铺垫与预示,含义非凡。周瑞家的从凤姐门口路过,看着门前的气氛,听见房里的笑声,知是贾琏在"戏熙凤",白日宣淫;继而向潇湘馆走来，路上又碰见她惊慌失措的女儿，告说她女婿被人诬告，要递解还乡。周瑞家的听了，说道："这算什么大事……这会儿太太二奶奶多不得闲儿呢。"说罢便向黛玉房子来。谁知黛玉不在自己房里，却在宝玉房中，两人正在解九连环做戏。见送花来，宝玉先拿着花看了看，黛玉只在宝玉手中看了一眼，便问道："还是单送我一个人的，还是别的姑娘们都有呢？"周瑞家的说："各位都有了，这两枝是姑娘的。"黛玉冷笑道："我就知道么，别人不挑剩下的也不给我呀。"这个细节表现了黛玉的过度敏感和小性儿。

一个人，一件小事，用串糖葫芦的方法，一连写了几个人的事儿和性情，可谓顺手拈来皆是春。

甲：听先生往细处一分析，我也渐知其妙了。原来曹雪芹在构思过程中，就像晴雯补孔雀裘一样，先缝出两条线，分出经纬，界出底子来，然后再用生活的七彩线，依照构思意图，来回织补，互相交织，形成一个有机的、丰富多彩的美丽生活图画。先生，您看我是否领略了其奥秘的一二？

乙：说得很好，颇有心得，真所谓"雏凤清于老凤声"了。

甲：不敢，岂敢！先生过奖了，我不过是刚透朦胧，还需在先生的指导下继续努力，争取更深刻地理解《红楼梦》。

乙：关于《红楼梦》的艺术构思方面还有什么问题？

甲：我忽然想起，有人在一篇文章里说，石头的故事才是《红楼梦》的中心线索。他的根据是整部书都讲的是石头的演化，即贾宝玉的前世今生，故名《石头记》，又叫《情僧录》。

乙：这种说法值得商榷。石头的故事，也就是贾宝玉的故事。但贾宝玉的一生不只是一个故事，而是《红楼梦》中极为重要的内容；贾宝玉是全书的主人公，核心人物，不是书的什么主线。

甲：我也觉得石头的故事不是《红楼梦》的主线，因为很难把全部内容与石头（即贾宝玉）直接联系起来，必须分别通过前面说的两条主线才能联系起来。没有见哪个红学家把石头即贾宝玉作为主线来分析艺术结构的。不过应该弄清是怎样围绕着这两主线展开情节叙述和细节描写的。前面已说到大事中写小事的例子,还有没有别的表现方法和技巧呢?

乙:有的是。比如草蛇灰线、伏脉千里这一技法,在《红楼梦》里就多次运用。最大的千里伏脉,恐怕要数第五回红楼梦曲和词了,因为它是用象征和暗示的手法埋下那个“结果”,如果不把全书看完,这条暗线一直延伸着;到看完了,看懂了,你才知道哪一曲、哪一词写的是哪个人。另一种情况是草蛇灰线式的,断断续续,似断实连,明灭可见。如司棋与潘又安的爱情悲剧,就属这类。再如凤姐生日那天,宝玉不参加庆寿,却跑到城外去祭奠,见他一大早就一身素衣,叫培茗备好两匹马,扬鞭奔出北门外去了。培茗却不知道要到哪里去,干什么。一直跑到水月庵,又让备上一炉香,这才跪下虔诚的祈祷,弄得培茗丈二和尚——摸不着头脑,于是也陪跪祝赞道:

“我跟二爷这几年,二爷的心事,我没有不知道的,只有今儿这一祭,没有告诉我;我也不敢问。只是受祭的阴魂,虽不知名姓,想来自然是人间有一,天上无双,极聪明清雅的一位姐姐妹妹,……你若有灵有圣,我们二爷这样想着你,你也时常来望候望候二爷,未尝不可;你在阴间,保佑二爷来生也变个女孩儿……”

宝玉听他没说完,便撑不住笑了。

直到这里,仍不知道他祭奠的是谁,因何而祭奠;直到回到家里,见玉钏儿独坐在廊檐下垂泪,又不理睬宝玉,方知他祭的是金钏儿。不参加凤姐生日活动而出城祭奠金钏儿,既在意料之外,又在情理之中,只是曲折有致,耐人寻味,引人深思。

甲:这种手法,很像生活中的“卖关子”,逗着人急于想知道,却让你继续听下去;在书中是吸引读者,让读者急不可耐地要读下去。再如冯紫英一次对宝玉等说的“不幸中之大幸”,故意卖个关子,让宝玉等打了很长时间的闷葫芦,实是引他们一定到他家赴宴。有关情节的运筹和叙写,还有哪些常用的手法和技巧?望先生再多加具体阐述,以加深学生的认识。

乙:阅读时要关注回与回之间的过脉。作者往往出面交代几句,其实透露了他的心机。如《红楼梦》第五回开头说:“第四回中薛家母子在荣府中寄居等事略已表明,此回暂且不写了。如今且说林黛玉在荣府……”脂砚斋在此处批道:“第五回,不叙宝钗,反仍叙黛玉,盖前回欲出宝钗,非实写之文耳,此回若仍续写,则将二玉高阁矣,故急转笔仍归黛玉,使荣府正文不致冷落也。”脂砚斋看出了曹雪芹的瞻前顾后,精密细微,注意行文的疏密冷热。他还指出:“今写黛玉神妙之至,何也? 因写黛玉实是写宝钗,非真有意去写黛玉。”不写宝钗,却从荣府诸人对宝钗的印象和对钗、黛的对比写了宝钗,此后才转向对宝、黛的具体描写。

有些情节是由数个细节逐渐形成的。如笞挞宝玉,乍看是王府来索人突然引起的,其实却是封建卫道者贾政与叛逆儿子宝玉之间的矛盾逐渐激化的结果。如微风起于天末,渐起涟漪,积涟漪成波,进而积波成浪的手法。抄检大观园,则是用了“通过偶然,揭示必然”的手法。一天傻大姐在石洞里捡到一个“绣春囊”,被嫌隙人邢夫人瞧见,成为她攻击王夫人治家无方的把柄。于是展开了邢王二夫人之间矛盾的叙写。其间经过王夫人审问凤姐,王善保家的进谗言,诬告晴雯,引起王夫人的愤恨和猜疑,便下定决心抄检大观园。好端端的一个“女儿国”,竟被封建势力荼毒得一塌糊涂,“悲凉之雾,便被华林”,酿成了众少女的悲剧命运。抄检大观园,是贾府由盛到衰的转折点。

甲:这样的事例还有,如“凤姐泼醋”那场闹剧,也是通过偶然揭示必然。贾琏与凤姐这对夫妻,可谓矛盾重重,貌合神离,同床异梦,勾心斗角,尔虞我诈,甚至彼此背叛。积怨既久,发之必烈。他们就是在贾母为凤姐攒金庆寿,大家正在热热闹闹、欢天喜地庆祝之时,凤姐因回去换衣裳(其实是凤姐对贾琏不放心,以探情形),正好碰上贾琏与鲍二家的在鬼混,于是演出了“凤姐泼醋”的大闹剧,揭露了琏凤夫妻互相背叛和贾府的丑恶腐败。

乙:曹雪芹善于将冷热、悲喜对比着写。如秦可卿大出殡,与元妃省亲两件大事的叙写，就是悲中写盛，喜中写悲。他还善于通过情节的不断变化与转换，展现多种生活的画面；他从不单纯地写一人一事，而是把各种人物和事件贯穿起来，由一件事转向另一件事，在流动运转中，展现出丰富多彩的生活；同时，情节也显得自然流畅，富于变化。例如，那年中秋节，贾府阖家在凸碧山庄赏月，击鼓传花，说笑话，饮酒作诗，闻笛赏月，却从笛声中透出了凄凉来。夜深兴尽，散场时，收拾杯盘，却少了一个茶杯。有人说见在翠缕手里，由翠缕引到史湘云身上，而此时，史湘云正与林黛玉在凹晶馆联诗。于是，中秋团聚的热闹场面刚过，寒塘凄清的景色又比并而来。转换之间，显得那样笔致跳脱而又流走自然。

再如，芒种节那天，大观园里的女儿们，聚在一处“祭饯花神”，却不见黛玉，薛宝钗便到潇湘馆找去。半路上看见一双大如团扇的玉色蝴蝶，蹁跹起舞，煞是好看，于是便想捉来玩耍。薛宝钗一气追来，气喘吁吁，香汗淋漓，将追到那蝴蝶时，却飞过河去了。这就是“杨妃戏蝶”那段富有诗情画意的描写。宝钗到了滴翠亭旁，听到了小红跟坠儿正说私情话。宝钗怕担干系，便使了一个“金蝉脱壳”之计，大声说黛玉在此撩水，小红中计，担心她们的私情话被黛玉听了去。忽然又看见凤姐在山坡上招手叫她，于是又转写去取工钱银子，回来又不见了凤姐，碰到晴雯、碧痕吵了一回嘴，接着写小红找凤姐一直到了稻香村。小红把凤姐交给她办的事和几家亲戚说的话，一五一十地说了，说得清清楚楚、明明白白。她的聪明伶俐，颇得凤姐的赏识，决定把她从怡红院调到她那里。至此，笔锋稍顿，又立即转向了潇湘馆，最后终于引出了著名的“葬花”的描写。作者就是这样通过情节的不断变换和运转，自然而然地将几个生活画面连在一起，读起来如行云流水，一气而下，又有百回千转之妙。

甲：贾府的统治者迫害少女的事多不胜数，花样百出，如《红楼梦》第四十六回“尴尬人难免尴尬事，鸳鸯女誓绝鸳鸯偶”，老淫魔贾赦，看上了贾母的心腹丫鬟鸳鸯，让其妻邢夫人去说媒，她与凤姐同车回来，聪明的凤姐怕担不是，脱身避开，让邢夫人独自去；她一连碰了两个钉子——遭到鸳鸯的拒绝和贾母的痛斥。贾赦恼羞成怒,说鸳鸯一辈子也跳不出他的手心去,终究要报仇。贾赦无可奈何,暂时不了了之。但事情并没有了结,一直到第一一零回,“史太君寿终归地府”,鸳鸯失去了靠山,想到贾赦必要报仇,为了免受人格的受辱,上吊自缢!贾赦与鸳鸯的纠葛才算彻底了结。这个情节跨度很大,只见蛇头、蛇尾,而不见其身,蛇身完全以虚笔隐之,可见作者用笔的巧妙。

乙:我总觉得,曹雪芹在创作《红楼梦》时,似乎总处在灵感思维的状态,正如《文心雕龙》所说:“寂然凝虑,思接千载;俏焉动容,视通万里。吟咏之间,吐纳珠玉之声;眉睫之前,卷舒风云之色。……思理为妙,神与物游。”他的丰富而活跃的想象力,在广无际涯、博大精深的中华传统文化里任意遨游,取其精华,重新组合,创造出新的手法技巧,可谓层出不穷,用而不竭。更重要的是,他运用之妙,存乎一心,无不奏效,恰到好处。特别是他把绘画艺术技巧用于文学创作,更是妙不可言。如烟云模糊,横云断岭,烘云托月等法,可谓运用到了化境。

甲:我觉得情节就像树杈,细节则是树的枝叶花朵。《红楼梦》这棵生命的大树,正是靠这些苍劲繁茂的枝叶花朵,才显得丰富美丽。我们在研究它的情节运筹时,也应该顾及它的细节描写。请先生谈谈《红楼梦》的细节描写吧,它到底有什么特点?

乙:细节是艺术的细胞,是生活大河里的浪花,是艺术生命之树上的枝叶和花朵。只有典型精美的细节,才能构成生动有趣的情节,才能对环境和人物进行精细的刻画和描写。《红楼梦》的细节描写是极其精彩传神的,这体现在全书的始终,可谓俯拾即是。不过,我觉得曹雪芹的意匠经营,还特别表现在对小人物和生活细节的描写上。他专门腾出笔墨,辟出一块天地,写那些小人物的事迹,这就是第五十五回至第六十二回那一部分。

甲:啊,先生,我也想到了!曹雪芹笔锋转换时,机会抓得准,转换非常自然。当时因老太妃薨逝,朝中大祭,贾母、王夫人等需到朝中值班祭奠,每日早去晚归,一月有余;凤姐又在病中,不能理事。三钗理事不久,管控不严，于是贾府那些刁奴恶仆，各派各系，阿猫阿狗，一个个都'造起反'来。"辱亲女愚妾争闲气"。第一个跳出来闹的是赵姨娘。这个长期被压抑、被轻视的赵姨娘，看到机会来了，说："挺尸的挺尸，撞丧的撞丧"，要露一手，大闹一场，出一出一肚子的窝囊气。于是故意向其亲生女儿探春寻衅闹事，利用赵国基死的机会，想多捞一些银子，故意刁难探春。气的探春"脸白气噎，……呜呜地哭起来"，觉得这个亲生的娘不给自己脸。赵姨娘却觉得这个亲生女儿攀高枝，忘了本，不认自己这个亲娘，闹得不亦乐乎。而那些不法刁奴，平时在凤姐面前唯唯诺诺，唯命是从，其实他们多是心术不正，最难缠的，就是对凤姐，一有机会，还要难她一难。如今看探春不过是未出阁的少女，更要想欺负她一下。但是，她们却碰了钉子，知道了探春的厉害，这才折服。

乙：说得对。不过事情还多得很。探、纨、钗三人搞改革，施行"承包制"，大观园里的树木花草，都分给了婆子们管理。她们把一草一木、一叶一朵，都看得跟命似的，谁也不许动一下。"柳叶渚边嗔莺叱燕"，一天莺儿与蕊官，采了些柳条编花篮，又摘了些花朵，放在花篮上，煞是好看。被专管的夏婆子看见了，疼得像割了她的肉。她不好骂莺儿和蕊官，却斥责她的外甥女春燕不仅不帮她看管，反帮人糟踏她的花木。这时，恰逢春燕的娘来到，姑嫂俩咕哝了一会，于是春燕娘拿起柳条花枝，就对着春燕指桑骂槐地说："这叫什么？这编的是你娘的什么？"又打了春燕两个耳刮子。这婆子刚在怡红院讨了没趣，本恨袭人晴雯一干人，凡见了这些人，又怕又气，此时便借故发泄一通。她追打春燕直到怡红院，又遭到袭人等人的训斥和嘲笑，再劝也不听，连宝玉也不给面子，不依不饶。后来"召将飞符"，平儿下令："先撵出去，在角门上打四十板子就是了。"吓得她流泪求饶。宝玉看她寡妇失业的可怜，便命其留下。平儿听说事已完了，笑道："得饶人处且饶人，……但只听见各屋里大小人等都作起反来了，……这三四日的工夫，一共大小出了八九件呢。"

甲：真是一事未了，又出一事。前有"杏子阴假凤泣虚凰"，接着是"柳叶渚边嗔莺叱燕”，再后是“茉莉粉替去蔷薇硝，玫瑰露引出茯苓霜”，都是写的小人物的矛盾纠葛。前者说的是，清明这天，宝玉病后在园里散步，见是藕官在杏树下一面哭泣，一面烧纸钱，被一个婆子拉着要去告状，藕官害怕，死活不去，宝玉圆谎救了藕官，她自然感激。宝玉问她为谁烧纸，她不愿说又不好拒绝，于是哭道：“这事我也不便说，你回去悄悄问芳官就知道了。”宝玉回到怡红院，又碰上芳官因洗头与她干娘在吵闹，等到息事，宝玉才问芳官缘由。芳官说出了让人匪夷所思的缘故：“他祭的就是药官……他是小生，药官是小旦，往常他们扮作两口儿，唱戏的时候，都装着那么亲热，一来二去两个人就装糊涂了，倒像真的一样儿。竟是你疼我，我爱你。药官一死，他就哭得死去活来，到如今不忘，所以每节烧纸。”这件事让宝玉颇为感慨。

乙：“茉莉粉替去蔷薇硝，玫瑰露引出茯苓霜”这回，写了两个故事。前者说的是，蕊官赠芳官一包蔷薇硝，在一旁玩的贾环要分一半，宝玉答应，可是芳官不愿将朋友赠品给人，就拿了一包茉莉粉给了贾环。贾环兴头头地拿回家，送给彩云，彩云笑道：“这是他们哄你乡老儿呢！这不是硝，是茉莉粉。”赵姨娘听了，以为抓住了对方的把柄，看看她怎样教育儿子的：“依我说，拿了去照脸摔给他去。趁着这会子，撞丧的撞丧去了，挺床的挺床，吵一出子，大家别心静，也算是报报仇。”这个赵姨娘，真是如探春所说，她有的是“阴微的见识”，做事顾前不顾后，着三不着两，又极端自私，心术不正，甚至有害人之心，她地位卑贱，长期受压，又无力反抗，只有瞅机会盲目地报仇！这是个既可恶又可怜的角色，社会上确实有这样的人。

甲：是呀，赵姨娘还是个欺软怕硬的人。她说：“要是别的人我还不恼，要叫这些小娼妇捉弄了，还成了什么了？”她正在气头上，又加上夏婆子的戳弄，便一头直撞进怡红院，将粉照芳官脸上摔来，又骂又打芳官。芳官也不是好惹的，哪里肯依，便打滚撒泼地哭闹起来。正在一起玩的藕官、蕊官、葵官和豆官，听说芳官挨打受气，便一窝蜂似地跑入怡红院。豆官先就朝赵姨娘撞了一头，几乎将赵姨娘撞了一跤。那三个也便拥上来，放声大哭，手撕头撞，把个赵姨娘裹住。晴雯等一面笑，一面假意去拉。急的袭人拉起这个，又跑了那个，……赵姨娘反没了主意，只好乱骂。蕊官藕官一边一个，抱住左右手，葵官豆官前后头顶住，只说：你打死我们四个才算。芳官直挺挺躺在地下，哭得死过去。

乙：这个细节描写不仅写出了事情的来龙去脉，把“五官”围斗赵姨娘写得活灵活现，如在目前，极其生动形象，而且把几个孩子的心神义气也表现得淋漓尽致，让赵姨娘出尽了丑。

这虽是写的小人物的矛盾斗争，却也是贾府上层各派矛盾斗争的激化和延续，写出了小人物的生活状态和精神世界，同时也说明贾府从上到下，都已分裂，渐渐走向衰败。

甲：“玫瑰露引出茯苓霜”一节，写的是一个小小的冤案，却是另一种笔墨。芳官等与赵姨娘之间的矛盾斗争，虽告一段落，两家的冤仇并没有完结。厨娘柳嫂的女儿叫五儿，颇有姿色，想通过芳官进入怡红院。柳家的一向对芳官等照顾甚好，芳官满口答应帮忙，将此事说给了宝玉，因忙尚未顾得，五儿急得不行，再三催问。芳官曾给五儿一些玫瑰露，五儿非常喜欢，还想再要些。宝玉让芳官将剩下的连瓶子都给了五儿，五儿感激不尽。柳嫂倒了一些玫瑰露给正生热病的侄儿、五儿的表哥。五儿的舅妈又将刚得的茯苓霜分一些作为还礼，柳嫂接了，放在厨房。

乙：注意，“玫瑰露引出茯苓霜”的事，到这里改成了暗写。司棋与厨房柳嫂的矛盾又突出了起来。这是一事未完，又生一事，一环扣一环。

甲：对，这是又一对矛盾。司棋让小丫头莲花儿到厨房对柳家的说：“要碗鸡蛋，炖的嫩嫩的。”柳家的说，今年就是鸡蛋短缺，改日再吃罢。莲花说，前日要吃豆腐，你弄了些馊的，今儿要鸡蛋又没有了，别叫我翻出来。她竟在菜箱里翻出了十几个鸡蛋，于是说道：“这不是，你就这么厉害，又不是你下的蛋，你为什么心疼，怕人吃了！”柳家的反唇相讥道：“你少满嘴里混唚，你妈才下蛋呢！”正闹得厉害，司棋打发人来催莲花儿，莲花儿回去，便添了一番话，司棋听了，不免火起，带领小丫头们走来，大家见她来得势头不好，都忙起身赔笑让坐。司棋喝令小丫头们动手："凡箱柜所有的菜蔬，只管扔出去喂狗，大家赚不成！"小丫头子们巴不得一声，一顿乱翻乱掷，慌得众人一面拉劝，一面央告司棋，才消了司棋的气。

乙：司棋虽气已消，而事未完。她这次大闹厨房，绝不只是为了一碗鸡蛋，而是有预谋、有计划的，就是要夺厨房的权。后来的事实就说明了这一点。

甲：是的。五儿感激芳官，黄昏时，拿了一些茯苓霜去怡红院找芳官。芳官不在，五儿在门口徘徊良久。天色渐晚，遇到林之孝家的带领一群媳妇查夜，问她为何在此，五儿害怕胆虚，说话前后矛盾，更引起了林家的疑心，加之近来丢了不少东西，又查不出偷儿，柳家的仇人小蝉、莲花儿等添油加醋，说什么五儿偷了茯苓霜，现在厨房放着。林家的去厨房一看，果然是的。五儿说明了缘故，他们根本不信。因天已晚，便把五儿禁闭在房里。本来有病的五儿受了冤枉，直哭了一夜。第二天，柳家的也被解职，押着去了。

林之孝家的让司棋的婶子秦显家的取而代之。秦显家的给林之孝家的等送了好多礼物，又查出不少亏空，似乎要大干一番。平儿作了细致调查，证明柳嫂和五儿是清白无辜的，于是柳嫂官复原职。秦显家的只兴头了半日，赔了不少钱，便偃旗息鼓，悻悻而去，可谓赔了夫人又折兵，把司棋气了个半死。

乙：这几回写小人物的矛盾纠葛，其实也是贾府派系矛盾斗争的延续：柳家走的是怡红院的路线，司棋一伙和林之孝家的属于贾赦邢夫人一派。同时也可以看出，这是作者在布局结构上的匠心。既有贾府的波涛汹涌，也有小湖的浪花涟漪；既有锣鼓的大声镗鎝，又有洞箫笛韵的呜咽；既有浓墨重彩，又有云淡风轻……多彩而又谐调。这是美学在结构上的体现。

我们只是从线索上捋出一个头绪，简单地谈了细节的描写。其实《红楼梦》的细节描写是非常精彩并有创新性的。只要看看五官斗赵姨娘，司棋闹厨房，培茗闹学堂，刘姥姥醉卧怡红院，兴儿“演说荣国府”，凤姐大闹宁国府……便知道《红楼梦》的细节描写是多么生动、精彩和传神了！在叙写情节时，只有精彩的细节描写，文章才显得那样有血有肉、精彩丰满，人物性格也才能鲜明突出。

甲：通过先生的讲解，我对《红楼梦》的结构算是弄清楚了。不过先生能否用简洁的语言，概括一下《红楼梦》的结构形态和特点呢？

乙：前面我已经说了，《红楼梦》总体的结构，是立体型网络结构。宝、黛、钗的爱情婚姻悲剧和贾府的由盛到衰的过程（以凤姐理家为标志）贯穿全书。

甲：对不起，先生，我插一句，既然是网络结构，应该是平面的，怎么还是立体的？

乙：你只见过平面的，没有见过立体的是吧？贾府的生活和矛盾，整个《红楼梦》都是在四维空间中发生和进行的，如秦可卿丧殡、宝玉挨打、抄检大观园、金玉良缘与木石前盟的斗争等等，都是立体的事件在交织进行的。

甲：“护官符”里说，贾、王、史、薛“四大家族，皆联络有亲，一损皆损，一荣皆荣”。实际与护官符说的并不完全相符。

乙：应该说大致是符合的。你看在贾府“鲜花着锦，烈火烹油”的鼎盛时期，其他三家也是蒸蒸日上。贾府被炒的前后，史家，王家、薛家已先后衰败，岂不是一荣俱荣、一损俱损了吗？

甲：可是在书中只有对贾家展开了详尽的叙写，其他三家只是附带涉及；薛家还写得较为具体详细，王史二家只是从侧面略微交代。

乙：你说得不错。四大家族，一详三略，这正是曹雪芹的艺术构思。如果把四大家族一一展开来写，那就不是《红楼梦》，倒像列夫·托尔斯泰的《战争与和平》了。《红楼梦》的主旨是“为众儿女昭传”，是“大旨谈情”，所以作者采取了这样的构思和写法。曹雪芹笔端带情，通过无数情节的叙写和无数细节的描绘，把平凡琐碎的日常生活写得妙趣横生，情趣盎然，把小人物刻画得活灵活现，真所谓“传神文笔足千秋。”

甲：贾雨村、甄士隐这两个人物在结构上起什么作用?

乙：这二人除了“真事隐”“假语存”的谐音隐喻之意外，他们在书中作为实体人物，各有自己的人生遭际和盛衰，也起了穿插配合的作用。此外，还对全书起了有始有终、前后合璧的作用。你看《红楼梦》目录，第一回是“甄士隐梦幻识通灵”，最后一回是“贾雨村归结红楼梦”，便知这个作用了。

甲：《红楼梦》里有“两只凤凰”——贾宝玉和王熙凤。他们既是叔嫂，又是表姐弟。他俩都是贾母的眼珠子，最钟爱的人。一个是掌权的当家人，另一个是被视为未来的接班人。二人关系又很密切，经常同出同行。如秦可卿病重，姐弟同去看视；秦氏出殡，姐弟同车前往。书中的许多情节和内容，都是围绕着这两个人物展开、描写的。若一定比较重要性的话，只能说写“情”时以宝玉为主，凤姐次之，写贾府时，以凤姐为主，宝玉为副。总的是两山对峙，二水分流。这样既不把四大家族不分轩轾地展开写，又能突出重点，所以便出现了你指出的此详彼略的情况。当然，也出了一些漏洞。

说起漏洞，让我想起了同学们在课下的议论：老师在课堂上总是说《红楼梦》如何如何的好，怎样怎样的美，难道《红楼梦》就没有缺点和问题吗?

乙：世上没有十全十美的事物，《红楼梦》也不例外。不仅后40回问题漏洞很多，前80回也有。如第三十一回“因麒麟伏白首双星”，即是有题无文。史湘云佩有一个麒麟；打醮时宝玉爷爷的替身张道士送给宝玉一个金麒麟，宝玉想将它转送给湘云，不知怎么丢失了。一天，湘云与翠缕经过大观园，看见草丛里明晃晃的一个东西，拾起来一看，是一个文采辉煌的金麒麟，比自己的那个又大，也更有文采(雄性)。湘云放在掌上，心里不知怎么一动，似有所感。恰在这时，宝玉走来，慌慌张张要找什么东西似的——原来这个麒麟是他丢的。宝玉与湘云从小一起长大，情同兄妹，在林黛玉看来，也有“金玉良缘”之嫌，所以时常提防他两个在一起会闹出风流事来。说话间，黛玉果然走来，以看究竟。作者用“因麒麟伏白首双星”，是否隐喻宝玉与湘云有白头相合之缘？但从全书的发展趋势看，是不可能的，因为湘云已经订婚。这又是一个无头案，也是《红楼梦》的一个瑕疵。晚清或民初，坊间流传一抄本，中有贾府败落之后，贾宝玉成为一更夫，在桥上看见史湘云在一只船上卖唱，宝玉高喊，湘云回应，二人相遇，后结为夫妻。作者是否有过这样的构思和草稿，还是有的续书中的情节，就不好说了。

另外，如脂批指出的，秦可卿之死，原稿是“淫丧天香楼”，由于“老朽”的干预，作者改写为病死。但仍留下了不少改写的蛛丝马迹，失去了天然之美。总之，要挑毛病，还是能找出一些的。

甲：美玉微疵，无妨大体。《红楼梦》永远是中华文明中的瑰宝，是中国的骄傲。要遵照先生的教导，把《红楼梦》读深、读透，咀嚼品味，力求领会其精髓意蕴和艺术之美。

乙：你学的是电信专业，一般说来，将来也要从事这个行业。不过文学与工科并非隔着不可逾越的鸿沟，真理都有相通之处，也有互补作用。一个人有深厚的文化素养，对将来的事业是大有好处的，对人生也会有更深的体验和理解。你应该既要学有专精，又应涉猎广博。一个人应该有自己的业余爱好，学习工作之余，看看《红楼梦》，也是一大乐事。隔几年，读一遍，每次都会有新的发现、新的领悟、新的收获。让《红楼梦》伴随你的一生吧！

甲：谢谢先生的讲解，不仅使我加深了对《红楼梦》的理解和认识，也是对我人生的启迪和教育，让我终身受益。谢谢先生。

啊，几乎忘了一个重要的问题，就是曹雪芹在开篇写的那首五言绝句：“满纸荒唐言，一把辛酸泪。都云作者痴，谁解其中味。”好像是对所有读者的拷问和期盼。我读了两遍《红楼梦》，虽极力咀嚼品尝其味，却总品尝不出到底是什么味来。我能说出饭菜的味道，也能品出茅台、五粮液、西凤酒和汾酒的味道，却怎么也品不出红楼的味道。请先生说说如何解味红楼吧。

乙：这可是一个难以说得清道得明、没有标准答案的问题。不是有“一千个读者，就有一千个哈姆雷特”的说法吗？也可以说，不同的《红楼梦》读者，会品出不同的味道。我阅读并研究了一辈子《红楼梦》，却说不出红楼之味。难矣哉，红楼之味也！

甲：难道这是个不解之问吗？真的品不出红楼之味吗？

乙：那味道就在《红楼梦》中，大家认真地读、仔细地品，总是能品出各人的味道来的。我只能说，我体会到，其中味就是人生之味和艺术妙趣。

甲：曹雪芹所说的“味”到底是指的什么呢？是他写书的初衷和真意，还是指书中蕴含的人生百味和艺术妙趣？若是前者，我们从作者自云那段话可以看出一些；若是后者，也可以从阅读全书中体会一二。可是，要准确说出“其中味”，确实很难，很难！

乙：那就慢慢地体会、咀嚼、品尝吧；别想毕其功于一役，只要品出自己的味就行了。

第五章

《红楼梦》人物再论

说明:所谓“再论”,是因为30年前我已在《红楼梦艺术论》一书中对许多重要和比较重要的人物作过论述,这次所论,是未论及的个别重要人物和那些小人物,是人物论的延续。

一、论薛宝琴

薛宝琴是《红楼梦》里一个非常特殊的人物。她的特殊性表现在以下几个方面。第一,她不在十二钗之中,但无论从她在书中的地位或所具有的美学意义来说,她却不比十二钗中所有的人物差。第二,她出场迟而又退场早,在大观园待的时间比较短,然而给人留下了不可磨灭的深刻印象。由于没有展开对她命运的叙写和心灵的揭示,其形象显得有些空灵缥缈,不够丰满和完整。不过她又让人一见而惊,铭记难忘。第三,她的有些作为和言行让人不可理解,甚至有点神秘莫测。如贾氏祭宗祠,外姓人绝不可进入,而她却破例进入了;“诸艳寿怡红”,诸人皆有签,她本也应有,而独她偏偏没有;她所作的十首怀古诗的谜底,二百多年来,人们猜来猜去,至今也没有猜着……凡此种种,都让人百思不得其解,使薛宝琴这个人物具有“谜”一样的色彩。但我想,曹雪芹绝不是要创造一个“谜”一样的人物，他是大有深意的，他是以奇异的构思和特殊笔墨来描写塑造这一人物形象的。曹雪芹创造薛宝琴这个人物，采取了非现实主义的手法，如果我们用现实主义的方法分析和认识这个人物，就会走错了路径。

我以为她是曹雪芹创造的一个美的“超神”，是曹雪芹“兼美”理想的化身。无疑，曹雪芹是非常崇尚美的，而又特别崇尚女性的美。他曾借贾、甄二宝玉之口对女性美作了最高的礼赞：“女儿是水做的骨肉”，“凡山川日月之精华只钟于女儿”，“这‘女儿’两个字极尊贵极清净的，比那瑞兽珍禽、奇花异草更觉稀罕尊贵呢。”由于曹雪芹对女性美怀着这样崇敬和激赏之情，所以他所塑造的众多少女一个个都是那样美丽，而且各具其美。人们没有想到，在他已塑造出林黛玉和薛宝钗这样绝色的美人后，他还能塑造出薛宝琴这个“美的超神”。

的确，薛宝琴最突出的特征是她的美艳惊人。但要我们说出她到底如何的美，美在何处，我们却又说不出来；虽然说不出，心中却有薛宝琴这样一个绝色的美人。我想这原因，大概是曹雪芹写薛宝琴时，他没有采取一般的写实手法，具体描写她的姿容神态，而是用烘云托月、空谷传响之法，以虚笔运之——通过她的美引起的美感写她的美。通过最能欣赏少女之美的贾宝玉心中所引起的惊叹，通过众人对宝琴的赞美，通过贾母的一见喜极爱极，来写宝琴之美。薛宝琴和李纹、李绮、邢岫烟的到来，犹如众仙女下凡，顿时在贾府刮起了一阵“美的旋风”，众人都纷纷前去看望。宝玉一见之后，惊奇万分地说：“……你们成日家只说宝姐姐是绝色的人物，你们如今瞧他这妹子，还有大嫂子的两个妹子，我竟形容不来了。老天，老天！你有多少精华灵秀，生出这些人上之人来！”晴雯看了之后说：“大太太一个侄女，宝姑娘一个妹妹，大奶奶两个妹妹，倒像一把子四根水葱儿！”又说：“他们里头，薛大姑娘的妹妹更好。三姑娘看着怎么样?”探春道：“果然是的。据我看来，连他姐姐并这些人总不及他。”晴雯把这四个少女比作“一把子四根水葱儿”，就将她们的美质和神韵恰切而形象地形容出来了；又让颇有识力的探春作比较判断，便突出了宝琴的绝伦之美。尤其可贵的是，能引起读者丰富的联想和想象，把钗、黛湘探等诸人之美集中在薛宝琴身上，在想象中塑造出薛宝琴那绝美的姿容。这就像古诗《陌上桑》描写罗敷一样，作者虽然没有具体描写罗敷的美，而通过她的美在府君、耕者、锄者和行者身上引起的不同惊奇而表现出来，从而引起读者无限的美感。正如莱辛在《拉奥孔》所中说："写出了美感，也就写出了美。"曹雪芹也深谙这美的辩证法，他用薛宝琴在众人心中所引起的美感和惊奇来写她的美，就写出了那美的极致、美的无限来。如此仍不足，作者又通过贾母对薛宝琴的极喜欢、极疼爱，进一步表现她的美。贾母是个很爱美，又富有审美经验的老人，已往她对诸人的品评都是极准确的。薛宝琴是个初来乍到的远亲，说不上有什么感情，而贾母一见就喜欢异常，疼爱有加，则完全是被宝琴的美征服了。探春对众人说："老太太一见了，喜欢的无可无不可的，已经逼着咱们太太认了干女儿了。老太太要养活，才刚已经定了。"贾母恨不得把宝琴搂在怀里，捧在手上，一时一刻也不舍得离开。她让宝琴和她一起睡，又嘱咐宝钗："别管紧了她，她爱怎么玩就由着她，要什么东西也只管要。"还把那件极稀罕极珍贵的金翠辉煌的凫靥裘给了宝琴。湘云说："可见老太太疼你了。这么着疼宝玉，也没给他穿。"湘云又瞅了宝琴笑道："这一件衣裳也只配他穿，别人穿了实在不配！"贾母对宝琴的喜爱，可以说到了无以复加的地步，她竟想把宝琴许配宝玉，后得知宝琴已许配给梅翰林之子，只好作罢。对于这点，我们不可读死了。作者这样写，其实是要强化贾母对宝琴美的喜爱。没有想到，贾母对宝琴的疼爱，竟引起了以宽厚出名的宝钗的嫉妒，她对宝琴说："你也不知是哪里来的这点福气！……我就不信，我哪些儿不如你！"而那爱嫉妒、爱使"小性儿"的林黛玉，倒是毫无妒意，亲热地赶着宝琴叫妹妹，她是从心眼里羡慕宝琴的美。通过一步步地从四面八方映照、渲染、强化，一个绝世佳人已在读者心中形成。

然而，曹雪芹写宝琴，最优美、最精彩的一笔，当属"白雪红梅"中的写意："贾母……带着众人，说笑出了夹道东门，一看，四面粉妆玉砌。忽见宝琴披着凫靥裘，站在山坡背后遥等，身后一个丫鬟，抱着一瓶红梅。……贾母喜的忙笑道：‘你们瞧，这雪坡儿上，配上他这个人物，又是这件衣裳，后头又是这梅花，像个什么?’众人都笑道：‘就像老太太屋里挂的仇十洲画的《双艳图》。’贾母摇头笑道：‘那画的那有这件衣裳？人也不能这样好！’”这是画，这是诗，这是自然之子！这是美的精灵！白雪红梅，本已是天然图画，再配上这绝世佳人，真把天地宇宙之精华灵秀凝于尺幅之中，把那宝琴之美形容到了极致，升华到了仙境。让人不禁惊叹曹雪芹创造美的天才，钦佩他那鬼斧神工的意匠。面对着眼前这充满诗情画意的活的《双艳图》，谁能不心动神摇，从内心发出“宝琴乃红楼中第一美人也”的惊叹！她的美，不仅引起读者也引起天下父母的艳羡，不少人给自己的宝贝女儿起名“宝琴”，或竟叫“薛小妹”，以表达对女儿的心爱和希冀，可见薛宝琴的美是怎样震撼了中华民族的心。让人不可思议的是，曹雪芹在已经创造出袅娜风流神仙似的林黛玉，妩媚丰美绝色人物的薛宝钗，娇艳倜傥的史湘云，文采精华的贾探春等那么多千姿百态各有其美的少女之后，他竟能又创造出这美中之美、花中之花、艳中之艳的薛宝琴来！他心中到底有多少瑶胎仙种、神姿魔态、灵秀精华，造出这些人间仙品！这不禁让人佩服之至，惊叹不已。

一位西哲曾说：“心灵美与外表美的和谐一致是美的境界。”薛宝琴正是这样一个人。她不仅有绝美的姿容，而且有广博的见识、高雅的情怀和卓异的才华。在大观园的诸姐妹中，宝琴年纪最小，然而她的才情却是出类拔萃的。她让人不能忘怀的另一个原因，就是她见过的西洋美人及其她所作的那首五言绝句，以及她自己所作的十首怀古诗谜。这不仅引起了大观园诸裙钗的极大兴趣和好奇，也让二百多年来的读者艳羡不已和不停地猜测。薛宝琴所见过和描绘的西洋美人，好像活灵活现地出现在这群中国封建贵族小姐的面前，在百花斗艳的大观园里，移来了一株异国的奇葩；她写的那首颇有水平的五言诗，也融入中国传统文化之中。薛宝琴的见多识广，是极少有的，不仅闺阁中的诸裙钗望尘莫及，就是那些走南闯北的须眉男子也难望其项背。薛姨妈曾这样介绍她:"她从小儿见的世面倒多,跟他父亲四山五岳都走遍了。她父亲好乐的,各处因有买卖,带了家眷,这一省逛一年,每年又到那一省逛一年,所以天下十停倒走了五六停了。"祖国的大好河山,各地的名胜古迹和风土人情,不仅扩大了她的眼界,增多了她的见识,而且激荡了她的胸襟,陶冶了她的性情,并时时触发她的灵感。那十首怀古诗谜,非薛小妹写不出来,因为别人没有那样的经历和见识。这里,我们不想去猜那十首古诗谜,因为即使猜也未必猜得着——连聪明绝顶的林黛玉、博学多识的薛宝钗都猜不着,无数红学家猜了二百多年依然未猜着,何况愚钝如鄙人呢。我想之所以猜不着,可能曹雪芹压根儿就不想让人猜得着。他是在卖一个大关子,让其成为千古之谜,以吊读者的胃口,诱发读者的好奇心。但他的真意是要表现薛宝琴的见识和才情——她的内在之美。我们虽然猜不着,但依然能感受到那十首怀古诗蕴含的历史文化之丰厚。

薛宝琴的诗思才情,更突出地表现在"芦雪庵争联即景诗"和梅花诗的写作。芦雪庵联句,是大观园里参加人数最多、规模最大,也最为热闹的一次赛诗会。这次联句,参加的有13人,联句最多的是吃了鹿肉、喝了酒诗兴大作的史湘云,次则即是当仁不让、奋勇当先、年龄最小、诗情激荡的薛宝琴。她在大观园初露头角,即出手不凡,赢得一片喝彩声。她写的那首红梅诗,含意丰富,深有寄托。

薛宝琴这个艺术形象的美学价值,主要是塑造了一个超美、兼美的少女形象。美,是女性的第一属性,第一美学标准。读过《红楼梦》的人,谁能不记得薛宝琴这个大美女呢? 她好像美玉无瑕,几近完美。其实现实生活中是没有什么十全十美的美人的,薛宝琴不过是曹雪芹美的理想化身。但却不像蒙娜丽莎是达·芬奇美的理想化身,维纳斯是那位古希腊雕塑家美的理想化身那样,她们是形神兼备的,富有生命活力的。而薛宝琴只具备外在美和一般的才情,作者对她性格脾性基本没有着墨。这就像我们见到一个新人,只能看到他仪表如何,却不知道他的思想性格,他的人品行为一样。我曾说过，大观园里的那群美女，总各有一陋。如黛玉之犟，宝钗之热，湘云之咬舌，迎春之木讷，探春之凉薄，惜春之冷漠等，唯有宝琴完美无缺，这就有点失之偏颇。由此来看，薛宝琴相较《红楼梦》中的几个主角少女，她是一个不太完整、不够成功的艺术形象，原因主要是作者没有把她放在矛盾冲突中去写，没有揭示她的内心世界和心理活动，没有写出她的精神灵魂，所以缺乏主体性格，没有显示出生命的活力。

二、尤氏姐妹

贾珍的夫人尤氏，她的继母尤老娘带着两个异父母的妹妹尤三姐、尤二姐投亲住进宁府，虽然时间不太长，却演出了花样繁多的悲喜剧，让人既唏嘘慨叹，又觉得颇有戒喻意义。

贾珍夫人尤氏，只知其姓，不知其名，她的两个妹妹既以大小排序，那她应是尤大姐了。但人们以尤氏相称，简洁而顺口，还是叫尤氏的好。这尤氏可是宁府的内当家的，是孙辈媳妇中年纪第二大(李纨最大)，与凤姐李纨等为妯娌，但与王熙凤比起来可是望尘莫及了。作者写她的笔墨不多。酸凤姐大闹宁国府，凤姐把尤氏骂了个狗血喷头，揉来搓去，揉成了一个面团，她也只有受辱忍耐，不还一语。平时迎客送往或重要节日，她常常侍立贾母身边。凤姐生日，攒金庆寿，贾母把这件事交由她筹办。这时，她才乘机报了一箭之仇。她向凤姐敬酒，笑说道："难为你孝敬老太太、太太和我，就我手里喝一盅吧。"这当然是妯娌间的玩笑。平时她们一见面，总是互相嘲笑一番，成为常态。当发现凤姐在攒金中作弊，她便不客气地加以揭露和叱责。她对平儿说："你们主子这样细致，弄这些钱花不完，哪里使去？难道带到棺材里使去！"看来，她在激情满怀时，也并不是一个"锯了嘴的葫芦"，倒是能说会道的。然而，她却不是一个称职的主妇，她与贾珍配合的可谓默契，夫唱妇随，一起把宁府闹翻了个天，爬灰的爬灰，偷小叔子的偷小叔子，搞得乌烟瘴气，臭气熏天，使家风一败涂地，她却像个没事人似的。如果她是一个正派主妇，敢于作为，贾珍可能不会那样放肆胡作乱为。主要责任当然是贾珍，尤氏也起了助纣为虐的作用，可见尤家的家风实在不怎么样。

尤二姐、尤三姐有这样的出身，又来到宁府这样一个恶劣环境，会有什么样的结果呢？她们首先成为贾珍、贾琏和下流种子贾蓉的玩弄对象。身着重孝，哭着爬着嗓子都哭哑的贾珍贾蓉父子，一到了家，进了尤氏姐妹房中，立即变成了另一副嘴脸——贾蓉嬉皮笑脸，调戏他两个姨娘——语言下流，丑态百出，而贾珍贾琏，暗下争风吃醋，把仁义廉耻忘得一干二净。天下还有这样不知廉耻的人吗？那尤二姐本是个水性杨花之人，且有淫奔前科，珍蓉父子早已聚麀，而今贾蓉又想把二姨娘嫁给贾琏，把他三姨娘嫁给他父亲，他抽空还可以沾点油。贾琏甚至说什么"干脆大家吃个杂浑汤"。一撮合，尤二姐便成了贾琏的二房。

在一定的条件下，性格决定命运。这个水性杨花，优柔寡断，耳朵软，没主见，又贪图享乐的尤二姐，最易受到引诱，也最易上当受骗。贾琏一勾搭便到了手；凤姐的一篇花言巧语，她便信之不疑，乖乖地跟了凤姐移居大观园，又住进了贾府。结果又一次次中了凤姐的毒计，在凤姐暗中的指示下，秋桐、善姐对尤二姐残酷的虐待和摧残，尤二姐自觉无有生理，于是便吞金自杀！岂不悲哉！

尤三姐性情刚烈，有眼力，有主见，自尊自爱，她不仅看清了珍琏蓉的狼心狗肺，厌恶他们，鄙视他们，还敢与他们对着干，以其人之道还治其人之身。她拉下脸，豁出去了，她对珍琏俗言俚语洒落一阵："她脱去大衣，故意露出葱绿抹胸，一痕雪脯；底下绿裤红鞋，鲜艳夺目；忽起忽坐，忽喜忽嗔，没半点斯文，两个坠子就和打千秋一般；灯光之下，越显得柳眉笼翠雾，檀口点丹砂；……真把珍琏二人弄得欲近不敢，欲远不舍。……弟兄二人，竟全然无一点儿能为。"尤三姐那一番大胆精彩的表演，吓得贾珍贾琏两个无耻家伙像斗败的公鸡，夹着尾巴跑了，贾蓉也像赖皮猫一样被掐出去了。尤三姐取得了完胜！

然而，尤三姐终于没有逃出封建社会的罗网。她与自己看上的意中人柳湘莲已订了婚，并得到了柳二郎所赠的传家之宝鸳鸯剑，以为终身大事已定，正做着美丽幸福的梦。哪想到，认为东府只有两个石狮子干净的柳湘莲，听说三姐是贾珍的小姨子，后悔莫及，决定立即讨回宝剑。这对于刚强的尤三姐来说，无异于焦雷轰顶，轰去了魂魄。如此羞辱，只有一死了断。刚烈的尤三姐，刎剑身亡！用这样惨烈的方式结束了自己年轻美丽的生命，以证其清白，而那个冷面冷心徒有其勇的柳湘莲，见此惨景，悔恨莫名！最后也遁入空门，不知去向，酿成了双重悲剧。其实杀死她们的是贾府的封建势力，罪魁是贾珍贾琏和凤姐等。

三、李嬷嬷与赵嬷嬷

贾府里的奴仆有各种各样，更分三六九等。其中有一种特殊职业就是奶妈。凡是奶过主人的公子和小姐的女仆，都叫嬷嬷。贾府的风俗，嬷嬷虽也是仆人，却比一般仆人高出一格，颇受人们尊敬，甚至比年轻主子还有脸面。例如奶过贾政的赖嬷嬷，由于她聪明智慧，精明能干，不仅脱了奴籍，竟成了当地的富户大家。她住的是多重院落的楼房瓦舍，还有亭台楼阁的大花园，又有成群的丫鬟仆人侍候。她的两个儿子，赖大是荣府的总管，赖二是宁府的总管。她孙子赖尚荣竟做了州官！每有大的聚会，赖嬷嬷与贾母并坐，凤姐、尤氏倒侍立一旁，可见其多么受尊重。这当然是少之又少，是下层奴仆梦寐以求而不可得的，只有憧憬感叹的份。奶过贾宝玉的李嬷嬷和奶过贾琏的赵嬷嬷，虽然没有她这么幸运，但却也是嬷嬷中两个有代表性的人物。

贾宝玉的奶妈李嬷嬷，按说应该是优中选优的尖子，各方面都应该是很突出的。但她出场时，我们见到的却是一个自私、浅薄、嘴馋、嘴碎、爱唠叨、讨人嫌的婆子。这可能是她正处在更年期，或者是作者曹雪芹幼年时对奶妈不好印象的遗留。

一般情况是奶妈与幼儿，犹如母子，整天抱在怀里吃奶，逗着玩耍，夜里搂着睡觉，一刻也不离开；稍微懂事，教他守规矩，懂礼节，以及为人处世的常识，可以说是他的第一个老师。由于长相厮守，他们之间便形成了近乎天然的亲情关系。奶妈会一生牵挂奶过的公子小姐，关心他们的生活、健康，乃至穿衣吃饭，喜怒哀乐。长大了的公子小姐，也会关照他们的奶妈。然而，贾宝玉对李嬷嬷却不是这样，反而很厌烦这个奶妈，这可能与贾宝玉的任性放纵、不愿被管束的天性与她爱之深、管得严相悖。

李嬷嬷原来掌控着怡红院，丫头婆子统统在她的管辖之下，连宝玉的行动做事她都管着，可谓权高一时。她出场时已退居二线，袭人、晴雯等已取代了她的位置。但她依然跟随宝玉，指手画脚，不断干涉。一次宝玉在薛姨妈处喝酒，正喝在兴头上，李嬷嬷出来阻拦，并且拉大旗作虎皮地吓唬宝玉说："你可仔细老爷在家里，提防着问你的书!"这句话好像念了紧箍咒似的，宝玉立时败了兴，垂下头。心里那个不满，不言而喻。

人都有一种职业习惯，老而不改。李嬷嬷退休后，还经常回到怡红院，询问宝玉吃饭怎么样，睡觉怎么样。这婆子嘴馋，看到有好吃的，拿起来就吃，丫鬟说那是宝玉留给袭人的奶酪，不要动！李嬷嬷气愤地说："我的血化成了奶，养他成人，难道我吃他一碗牛乳他就心疼了？我偏吃，看他怎么样。"说着就吃。她居功自傲，倚老卖老，不把丫头们放在眼里。一次她进怡红院，看到丫鬟们正在玩耍，屋子里比较乱，满地的瓜子皮，便责骂道："自从我出去了不大进来，你们越发没了样儿了……这是他的房子，由着你们糟蹋！太不成体统了。"丫鬟们只管玩笑，不理她，说："好个讨厌的老货!"袭人因不适，睡在床上，她便气不忿地说："袭人不过是我调理出来的毛丫头，大模大样躺在床上，见了我理也不理儿，整天狐狸精似的哄宝玉，哄得宝玉不理我。"袭人本已病着，听了这些恶言秽语，气得呜呜哭起来。丫鬟们都讨厌这个老婆子，宝玉也声言把她赶出去。李嬷嬷为什么这样嫉恨袭人呢？原来袭人取代了她的位子，掌握了本属于她的权力。她退休前，怡红院的一切都由她掌管，丫鬟婆子都听她指挥，凡有好东西都少不了宝玉的，宝玉吃不了、用不完的东西，由她享受。如今这一切都失去了，她感到失落，不平衡，气不过，于是便把一肚子窝囊气都撒向袭人。总之，这是个人品不怎么样的人。

赵嬷嬷却是另样。她自尊自爱，为人谦卑，说话得体，行事有度，受到人们的尊敬。她为两个儿子谋差事，曾求贾琏给办，贾琏答应的很好，却拖着未办。一天晚饭时候，她到贾琏凤姐屋里。贾琏凤姐正在喝酒吃饭。一见她进来，热情相待，让座让酒。凤姐一口一个妈妈地叫着，说："你儿子带回来的惠泉酒，妈妈喝一杯。"贾琏也给夹菜。席间有说有笑，气氛亲切融洽。这时，赵嬷嬷顺势将安排她两个儿子的事提出来，一方面轻责贾琏应而不办，另面又奉承凤姐并求她给办。那最爱听奉承话的凤姐，就势说：如今为贵妃省亲要修大观园，到处都用人，给两个奶哥哥找个事干，还不容易！贾琏也就答应了。两相比较，无论情商智商，李嬷嬷都不如赵嬷嬷。

四、周瑞家的与王善保家的

《红楼梦》里有一种奴仆叫陪房。所谓陪房，就是随主人小姐一起嫁到男方的丫鬟，后来嫁给男奴仆成了家。周瑞家的就是王夫人的陪房，王善保家的是邢夫人的陪房，来旺家的是王熙凤的陪房，等等。这些人是主人的心腹和爪牙，对主子无限忠诚，惟命是从，也从主子那里得到一些好处，比一般奴仆高一等，有一定的权势，有的则助纣为虐，比主子还恶毒。她们平时迎来送往，传递信息，或做一些日常琐事。她们随时跟随主人，听从使唤。刘姥姥第一次进荣国府，就是周瑞家的帮忙见了凤姐的。一天她随王夫人到薛姨妈处，无事就这里看看，那里转转，同薛宝钗说闲话，王夫人叫她去给姑娘们送宫花，她便一处一处地送。路上碰见她女儿，她女儿惊慌失措地对她说，女婿被人告了一状，要除籍还乡，求妈想想办法。周瑞家的听了，说："小人儿家，没经过什么大事，这点小事就吓得这样。此时夫人、二奶奶正忙着呢，回来给她们说说就完了。"抄检大观园后，司棋被开除，派周瑞家的把她拉出去。司棋哀告她缓一缓，让她与姊妹们告个别，周瑞家的断然不许；刚好贾宝玉从外进来，问她何故拉司棋出去，她便不耐烦地说，这事跟你没关系，一个小爷跟丫头拉拉扯扯成什么体统！她竟一点面子也不给，气的贾宝玉狠狠地说："奇怪，怎么女人一嫁男人，沾了男子的气味，就变得混账起来，比男人更可杀了！"这个曾经帮过刘姥姥的人，竟然变得如此狠毒。

邢夫人的陪房王善保家的，更是一个心眼坏、狠毒且唯恐天下不乱的角儿。世上确有这种幸灾乐祸的人，看到别人痛苦他才快乐，一天到晚想着怎么害人。抄检大观园，王善保家的被派为要员，成为急先锋，她要大显身手，大耍威风。一是为邢夫人卖力，攻击王夫人治家无方；二是那些小丫头不奉承她，心里不自在，要借此打击报复，所以一心只想害人。她最恨的是晴雯，趁机向王夫人告晴雯恶状，侮辱诽谤晴雯。每查一处，她都想查出别人的赃证。然而，她却碰了两个钉子：在怡红院遇到了晴雯的反抗，记恨在心；在秋爽斋，碰了一个硬钉子，还被探春打了一个耳光，真是大快人心，痛快淋漓。王蒙说："这个耳光，响彻宇宙，千年不息！"她一心想害别人，但却在她外孙女司棋的箱子里发现了赃物——潘又安给司棋的情书和一个香囊。王善保家的在众人讥笑中，恨不得有个地缝钻进去，打着自己的脸骂道："老不死的娼妇，怎么造下孽了？说嘴打嘴，现世现报！"众人有的吐舌头，有的偷偷地笑，都觉得她活该。一切想害人的人，到头来，总是搬起石头砸自己的脚。

《红楼梦》这部巨著，写了几百个人物，既有贾宝玉、林黛玉这样的核心人物，又有王熙凤、贾探春等重要人物，但绝大多数则是奴仆身份的小人物。当然，应该首先关注和研究主要人物，但也不可忽视那些小人物，他们是贾府不可或缺的组成部分；如果没有他们，贾府的生活就运转不动，主子们就没法生活。若就文学作品说，若没有小人物，也就组成不了红楼世界。所以有必要论述一下红楼中的小人物，通过对小人物的分析，可以更深入地探讨《红楼梦》的艺术精髓，回答曹雪芹"谁解其中味"的拷问。

曹雪芹写小人物，是另一种笔法，即抓住某个人最突出的特征，用简单的情节和细节，以传神之笔，三言两语将他(她)们活画出来。例如贾琏的小厮兴儿，通过他一番“演说荣国府”，便让一个聪明伶俐、调皮捣蛋、了解内情的小子蹦跳出来。怡红院的丫头小红，也是通过给凤姐办一件事、传一番话，就表现出了她的聪慧机智和能说会道、巧舌如簧来；这个眼高心大而被埋没、被压抑、想攀高枝的丫头，就被善识人的凤姐一眼看中，立即把她从怡红院调到自己的跟前，从此小红有了出头之日。再如，写贾府的老仆焦大、社会泼皮倪二，吝啬鬼卜世仁等，一个个都是神形兼备、活灵活现的真人。这就大大丰富了红楼梦的人物画廊。

第六章

《红楼梦》的人物塑造

长篇小说艺术水平的高低和成就的大小，一个非常重要的标志就是人物塑造得如何。因为人物是小说的核心，其他的一切都是为塑造人物服务的。《红楼梦》这部伟大的现实主义杰作，之所以具有恒久的艺术魅力，燃烧着不熄的生命火焰，感动着一代又一代的读者，原因当然是多方面的，但其中一个重要的原因，就是人物塑造得非常成功。《红楼梦》人物的塑造表现出五大特征，即丰富性、鲜明性、坚定性、创新性和生动性。所谓丰富性，就是《红楼梦》的每一个人物，特别是主要人物，都是一个有机的整体，一个完满的有生气的人。他们不是只有一种情致，而是具有多种情致，是丰富复杂的统一体，是完整的生命。所谓鲜明性，就是在丰富复杂的性格中，有一个处于主导地位的主体性格，是他区别于其他人物的基本特征和标志；而他的一些次要性格则是从这一主体性格派生出来的，并从各方面体现主体性格，丰富这一艺术形象。所谓坚定性，就是在命运的变迁和性格的发展中，除个别人物外，基本上保持了性格的定向性、稳定性和一贯性，而没有发生分裂、变异和异向发展的现象。最难能可贵的是《红楼梦》的创新性。曹雪芹所创造出来的这些人物，都是中外文学史上从未见过的新的艺术形象，特别是贾宝玉，更是“古今未有之一人”。他身上体现着新的时代精神和新的社会理想，这更是曹雪芹的一个杰出贡献。所谓生动性，就是《红楼梦》的每一个人物，都是有血有肉有灵魂的活的真人，特别是贾宝玉、林黛玉、薛宝钗、王熙凤和刘姥姥等人物，用王蒙的话说，这些人“一个个都成了精”，从纸上走向现实生活，活在人们心里，成为不朽的艺术典型。

《红楼梦》的人物塑造为何能达到这样的高度，曹雪芹到底是怎样运用巧思灵智和传神妙笔塑造人物形象的，下面将就这一问题作一番深入的探讨。

一、人物的孕育与创造

《红楼梦》的读者不会忘记曹雪芹对凤姐出场的那一段精彩绝伦的描写。出现在读者面前的是一个活生生的凤姐：她的姿容，她的神态，她的地位，她的权势，她的性格乃至灵魂，一刹那间全都活灵活现了，特别是她那一番精彩的表演，更是八面玲珑，有声有色，令人绝倒。她的眼睛、嘴巴处处在黛玉身上，而她的心思却时时为贾母一人——既讨黛玉的好，又向贾母承欢邀宠。她看贾母的眼色行事，忽喜忽悲，转悲为喜，简直是一位超级演员。脂砚斋读到这里，情不自禁地喝彩道：“第一笔，阿凤的三魂六魄已被作者拘走了，后文焉得不活跳纸上！”

值得深思的是：为什么曹雪芹第一笔就能把凤姐写活？而且后文一定会活跳纸上？那只能有一种回答：作者在动笔之前，他心里已有个活的凤姐，也就是说，他早已孕育并创造了这个人物。她时时活在他的心里，浮现在他的眼前，他写她，只不过让她从自己灵魂里走出来罢了。因为他深知这个人物在某种情势之下，在各种矛盾和冲突中会怎样想、怎样说和怎样做，所以写出来自然都是跃然纸上的。这说明《红楼梦》中的人物首先不是“写”出来的，而是作家用心灵创造出来的。不仅是凤姐，宝、黛、钗、湘、探等重要人物，平、鸳、晴、袭、紫和刘姥姥、尤三姐等次要人物，也都是如此，就连焦大、茗烟、芳官、兴儿等这些小人物，也无不栩栩如生。

可以说，在曹雪芹的笔下，每一个人物都是典型，都是活生生的真人。《红楼梦》简直是一座活的人物画廊，一个熙来攘往的真人世界。

众所周知，《红楼梦》虽不是曹雪芹的自传，却是一部带有自传性的小说，融有曹雪芹自己的人生经历和体验。其中的人物，多是以曹雪芹的亲人、朋友和熟悉的人为模特儿，并综合其他类似人物的某些特点而创造出来的艺术形象，贾宝玉就有他自己的影子。这从脂砚斋的一些批语中可以看出。脂砚斋在批阅小说时，常常把小说中的生活混同为他家族当年的生活，把小说中的人物混同为现实中的真人。如第二十二回庆祝宝钗生日，写到凤姐点戏时，脂砚斋批道："凤姐儿点戏，脂砚执笔，今知者寥寥矣，不怨夫。"他竟把书中的凤姐当作生活中的真人，把书中的宝玉当作现实中的自己。再如第七十五回，写贾琏求鸳鸯偷老太太一箱珠宝以应急时，又批道："盖此等事作者曾经，批者曾经。"第十七回，在"宝玉听了，带着奶娘小厮们一流烟就出园来"句下，又批道："余初见之，不禁怒焉，谓作者形容余幼年往事；因思彼亦自写其照，何独余哉。"凡此种种，多不胜举。所以明镜主人江顺饴说："其所遇之人皆所历之人，其所叙之事皆阅历之事，其所写情与景皆所历之情与景。"鲁迅也说：曹雪芹"生于繁华，终于零落，一生经历，绝似石头"。不过，这绝不等于《红楼梦》是社会生活的实录或曹雪芹的自传。书中的人物都是曹雪芹经过虚构和典型化，用心灵创造出来的艺术形象。

然而，让人惊奇的是，他竟能塑造出那么多各种各样的成功的艺术典型。这只能归之于曹雪芹的巨大天才——他的博闻强记、丰富的想象力和惊人的创造力。黑格尔说："卓越的人物总是有超乎寻常的广博的记忆力。因为对人能引起兴趣的东西，人才能把它记住，而一个广博的心灵总是把兴趣的领域推到无数事物上去……这种明确把握现实世界的资禀和兴趣，再加上牢牢记住所观照的事物，这就是创造活力的首要条件。有了这种对外界形状的精确知识，还要熟悉人的内心生活，各种心理状态中的情欲以及人心中的各种意图；在这双重知识之外，还要加上一种知识，那就是熟悉心灵内在生活通过什么方式才可以表现于现实世界，才可以通过实在界的外在形状而显现出来。”(《美学》一卷第308页)曹雪芹的伟大天才，首先表现在他的目光的广无际涯和感情的典型性。曹雪芹把目光投向社会的各个角落，各个阶层、各种人物——从皇帝到乞丐，从农妇到贵族，从穷乡僻壤到繁华世界，以至商人、医生、学生、和尚、道士、尼姑、妓女、侠客等等，无不在他的观照之下。他不仅摄取了他们的身体，也摄取了他们的灵魂。他熟悉各种各样的人物。他的丰富活跃的想象力，能深入到一切事物之中，乃至人的内心世界，体验人们的各种思想感情和心理活动。他是一个熟悉人性的天才，知道在各种矛盾冲突的发展、命运的转变和各种情境之中，不同人物的内心活动和将出现的每种形态。他的头脑可以随意与其他头脑交流。他既是一个高明的导演，又像一个万能的演员，随时变换自己的身份，充当各种各样的角色。这是他能创造出众多艺术形象的根本原因。

我们知道，曹雪芹创作《红楼梦》，曾“披阅十载，增删五次”，是“研血为墨，滴血成字”，所以他说“字字看来皆是血，十年辛苦不寻常”。这其中不少的心血是花在人物的创造上的。在那漫长的创作岁月中，作品占据了他的整个身心，他的人物让他魂牵梦绕，难以忘怀，激动着他，折磨着他。他用心血哺育他们，滋养他们；他用智慧塑造他们，雕饰他们；他用灵感赋予人物以生命，变成一个个活的真人。这就像母亲十月怀胎，一朝分娩一样。从此他们就成为客观存在，一个独立的生命，再不是作家指挥他们，而是他们左右着作家的笔锋，独立自主地去思考，去行动。只有这时，人物的创造才算真正完成。《红楼梦》的人物就是这样创造出来的。

二、人物塑造的方法

那么，曹雪芹是怎样具体塑造人物的，为我们提供了哪些可资借鉴的经验，我们认为主要有以下几点。

(一)八方映照,立体塑造

《红楼梦》的主要人物,都是通过他们的全部人生经历、命运遭遇和无数的生活细节的叙写而塑造出来的。事实上文学作品中的人物,只有具备现实生活中的人所具备的生存条件,写出他们各自的活动方式和一举一动、一言一笑,写出他们的内心活动和精神世界,才是一个完整的人,才能真正地活起来。宝、黛、钗、凤等主要人物都是这样创造出来的。例如贾宝玉,他是《红楼梦》中的核心人物,第一主人公。《红楼梦》之所以又名《石头记》,在某种意义上说,主要演义的就是石头的故事,即贾宝玉的人生经历和感悟。小说完整系统地叙写了他的一生——他的来龙去脉,他的爱情悲剧,他对理想的追求和最终破灭,他的人生的悲剧,以及与他相关的各种人物和广阔的社会生活。而这一切,又是通过无数的生活事件、情节和细节——他生活的环境,他住的房,他吃的饭,他穿的衣,他做的事,他读的书,他写的诗,他养成的习惯,他的欢乐与痛苦,他的追求与绝望,共同铸成了他这个人,造成了他的个性。于是他变成了活的真人,完整而丰满,清楚而鲜活,深深铭刻在读者心里,时时浮现在读者眼前,就像在现实生活中所看到的一样。

曹雪芹写人物,从不采用单一角度、一竿子插到底的方法,而总是把人物放在复杂的人际关系中,放在矛盾冲突中,多角度、全方位、立体式地进行描写,又从四面八方映照。所以人物性格能得到充分的表现,显得复杂丰富而又栩栩如生。《红楼梦》中的主要人物的塑造,都采用了这一方法。例如凤姐这个人物,她是贾府的"女总理",这种特殊的地位和身份,使她与贾府的主仆上下、男女老少、各色人等,发生错综复杂的关系,甚至与宫廷宦官、衙门官吏、和尚尼姑也有来往。这就使她处于各种矛盾冲突的旋涡中,特别是她与贾琏的夫妻矛盾,与邢夫人的婆媳矛盾,她和宝玉与赵姨娘、贾环之间的嫡庶矛盾,她与奴仆之间的主仆矛盾等,通过这些矛盾的叙写,再加上虚实结合的写作方法,使她的性格得到了最充分的表现,同时又从四面八方得到映照。《红楼梦》全书 120 回中直接描写凤姐出场的就有92回，即使凤姐不出场，读者也会感到她的无时不在。诚如脂砚斋所说："纸上虽一两回中或有不能写到阿凤之事，然亦有阿凤在彼处手忙心忙矣。"他在第六十九回总批中又说："写凤姐写不尽，却从上下左右写。写秋桐极淫邪，正写凤姐极淫邪。写平儿极义气，正写凤姐极不义气。写使女欺压二姐，正写凤姐欺压二姐。写下人感戴二姐，正是写下人不感戴凤姐。"这种从四面八方描写，立体式的塑造人物的方法，是凤姐这一人物显得异常丰富多彩，写得特别成功的一个根本原因。

《红楼梦》不仅实在地具体地从四面八方表现人物性格，而且还从不同人物对同一人物的评价中表现他的性格。例如写贾宝玉，让一系列的人——爱他的、恨他的、讥他的、笑他的、慕他的、赞他的……种种人的口中目中心中去写宝玉。冷子兴说他"将来色鬼无疑"；贾母说他"原是个丫头投错了胎"；王夫人骂他是"祸根孽胎""混世魔王"；贾政骂他是"孽障"，将来会"弑父弑君"；薛宝钗讥他是"无事忙""富贵闲人"；袭人说他把读书上进的人骂作"禄蠹"是"混批评"，责备他"谤僧毁道"的言论是"混说"；尤氏骂他是"傻东西""净说疯话""一点后事也不虑"；凤姐说他"是个没用的货"；兴儿说他"成天疯疯傻傻的，说的话人也不懂，干的事人也不知"；傅家婆子也说他"千真万确有些呆气，大雨淋得水鸡儿似的，反倒告诉别人'下雨了，快避雨去吧！'你说可笑不可笑？"然而，在众姐妹眼里，在黛玉心里，在晴雯等人看来，则完全是另一个样儿。如尤三姐说宝玉："言谈吃喝，原有些女儿气，自然是天天只在里头惯了的。要说糊涂，哪些人糊涂？……我冷眼看去，原来他在女孩儿跟前，不管什么都过得去。只是不合外人的式。"这些人的看法虽然各不相同甚至迥异，但却从不同侧面不同程度地反映了宝玉性格的某些特点，合起来则能更完整更深刻地反映他的性格，从而加深读者对贾宝玉这一形象的认识。这种借书中人物评论其他人物的方法，对塑造人物形象有其独特的作用。这些评语总是既生动又形象，能点出人物的不同性格特点，起到画龙点睛的作用，还能补充未写到的地方，使人物性格显得更全面更鲜明。

（二）突出特征，层层皴染

“皴染法”又叫“三染法”，本是绘画的一种技法，身兼画家的曹雪芹，把它巧妙地用在了小说的创作上，就是对于重要的描写对象，总是先作大体的概括介绍，犹如画家先画出草图，然后再利用各种机会，反复多次地涂染描绘，使对象逐渐清晰起来，凸现出来。无论是写贾府、大观园，还是写宝、黛爱情和主要人物，多用这一方法。最早指出这一创作特点的是脂砚斋。他在“冷子兴演说荣国府”一回中批道：“其演说荣府一篇者，盖因族大人多，若从作者笔下一一叙出，尽一二回不能得明，则成何文字？故借冷子兴一人略出其文，好使阅者已有荣府隐隐在心，然后用黛玉宝钗等两三次皴染，则耀然于心中眼中矣。此即画家三染法也。”这种“皴染法”，则更多地用在了人物的塑造上。对于主要人物的基本性格特点，往往是通过不同的事件和行动，甚至通过他们一生的经历，无数的生活细节，反复多次地进行描写和刻画，从而使艺术形象更加突出和鲜明，给读者留下深刻的印象。例如对于贾宝玉的女性崇拜的个性特点，对于最能体现黛玉悲剧性格的“哭”，凤姐的或阴险或泼辣的各种各样的“笑”，薛宝钗的城府和世故，探春的精明和能干等，都作了无数次描写，甚至贯穿全书。但由于是通过不同的事件、在不同的情景之下的描写，不仅毫无雷同之感，而且更强化和突出了人物的主体性格。这种手法既符合生活的辩证法，也符合艺术的辩证法——在现实生活中，人的基本性格总是时时处处事事顽强地表现，并得到发展和丰富，而人们正是在这一过程中逐渐加深了对他的认识。曹雪芹把这一生活的辩证法运用到艺术的创作中，也同样起到了层层加深的效果。

这里我们想着重谈谈曹雪芹是怎样运用这一方法塑造林黛玉的悲剧性格的。林黛玉是曹雪芹怀着深挚的爱意和悲悯的同情，用历史与未来、现实与理想、哲理与诗情，并饱蘸着血与泪塑造出来的一位富有诗意美和理想色彩的艺术形象。她的一生是在哭声和以泪洗面中度过的。曹雪芹为了更好地表现她的悲剧性格，始终抓住最能体现这一性格特点的“哭”，反复多次地进行描写刻画。还在她的宿世，作者就用浪漫的笔调和奇特的想象和诗意，创造了一个新奇绝妙、古亘古未有的“还泪”之说，以象征她是带着宿根、宿情、宿恨来到人世的。果然，她第一次与宝玉相见就是哭。此后“不是闷坐，就是长叹，好端端的不知为什么，常是自泪不干的”。这个父母双亡、孤苦伶仃、寄人篱下的少女，既受疾病的折磨，又受环境的压抑，更有那无人诉说、无法诉说的刻骨铭心而又无望的爱情的煎熬，她只有用哭来发泄她的痛苦和悲愤。哭，是她对生活折磨的强烈反应；哭，是她诗人气质的种种感受的抒发；哭，是她悲剧性格的重要表现形式之一。她是为爱情而哭，为命运的不幸而哭。最后，当她彻底绝望而“绝粒”“焚稿”之时，她反而笑了——这是物极必反，是哭的另一种形式，比哭还要悲惨，更加有震撼力。曹雪芹就是这样，紧紧抓住“哭”这一表征，反复描写，层层皴染，把林黛玉的悲剧性格写得淋漓尽致，突出鲜明，深刻有力，而且富有创新性。无怪乎无数读者为她流下同情和悲悯的眼泪，为她而愤愤不平。她是一个永远闪耀着思想和艺术光辉的典型，是读者心中一位圣洁、美丽的爱神。

（三）对比描写，彼此映衬

有比较才能有区别。为了使人物性格更加鲜明，曹雪芹常常采取对比的写法。这种方法又有分别：一是让性格对立或差别很大的人物关系非常密切，如贾政和宝玉父子、宝玉与贾环兄弟、宝钗和薛蟠兄妹、凤姐与贾琏夫妻，再如尤二姐与尤三姐、晴雯和袭人、平儿和秋桐等。这样他们相遇的机会多，容易发生矛盾冲突，他们的性格会得到充分的表现，或彼此处于对照之下，因而会显得更加黑白分明、红绿相衬。二是将相貌相似或性格相近的人物进行比较，以区分他们的细微差别。如大观园中的一群少女，她们年龄相近，个个聪明美丽、多才多艺、天真烂漫，要把她们区别开来，写出她们各自的相貌姿容和个性特征，实在是难而又难。然而，曹雪芹竟然能把她们写得活灵活现，各有神态，一眼就能把她们区别开来。不仅林黛玉的风流俊逸，薛宝钗的温柔敦厚，史湘云的潇洒倜傥，贾探春的文采精华显然有别，就连袭人与宝钗、晴雯和黛玉这两对所谓“身影”之间，由于她们的身份地位和教养的不同，或她们容貌的细微差别，都各有各的性格特征，谁也不会把她们混淆起来。人们不能不惊叹曹雪芹观察人物的极其精准和善于表现人物细微特征的天才。《红楼梦》写美人儿，从不把她们写得十全十美，而总各有一陋：如黛玉的病弱和尖刻，宝钗的热毒和世故，湘云的咬舌，探春的凉薄，迎春的懦弱，惜春的冷漠，鸳鸯的雀斑，香菱的胭脂痣等，就将她们区别得一清二楚。三是将两个对立的形象进行全面的对比描写。如对林黛玉和薛宝钗这一对“情敌”的对比描写，就是最典型的一例。一个出身于富甲天下的金陵一霸，另一个则出身于家道中衰的官僚；一个是有母有兄、有钱有势的“宝姑娘”，一个是父母双亡、寄人篱下的孤儿；一个是杨妃式的丰腴之美，一个则是西施式的清瘦之美；一个知识广博，具有书卷气，一个则聪明绝顶，富有诗人气质；一个追求世俗的夫贵妻荣，一个追求激情的性灵之爱；一个是标准的封建淑女，一个则是封建社会的叛逆者……这种全面的对比描写，把两个人物塑造得十分丰满，非常深刻，极其生动，个性异常鲜明，真所谓“两山对峙，二水分流”，各尽其妙。

（四）以形传神，神形毕肖

曹雪芹的同代人永忠在《因墨香观小说红楼梦吊曹雪芹》诗中说：“传神文笔足千秋，不是情人不泪流。可恨同时不相识，几次掩卷哭曹侯。”的确，曹雪芹那枝神来之笔，真是触处生春，溢彩流光。叙事虽杂然纷呈，却秩然有序；写景状物，宛然如画，展现眼前；刻画人物，栩栩如生，跃然纸上。我们且不说对主要人物的描写刻画，就是那些小人物，只需一两笔，便活蹦乱跳。如写尤三姐、傻大姐、莲花儿、兴儿、卜世仁、倪二等，哪个不是如此？就连那个给小红送鞋样子的不知姓名的未流头的小丫头，也是其形活脱，其声可闻，触目难忘。特别是写一群小人物的纷争和群架，更是如亲临其境，目睹耳闻，深领其神。如司棋闹厨房，茗烟闹书房，芳官、豆官、葵官等群斗赵姨娘，都写得有声有色，活灵活现，真是生动极了，热闹极了。不仅场面虽乱而清晰，众顽童个个活蹦乱跳，而且也表现了各自的音容笑貌，性格特点。这虽是一些"闲笔"，却也揭示了"大题"：一是大观园中"一时都闹起反来"，贾府的封建秩序已乱；二是贾府教育子弟的"家学"尚且如此，"如今的儿孙一代不如一代"，也就不难理解了。

把人物写活不容易，一两笔能把人物写活更难。曹雪芹为什么能达到这种境界呢？我看主要是他能抓住人物的特征，以形传神，所以神形毕肖，活灵活现。

（五）一击数鸣，反面春秋

我们读《红楼梦》，时时感到曹雪芹的那支笔是那样的灵动和多能。他信笔所之，挥洒如意，无不奏效。他从不孤立地写一人一事，往往是一笔而写两人两事或数人数事。他有时采取象征的手法，以小喻大，以近写远，即"举类迩而见意远"。如以石头的故事象征贾宝玉的人生经历和感悟，以神瑛侍者与绛珠仙草的故事象征宝、黛的爱情悲剧，以甄府的小荣枯象征天下望族贾府的盛衰。有时用谐音隐喻表现更深广的意义。如"千红一窟，万艳同杯"，"群芳髓"，以暗喻众少女的悲剧命运。有时用注此写彼、目送手挥的曲笔，写得似正而谲，似则而淫。如写元春省亲，本是繁华热闹的盛事，却写得阴郁悲切，哭声一片。秦氏之丧本是伤心悲痛之事，却写得那样排场阔绰，赫赫扬扬；而秦氏托凤姐的梦，又预示了贾府的必然衰败。写凤姐生日正在欢乐喜庆之时，贾琏与鲍二家的正在鬼混，却被凤姐撞破而大闹一场。再如写秦可卿闺房，乍一看似雍容华贵，细察之却艳冶淫逸。这就是所谓"冷中写热，热中写冷"，一笔而写两面，或称"反面春秋"。这种写法让人想得很多很深很远，增大了作品的信息量和密度，有一种含蓄不尽之意。

但《红楼梦》用得更多的还是一击两鸣或一击数鸣的手法，即一笔写两人或数人。如第七回，写赵姨娘不敢向马道婆说出“凤姐”二字，先是“伸出两个指头来”，后又“走到门前掀帘子，向门外看看”。这就一笔写活了三个人。既写出了赵姨娘对凤姐又恨又怕——怕得心胆俱破，恨只能恨在心里，敢怒而不敢言。同时也写出了凤姐平日对赵姨娘的淫威，还暗写了马道婆的眼看、耳闻、心想的神态，又隐伏了日后的魇魔法。再如写黛玉进贾府，采取了黛玉眼中看心中评的方法，以写贾府和贾府诸人，同时又从贾府诸人眼中口中心中写黛玉，这就取得了一举两得的效果。更难能可贵的是，他竟能一笔而写数人。如通过周瑞家的送宫花这件小事，一路写了一连串的人和事：既写了宝钗的“不爱花儿粉儿”的素淡习性，香菱的正式出场和模样品格，又写了惜春的厌世、黛玉的敏感、凤姐夫妇的房事，以及周瑞家女儿的求情和周瑞家的仗势。然而，更多的则是通过一件大事或一场剧烈冲突而写活一大群人，如元春省亲、秦氏丧殡、群芳宴怡红、抄检大观园、黛死钗嫁、查抄贾府等，特别是“宝玉挨打”一篇文字，更是写得惊心动魄，激烈异常。这是封建势力的代表贾政和新生势力的代表贾宝玉之间的一场生死决斗。在这场暴风雨中，不仅把事件写得有次第，有波澜，很完整，很生动，而且把每一个人的形容姿态、动作声音、心理活动都写得栩栩如生、活灵活现。贾政那“拿宝玉来！拿大棍拿绳子来”的怒吼声，他“那板子越下去的又狠又快”的狠劲，他要拿绳子把宝玉勒死的决心，不仅写得绘形绘色，而且也揭示了他的灵魂：原来是怕宝玉将来发展到“弑父弑君”，今日之打是“以绝将来之患”。王夫人出于母子天性，自然心疼难忍，便一声“肉”一声“儿”地哭起来，在她的灵魂深处，她怕的却是断了后。她由哭宝玉又哭起贾珠来：“若有你活着，便死一百个，我也不管了”。这一哭，李纨也禁不住哭起来——她是哭死去的丈夫而自己孀居的苦命。一向疼爱、宠爱宝玉的贾母，听说贾政痛打宝玉，如摘了心肝肺，颤巍巍喝道：“先打死我，再打死他！”以母亲的绝对权威来压制儿子，这才制止了贾政，保护了宝玉。而这时的宝玉已被打得“气弱声嘶，哽咽不出”，而身上“或青或紫，或整或破，竟无一点好处”。丫鬟媳妇上来要搀扶宝玉，凤姐骂道：“糊涂东西，也不睁开眼瞧瞧，这个样儿，怎么搀着走的？还不快进去把那藤屉子春凳抬出来呢！”她在惊慌忙乱中，依然精明和周到。尔后则是众人纷纷去看望。宝钗是送来一丸药，借机规劝；而黛玉则是两只眼睛哭得像红桃儿，哽咽难语。一个表现出冷静、实用，另一个则表现出感同身受的至情。被打得要死的宝玉呢？却是宁死不屈。他对黛玉说：“我便是为这些人死了，也是情愿的。”请看，曹雪芹的这支笔，是支什么样的魔杖神笔啊！真如脂砚斋所感叹的“大悲菩萨，千手千眼，一时转动，毫无遗漏”（《红楼梦脂砚斋辑评》第101页）。

（六）话如其人，各具风格

《红楼梦》的语言在中国古典小说中是最优美的。特别是人物语言的个性化，达到了话如其人、各具风格的境界。利用个性化的语言表现人物性格，是《红楼梦》塑造人物的一个重要手段。

“言为心声”，人物的语言最能体现他的性格和内心世界。曹雪芹在准确把握人物整体性格的同时，特别注意锤炼富有个性特征的语言。我们读《红楼梦》，总有这样一个感觉：凭着人物的说话或对话，不仅能知道这话系何人所说，而且还能想象那说话人当时的姿态神情，乃至他的心理活动。例如焦大，我们只是从尤氏哪里知道一点他的身世和经历，其他什么也不知道，甚至连他是什么模样也不清楚。但是通过在黑暗中听到他的那一顿恶骂，我们不仅认识了他整个的人，也感受到了他的灵魂。读过《红楼梦》的人，谁会忘记贾府这位“屈原”呢？这样的例子在《红楼梦》中比比皆是。

为什么《红楼梦》的语言能有如此奇妙的效果呢？我看有三个原因。其一，作者根据每个人物的个性特征，都相应地确定了他们的语言的“基调”或“底色”。如宝玉的语言“似傻如狂”，惊世骇俗；黛玉的语言机敏率真，典雅诗化；宝钗的语言含蓄凝重，时见矫饰；湘云的语言直来直往，一片天真；探春的语言精确尖刻，入木三分；凤姐的语言泼辣风趣，机巧世俗。再如贾政的八股腔，薛蟠的粗野话，贾蓉的下流语，刘姥姥的“本色”，尤三姐的锋利，小红的巧舌如簧等。这些人物语言的基本特征，总是反复不断地表现着他们各自的主体性格，从而使之更加鲜明突出。其二，作者在写人物对话时，不仅写他在说什么，更写他怎样说，即让他用自己独特的方式说出他应该说的话。这就把每个人物的性格乃至灵魂都写出来了，人物焉能不活跳纸上？其三，曹雪芹还写出了人物语言在特殊场合的特殊风采。这是说，人物语言在总体上保持其“基调”或“底色”的前提下，而在特殊情况下，使其“基调”有所变异，“底色”上添些色彩，却又万变不离其宗，丰富斑斓而不乱其主色。这样既突现了主体性格，又使人物形象丰富多彩。比如，凤姐平时“不过是一概世俗取笑儿”，可是她在特殊情况下，也能说出文绉绉的话。例如，她不识字，竟能吟出“一夜北风紧”的诗句；她还能活学活用戏曲的台词调侃她的丈夫；在赚取尤二姐时，用的则是典雅俊则的外交辞令。这三次变调，分别表现了她的才智、她的得意忘形和她的阴险狡诈，使凤姐这个人物的性格表现得更鲜明更深刻，也更丰富。

（七）知人性之深，探心灵奥秘

艺术家所追求的是外部描写的真实和内部描写的深刻，以及二者的和谐统一，即形神兼备。就是说，不仅在形体的描写上达到惟妙惟肖，更要写出他的精神世界和内心活动，或者说，他的一切外部活动，总是时时处处体现着他的性格。《红楼梦》之所以创造出那么多成功的艺术典型，最根本的原因是作者知人性的广且深，并且善于揭示人物内心世界的奥秘，用恰当的方法表现出来。

别林斯基在评论莎士比亚时说：“他那广无涯际的、包含万有的眼光，透入人类天性和真实生活的不可探究的圣殿，捉住了他们隐藏的脉息的神秘的跳动。……能把活的精神吹进死的现实……能在显然非常细末的生活环境和人的意志的行动中，找出解决道德天性的最高心理现象的秘诀。”(《别林斯基选集》第一卷第152页)这不仅是对莎士比亚的评价，也是对一切天才艺术家的共同评价。鲁迅也说曹雪芹“知人性之深，得忠恕之道”。曹雪芹体验过各种各样的思想感情，他的丰富活跃的想象力，能深入到所有人的灵魂。他既懂得贵族老太太贾母的心理，也知道农村穷婆子刘姥姥的艰辛；他既深谙贾宝玉的心胸，又熟悉少女的芳心；他知道小商人卜世仁的吝啬，也懂得泼皮倪二的侠义心肠……尤为可贵的是，他知道这些人在各种情势之下的不同的心理活动，以及他们怎样用各自的独特方式表现出来。

中国古典小说的心理描写，不像欧洲小说那样，把情节停下来，进行冗长的精细的心理剖析，而往往是在情节进行中，通过人物的行动，以形传神，或通过对话、自白、心想和梦境等形式以表现人物的心理活动，我谓之“形象的心理描写”。比较而言，《红楼梦》的心理描写要细致一些，已具有现代小说的某些特点。一个突出的表现，就是以第三人称较细致地分析人物的内心活动。如第二十九回“多情女情重愈斟情”中，那一段常被人引述的心理描写，就是一个典型的例子。另外，就是通过人物的梦来描写，如宝玉的梦、黛玉的梦、凤姐的梦、小红的梦等。这些人物梦境中的下意识，反而更深刻地反映了他们灵魂深处的活动。有一句成语叫“梦想成真”，这说明梦中也有真，只是难以实现；只有在灵魂深处，因过于强烈和持久，才能变为现实。而那些更为深奥微妙的难以用常言表达的思想感情，除了“梦想成真”的特殊情形，作者则用为人物代写的诗歌来表达。最为突出的当属林黛玉的诗。她的《葬花词》《秋窗风雨夕——代别离》，以及她的《桃花行》、菊花诗、海棠诗和柳絮词，甚至她的酒令、禅语等，都把这位少女灵魂中难以告人，也难以自说的奥秘，精微地富有韵味地表现出来了，应该说这是最高明的心理描写。总之，《红楼梦》的心理描写，是融会在全书中，体现在人物的一言一行中，似乎每个人物都长着阿古斯(希腊神话中的人物)的千眼，所以我们时时都能感到他们的灵魂的颤动，觉得他们一个个都是活的真人。

《红楼梦》所提供的这些艺术经验是无价之宝，如能创造性地继承、借鉴和发展，对繁荣现代文学创作是有积极意义的。

第七章

《红楼梦》的艺术技法

我读《红楼梦》，常常有这样的感觉：它既无比丰富，极其复杂，宏伟壮丽，而又无比精致细密，丝丝入扣，井然有序，浑然一体，自然天成。就是说，从宏观到微观，都非常精致。他写人，只需几笔，人物就活灵活现，跃然纸上；写景，略加点染，即美景如画，栩栩如生，如在目前；写事，纵使千头万绪，变化万端，也总是秩序井然，如行云流水，妙趣横生；写情，那更是感人肺腑，催人泪下，正像永忠所说“传神文笔足千秋，不是情人不泪流”。总觉得曹雪芹是在灵感的状态下写作，所以他“下笔如有神”，随手拈来，点铁成金，甚至化腐朽为神奇，读来觉得生气灌注，一片神行，美不胜收。不禁让人惊叹和拜服他的稀世天才和他那枝无所不能的神笔！

曹雪芹除了超人的天才，是否还有什么神奇的“绝技”和“秘诀”呢？年轻时读《红楼梦》，只觉其美妙，却说不出所以然。后来读了《脂砚斋重评石头记》和一粟编的《红楼梦卷》才明白，原来前人早已点出了《红楼梦》的“奥妙神技”。如脂砚斋在《红楼梦》开卷不久即在眉批中说：“事则实事，然亦叙得有间架，有曲折，有顺逆，有映带，有隐有现，有正有润。以至草蛇灰线，空谷传声，一击两鸣，明修栈道、暗度陈仓，云龙雾雨，两山对峙，烘云托月，背面傅粉，千皴万染诸奇，书中之秘法亦不复少……”此外其他人也各有发现和点评，如戚蓼生在《石头记序》中说：

吾闻绛树两歌，一声在喉，一声在鼻；黄华二牍，左腕能楷，右腕能草。神乎技矣，吾未之见也。今则两歌而不分乎喉鼻，二牍而无区乎左右，一声也而两歌，一手也而二牍，此万万所不能之事，不可得之奇，而竟得之《石头记》一书，嘻！异矣……第观其蕴于心而抒于手也，注彼而写此，目送而手挥，似谲而正，似则而淫，如《春秋》而有微词，史家而多曲笔。

这个戚蓼生，不仅真正读懂了《红楼梦》，而且发现了它的艺术“秘诀”，点到了“穴位”上，他可称得上曹雪芹的知音。《红楼梦》的艺术技巧，是曹雪芹汲取了中华传统文化中的精华，融而汇之，创造性地运用到文学创作里，赋予了新的含义，起到了奇妙的作用，成为宝贵的艺术经验。天才不可学，技巧可借鉴。脂砚斋、戚蓼生等人虽然看出了种种技法之妙，但都说得比较概括而过简，我想就他们指出来的笔法技巧，作以逆向的探讨，一则可更深入细致地领略《红楼梦》的艺术之美，再则也可学习借鉴它的创作经验。

戚蓼生所说的“两声、二牍”，其实就是脂砚斋说的“一击两鸣”或“一击数鸣”之法。曹雪芹从来不一笔只写一事，往往是一笔写多事。如写宝、黛初见，既写了宝玉眼中心中之黛玉，又写了黛玉眼中心中之宝玉。黛玉见宝玉写一“惊”字，宝玉见黛玉写一“笑”字，一存于衷，一发于外，都精准形象地表现出二人的相貌性格和似曾相识的人生体验。再如写薛宝钗进京一事，可谓头绪众多，情节复杂，牵涉面广，但先以昔日之沙弥今日之门子之口，细说英莲遭际：如何丢失、被人贩子卖与冯渊；薛蟠如何打死冯渊，夺得英莲；贾雨村如何贪赃枉法，胡乱了结此案，以及如何辗转来到贾府……脂砚斋感慨批道：“作者要说容貌势力，要说情，要说幻，又要说小人之居心，豪强之托大，了结前案，铺叙后文根基，点明英莲，收叙宝钗等项诸事，层层叙来，真是大悲菩萨，千手千眼一时转动，毫无遗漏。可见其大光明者，故无难事，诚然。”戚、脂二人之惊叹，也是天下读者所惊叹也！但我们不仅要知其精妙，还应知其所以精妙的道理，这就需要做具体的分析。

灵心妙手，触处生春。天才的特征之一，就是创新性。鲁迅先生说："自从《红楼梦》出来，传统的思想和写法都打破了。"这是对《红楼梦》总体上的高度评价，指出它在思想上、艺术上的超越和创新。曹雪芹在《红楼梦》中所运用的艺术方法和技巧，有些是古已有之的，他做了继承和发展，而更多的是古今中外小说中不曾见过的，是他的独创。在一般人"万万所不可能之事，不可得之奇"，在曹雪芹的灵心妙手下，往往不费吹灰之力就得以实现。这首先表现在用谐音为人物起名上，如甄士隐（真事隐）和贾雨村（假语存或假语村言），这两个人物，虽着墨不多，起的作用却大。一是体现着作者的创作理念，告诉读者《红楼梦》是"真事隐去，假语村言"的小说，是"伟大的谎言"（巴尔扎克语）。再者他们是两种性格的象征：一个是积极入世，游于仕途宦海，成为赃官污吏；另一个是"秉性恬淡，不以功名为念，每日只以观花修竹、酌酒吟诗为乐"，藏于市的隐士。三是他们起着贯通全书，绾结前后的结构性作用。

有些人名的谐音隐喻人物的不同命运，如甄英莲（真应怜），不仅是对她个人悲惨命运的深切同情，也是象征着对天下所有少女悲剧命运的同情与叹息。再比如贾府的四春元、迎、探、惜，其谐音即"原应叹息"，暗示她们虽然生于公侯贵族之家，但她们却有着不同的悲剧命运。连当了皇妃的元春也难以摆脱，所以表示"原应叹惜"的深切同情。

有的人名谐音则与人物的人品人性有关，如秦可卿（情可轻）、秦钟（情种）、尤氏三姐妹（尤物）等。花袭人、花自芳，虽不是谐音，却是由姓得名（袭人之名则由陆游诗句"花气袭人知昼暖"而得）。有的则是与事件起因而得名，如霍起（祸起）、冯渊（逢冤）、娇杏（侥幸）等。另一种人名则是出于讥刺、嘲讽和调侃，如卜世仁（不是人）、詹光（沾光）、卜固修（不顾羞）等。有的是与地名、风俗有关，如贾雨村是湖州（胡诌）人氏，贾雨村的岳父风肃（风俗）等。总之，这些人名都是信手拈来，却有特殊的寓意。读到某一人名，若再深思细想，就会想起他（她）的身世命运和性格，且颇有趣味。这无疑便增加了文字的信息量，即增强了作品的含蓄性和阅读的趣味性。

不仅人名各有寓意，妙趣横生，就连人物的住所也颇有讲究。如作者的寓所名悼红轩、贾宝玉住的怡红院、林黛玉住的潇湘馆、李纨住的稻香村等，以及他们常去的“沁芳桥”“沁芳溪”（花落水流红）等，都与其主人的性格和命运相关，或者有广泛的象征意义。就连吃的茶“千红一窟（哭）”，喝的酒“万艳同杯（悲）”，闻的香“群芳髓（碎）”等，更是象征着所有少女的悲惨命运。这种象征的手法，所蕴含的信息量更大，更能引起读者的丰富联想和深思。

以上这些，少时读《红楼梦》，总是把它们当成人名、房名、水名、茶名、酒名、香名，一扫而过，如猪八戒吃长生果，囫囵吞下，自然尝不出它们的“仙味”；年长再读，方知其真意和曹雪芹的用心，才领略了它们的妙趣。

曹雪芹还喜欢善用谶语，以增强、丰富行文的含义和趣味。谶语本是预言吉凶的文字或事物，带有一些迷信色彩，但它有时又具有偶然性，形成巧合。恩格斯说：“偶然性是宇宙的规律之一。”（《自然辩证法》）自然界、人世间，有许多偶然事件，周而复始，无有穷尽。曹雪芹就是利用它的“巧合”这一特点，活用在《红楼梦》的创作里。

谶语又分语谶、谜谶、诗谶、戏谶、物谶等，如语谶：金钏对宝玉开玩笑说：“金簪掉到井里头——有你的就是有你的。”后来金钏果然因遭王夫人打骂，被赶出去，羞愤跳井自杀。诗谶，第五回中的图册判词和《红楼梦曲》以及“群芳寿怡红”时各少女所抽签上的诗句，都隐喻着各人未来的命运。甚至连人物写的诗，如《葬花词》也是林黛玉的诗谶（花落人亡两不知）。戏谶，元春省亲时唱的四出戏，各有隐喻，脂批曾一一点明：《一棒雪·豪宴》——伏贾家之败；《长生殿·乞巧》——伏元妃之死；《邯郸梦·仙缘》——伏甄宝玉送玉；《牡丹亭·离魂》——伏黛玉之死。物谶，蒋玉函的红汗巾赠给了贾宝玉，却神使鬼差地扎在了花袭人的身上，最终袭人嫁给了蒋玉函。这样的事例还有很多，不再一一罗列。

此外，还有谜语，也是隐喻人物命运的谶语，可称为“谜谶”。如贾母的谜：“猴子身轻站树梢。”站树梢，即“立枝”，与荔枝(离枝)谐音。贾母是处于贾府的最高位置，犹如站在贾府这棵大树顶稍上的老猢狲。这是暗喻将来贾府“树倒猢狲散”的结局。

元春的谜语

能使妖魔胆尽摧，身如束帛气如雷。
一声震得人方醒，回首相看已成灰。

这个谜语的谜底是炮仗，隐喻元妃虽富贵却短暂的命运。别看她身为贵妃，荣华富贵、气势显赫、名震遐迩，也不过像震耳欲聋、一爆而化为烟灰的爆竹。

迎春的谜语

天运人工理不成，有功无运也难逢。
因何镇日纷纷乱？只为阴阳数不同。

谜底是算盘。暗喻迎春的悲惨命运，像打错了算盘，阴差阳错，嫁非其人，遭受中山狼孙绍祖的种种折磨蹂躏，悲惨死去。王夫人却认为这是她的命，迎春不服地说：“我不信我的命就这样苦。”

探春的谜语

阶下儿童仰面时，清明妆点最堪宜。
游丝一断浑无力，莫向东风怨别离。

谜底是风筝。暗示探春远嫁海疆，难以归省，犹如断线了的风筝。这让人想起“自古红颜多薄命，莫怨东风当自嗟”的诗句，感叹探春“悲莫悲兮生别离”的不幸命运。

惜春的谜语

前身色相总无成，不听菱歌听佛声。
莫道此生沉黑海，性中自有大光明。

这首谜语诗，以寺庙里的海灯喻惜春的命运。佛教指一切事物的形状外貌为“相”。此处指女子的姿色容貌，是说惜春青春年少，空有美色，不能享受生活的欢乐，犹如海灯本身具有光明一样，本应处于繁华热闹之处，而实际却置于寺庙大殿的黑暗佛前。意指惜春皈依佛门。她听的不是世间的美妙菱歌声，而是佛教的念经声。按佛教的说法，她就像海灯一样，虽身处黑海，而心中却充满光明。

黛玉的诗谜

朝罢谁携两袖烟？琴边衾里总无缘。
晓筹不用鸡人报，五更无烦侍女添。
焦首朝朝还暮暮，煎心日日复年年。
光阴荏苒须当惜，风雨阴晴任变迁。

谜底是更香。这首诗谜的风格，一看就知是潇湘妃子所作。预示她与宝玉的爱情无望，即有情无缘，如更香一般，日复一日、年复一年的忍受着“焦首”“煎心”的痛苦，直至青春和生命的逝去。

宝钗的诗谜

有眼无珠腹内空，荷花出水喜相逢。
梧桐叶落分离别，恩爱夫妻不到冬。

谜底是竹夫人。竹夫人是用竹篾编成的器物，圆柱形，内空有洞，夏天抱着取凉，即夏天“荷花出水喜相逢”之意；“梧桐落叶分离别”，即秋天弃之不用。暗喻她与宝玉的夫妻关系极其短暂，他们婚后不久，宝玉便离她远去，让她独守空房。

猜谜本是一种娱乐活动，但各人似无意间所作的谜语诗，都暗寓着自己未来的悲剧命运。如果不深入体察，就难于明了其真意。所以这些谜语都成为《红楼梦》的悲剧因子，聚在一起，如一片阴云笼罩在书中。

书中还有禅、偈、铭、诔、赞等诸多文体，亦多含谶语。这些不同形式的谶语，都是对人物命运的暗示。看似有些重复，但因形式不同，情境不同，不仅没有重复之感，而且起了皴染的作用，一次次加深了读者的印象。这些谶语含有丰富的信息量，使作品更加委婉含蓄和富有趣味。

仅从以上举例可以说明，不能像读一般小说那样读《红楼梦》；一般小说读一遍即可读懂，读《红楼梦》不多读几遍，不反复地分析琢磨，细细品味，那是难以真正读懂的。我少年时读《红楼梦》，就因粗枝大叶，不求甚解，仅得皮毛，吃了不少的亏。

背面傅粉，似贬实褒。曹雪芹不仅是伟大天才的作家，也是一位杰出的艺术家。他常把绘画、建筑、书法、诗词、曲赋甚至武术的打法和战争的战法等各种文化因素和技法运用到小说的创作里，造成十分深厚、十分精微、十分奥妙的艺术效果。让你探究，让你精研，让你反复地琢磨品味，才能渐入佳境，领会其真谛和妙趣。如曹雪芹常把绘画中的烘云托月、烟云模糊、草蛇灰线、层层皴染、横云断岭诸法用于创作中，使作品波澜曲折，含蓄蕴藉，富有诗情画意。如常被人们提起的黛玉葬花、宝钗戏蝶、晴雯补裘、湘云醉卧和宝玉、宝琴的《白雪红梅图》等，都是对绘画艺术的巧妙应用，是用文字写成的活的立体的有声图画。

这里说的背面傅粉即是其中一法。这种方法就是正话反说，似贬实褒。下边举几个事例分析一下。

例如写贾宝玉就是采取的"似谲而正"、反面春秋的方法。如《红楼梦》第三回那两首批宝玉的《西江月》，词曰：

无故寻愁觅恨，有时似傻如狂；纵然生得好皮囊，腹内原来草莽！
潦倒不通庶务，愚顽怕读文章；行为偏僻性乖张，哪管世人诽谤！
富贵不知乐业，贫穷难耐凄凉；可怜辜负好时光，于国于家无望。
天下无能第一，古今不肖无双；寄言纨绔与膏粱，莫效此儿形状！

从字面上看，真是把贾宝玉批得一无是处，一塌糊涂。这是他的父母和世人对他的看法。在他"抓周"时，只抓那些脂粉钗环，其父就说他"将来不过酒色之徒。"后来其母又说他是个"孽根祸胎，混世魔王"。她对黛玉说:“他嘴里一时甜言蜜语,一时有天没日,疯疯傻傻,休要信他。”黛玉曾听母亲说:“有个内侄乃衔玉而生,顽劣异常,不喜读书,最喜在内帏厮混。”给黛玉留下了非常坏的印象。在见面之前,黛玉心想:“这个宝玉不知是怎样个惫懒人呢……”然而,一见便吃一大惊,原来是个英俊秀美、顾盼有情、语言若笑的青年公子,有一种似曾相识之感。与她从母亲和别人说的截然不同。这一惊是她灵魂的震撼！后来起居一处,耳鬓厮磨,青梅竹马,心意相合,成为知己和生死不渝的情侣。尤三姐说宝玉“行事言谈吃喝,原有些女儿气,自然是天天只在里头惯了的”。人是受环境影响的,所谓“近墨者黑,近朱者赤”,贾宝玉在女儿丛中长大,自然有女儿气。全书中宝玉的为人行事,都是对《西江月》二词的悖反。如说宝玉“无故寻愁觅恨”,他心中之“愁”和“恨”从何而起？是他看到一个个少女惨遭不幸,岂不悲愤？要说他不读书,他只是不愿读儒家的四书五经,而对于《西厢记》《牡丹亭》和诗词等性灵之学,倒是“旁学杂搜”的,其知识广博也是卓尔不群。说他无能、无用,看他为大观园题的对额、写的诗词,特别是《芙蓉女儿诔》,可谓情深意挚,文采精华,堪称赋中之杰构。说他疯疯傻傻,那要看他在什么情况下疯傻的。书中有四次:第一次是与黛玉首次相会,因黛玉说无玉而哭闹摔玉;第二次是紫鹃“情辞试莽玉”;第三次“叔嫂逢五鬼”;第四次是“失玉”后。这四次疯傻,多是因情或坏人迫害,或无故失玉(很神秘)。他平时不是很正常吗？只是他的言行不被世人所理解,才说他“偏僻”“乖张”。这几乎是先觉者的共同遭遇。通读了《红楼梦》,把贾宝玉的言行与这两首词对照分析,就不难看出作者是要读者正面文章反面看。所以戚蓼生说:“写宝玉之淫而痴也,而多情善悟,不减历下琅玡。写黛玉妒而尖也,而笃爱深怜,不啻桑娥石女。”黛玉性格中确有妒忌尖刻的缺点,然而在她的嫉妒尖刻背后,骨子里却表现着她对爱情的专一执着,至死不渝,并以历史传说中的桑娥、石女两位贞妇为喻。这同样用的是反面春秋之法。

这种反面春秋,史家曲笔,读起虽有些费力,但却耐读,颇有趣味;通过正反两面比较分析，再三思索，细细品味，方能得其真意，品出真味。这不正是艺术的魅力所在吗？

一声两歌，一手二牍。这是唱歌和书法的绝技，古代早已有之，戚蓼生只听说过而没有见过，后来他在《红楼梦》中亲睹、亲闻了这种绝技，惊叹不已。现在我们不仅听说过，而且亦见过。蒙古长调里，有的演员就能做到“一声在喉，一声在鼻”的“一声而两歌”。邯郸有一女孩，不仅能“左腕能楷，右腕能草”，同时还能背诵《长恨歌》，也可称作“神乎技矣”！但能把这种“神技”运用到文学创作里，除了曹雪芹，还没有见哪一位作家能做到，怎能不让人惊叹称奇！

这种“一声两歌，一手二牍”的神技，在《红楼梦》中是怎样体现出来的呢？在回答这个问题之前，我们再引戚蓼生的三段话：

> 第观其蕴于心而舒于手也，注彼而写此，目送而手挥；似谲而正，似则而淫：如《春秋》之有微词，史家之多曲笔。
>
> 写闺房则极其雍肃也，而艳冶已满纸矣。状阀阅则极其丰整也，而式微已盈睫矣。
>
> 盖声止一声，手止一手，而淫佚贞静，悲戚欢愉，不啻双管之齐下也。噫，异矣！

“注彼写此，目送手挥”，属于另一种手法，下边再说。这里着重说说“一声两歌，一手二牍”。以上三段，意思有所不同，各有侧重，但基本上都属于“一声两歌，一手二牍”。比如“写闺房极其雍肃也，而艳冶已满纸矣”，与“似谲而正，似则而淫”和“淫佚贞静，悲欢戚愉，不啻双管之齐下也”，都属于“一声两歌，一手二牍”。比如写秦可卿的卧房，乍看雍容华贵，细品则艳冶满纸。无怪乎宝玉一进入房中，便觉得眼饧骨软，连说“好香”！并做了那样一个长梦，还与警幻之妹名可卿字兼美者首次做了“云雨之事”。再如写秦可卿丧事，可谓写得“悲戚欢愉”，十分蹊跷。一方面“东府蓉大奶奶没了”的噩耗“合家皆知，无不纳罕，都有些疑心”。另一方面，全家男女老幼想到她的好处，莫不悲号痛哭，哭声摇山震岳。她的老公公贾珍，表现特别怪异，哭得泪人一般，如丧考妣，恨不得代她去死，发誓要尽其所有为她办丧事，恣意奢华。秦氏的丧礼，可谓规模空前，整整祭祀七七四十九日。那规模，那场面，那气派，实在少见，以至惊动了京城。出殡的队伍浩浩荡荡如压地银山一般。王、公、侯爷和各级官吏，各搭彩棚路祭。丧事却办出了贾府的盛世豪华，也隐隐显示了肮脏淫荡之事。凤姐带着宝玉、秦钟送葬住铁槛寺，她为得三千两银子，害死了金哥一对恋人。秦钟在其姐热孝中，与小尼姑智能鬼混。贾敬误吞金丹而亡，贾珍、贾蓉“放声大哭，从大门外便跪爬起来，至棺前稽颡泣血，直哭到天亮，喉咙都哭哑了方住”。可是就是这两代孝子，一回到家里，立即现了原形：贾蓉嬉皮笑脸，调戏他两位姨娘；贾珍、贾琏，勾搭尤二姐，争风吃醋。真所谓“似则而淫”“悲戚欢愉”了！

《红楼梦》也有相反的情况，即写的是欢乐喜庆的事，不知怎么却写出悲戚来。如凤姐过生日，本是喜庆欢乐，热闹异常，却没想到，回家换衣服的凤姐（以我之见，可能是她怀疑贾琏乘机胡搞，便借口换衣服回家探视），撞见贾琏正与鲍二家的鬼混，哭闹打骂起来，搞得天翻地覆，一塌糊涂。鲍二家的羞愤自缢。把本来的喜剧变成了悲剧。再如，元妃省亲，这是贾府的泼天喜事，全府上下，无不欢天喜地。可是省亲的过程，都是眼泪和悲戚，尤其到临别时，元妃要回到那“不得见人的地方”去，不禁悲从中来，哭声一片……这便是“一声而两歌，一手而二牍”，反面春秋的写法。这种写法，其实是写出了事情的必然性和本质。贾府是以元春的青春和生命换来了荣华富贵和赫赫声势；在元春看来，宁可做一个平凡之人，过平凡生活，也不愿做空守皇宫、寂寞无聊的贵妃。那见不得人的个中滋味，只有她体会得到。这就是曹雪芹透视人性的深度，他把批判的矛头直指皇权。

有的地方，这背面傅粉之法用得更精微奥妙，竟能从写欢笑写出悲凉来。如写刘姥姥二进荣国府，在凤姐和鸳鸯的导演下，出尽了洋相，逗的老太太、太太、奶奶、小姐和丫鬟们阵阵欢笑，特别是她站立起来，鼓着腮帮子，瞪着眼说道："老刘老刘，食量大如牛，吃头老母猪，不抬头。"惹得全场哄堂大笑，笑姿百态，各有奇妙，不亦乐乎！读者也禁不住大笑。但笑过之后，静下沉思：刘姥姥为了让老太太及众人欢心，能多得一些银子，装疯卖傻，其内心必有一种说不出的悲凉和心酸。我少年时读《红楼梦》读到这里时，也总是哈哈大笑一场，未曾多想，只觉得写得生动传神，更没有品出其真味，所以那时读《红楼梦》，仅得皮毛。曹雪芹说："谁解其中味?"刘姥姥此时的心中味，就是他要我们体会的味，如果我们也同贾母她们哈哈大笑，便难以解其中味了。

烟云模糊，雾里观花。这本是绘画之一法，把人物、花草、树木、楼台等，笼罩在烟雾之中，看去朦朦胧胧，似隐似现，不太真切。自然界有这种景象，人世间也有看不清、认不准的人和事。曹雪芹把这种人生体验和绘画之法用到小说创作里，获得了很好的美学效果，就如同雾里观花，朦朦胧胧，似是而非，反而会引起人的猜想和想象，产生一种朦胧美和含蓄美。

要说烟云模糊一法的运用，就我自己的体会，首先要推《红楼梦图册判词》和《红楼梦曲子》了，远比雾里观花还要难得多，其意蕴也丰富得多。它们的隐喻性和针对性，实在让人难解。我少时读到这里时，简直像读天书一般，不知道它到底写的是什么，几乎要放弃阅读了。读了两三遍，再回头对照，方弄清哪一首、那一曲隐喻的是哪一个人物。不过真弄懂了，豁然开朗，对理解全书确有很大帮助。此外，书中还写了一些让人说不清道不明的事。比如第二十七回，写宝钗扑蝶，追到滴翠亭，听了小红与坠儿说私心话，怕对方恼恨自己，为了脱身，使了个"金蝉脱壳"之计——编谎说，见黛玉在附近"弄水儿"，才从这里跑了。这就给对方造成黛玉在这里偷听了她们的悄悄话的假象。她这样做是否想移祸黛玉呢？这就很难回答是或不是。要说是，她是随机应变，只想脱去干系，恐怕不会想到让小红迁怒于黛玉；若说不是，她确实动了点心思。她听到小红要开窗时，"心中吃惊，想道：'……这一开了，见我在这里，他们岂不臊了？……今儿我听了他的短儿，人急造反，狗急跳墙，不但生事，而且我还没趣'"。这样看来，她像似有意为之。作者在这里很像布了个迷阵，让读者去破解。到头来只能是见仁见智，难有结果。再如第十三回，秦可卿死后，宝玉"从梦中听见说秦氏死了，连忙翻身起来，只觉心中似戳了一刀的，不觉得'哇'的一声，直喷出一口血来"。这是怎么回事？秦可卿本是谜一样的人物，死得又很蹊跷，宝玉又是这种情景，真是迷雾重重，让人百思不得其解。秦可卿只不过是宝玉的一个远房侄媳，平时也少有接触。只是那年到宁府赏梅，一时困倦，在秦可卿房中睡了一觉，做了一个很长的梦。梦中与警幻仙子之妹名兼美字可卿的做了云雨之事。这毕竟是梦，宝玉不会因梦中之事而这样吧？有人认为，秦可卿实是第一个与宝玉发生性关系的人，与袭人"偷试"实属第二次，曹雪芹以梦的方式表现，那是用的"障眼法"。这种看法只是个人的主观想象，书中并没有具体描写，也就是说没有根据。那么应该怎样解释宝玉闻噩耗而喷血的行为呢？至今仍是一个悬案。再如写凤姐与贾蓉之间的关系，显得很暧昧，却又扑朔迷离，让人捉摸不定。不过人们会透过现象看本质，还是有人看出来是什么关系，只是要费一番功夫。这种烟云模糊之法，雾里观花朦胧之美，倒是增强了作品的艺术魅力和情趣。

横云断岭，得空便入。"横云断岭"，原是绘画的一种技法，即用似云雾色彩的涂料，横抹画上的山岭，使画上的群山似断实连，或显出山峰的远近高低，造成一种将无限寓有限之中产生的美感或想象的空间。曹雪芹将此法用于文学创作中，即是对插叙、补叙等方法的妙用。"得空便入"与"横云断岭"有相似处，又有区别，它们都用于行文中，造成曲折跌宕或增大容量的艺术效果。它们的区别是："得空便入"是"小断"，有见缝插针的意思，插进来的内容少，多是小事，所以跨度小、间隔短，而且频繁多次的使用；"横云断岭"则是"大断"，插入的内容较多，时空较长，跨度较大，对丰富作品内容，使行文多姿多彩，起更大的作用。到底选用哪种方法，这要据需要和情况而定。

《红楼梦》的行文中大量运用了“得空便入”的手法。如第一回写甄士隐邀贾雨村到书房叙谈，刚谈了几句，忽报“严老爷来拜”，便打断二人交谈。此处脂批道“严老爷即炎老爷也”。这是作者第一次用“得空便入”之法，却埋下了一个大大的“伏笔”——预示小乡宦甄府要遭受火灾，全部家私化作灰烬！甄士隐家破身亡(也象征着天下望族贾府将来的衰败)。在这“断岭”缝中，还插进另一大关目：“贾雨村风尘坏闺秀”以及他的进身仕途和一生的遭际命运。至于甄士隐如何款待严老爷，他们说些什么话，做了什么事，却采取暗写。等甄士隐回来再见贾雨村时，贾雨村听说前面留客吃饭，早已去了。可见这个小插曲用的是颇有匠心的。由于是用在总纲里，显得比较短促。再如第十三回和第十四回，王熙凤协理宁国府，一上任，就大摆她的威风，宣布她的“施政纲领”和具体法规。采取“承包制”，分组分班，分配任务，落实到人，违者必罚。凤姐布置得周到细致，条理分明。在点卯时，一个媳妇迟到了，让她抓了个典型，她便依法处置，以儆效尤。那人惶恐，凤姐冷笑道：“原来是你误了，你比他们有体面，所以不听我的话！”那人回道：“奴才天天都来得早，只有今儿来迟了一步，求奶奶绕过初次。”正说着，王兴媳妇来领牌取钱，刚完，又有四个执事人领取东西。

凤姐一一打发完，这才对迟到的女人说道：“明儿她也来迟了，后儿我也来迟了，将来都没人来了。本来要饶你，只是为头一次宽了，下次就别管别人了。”登时放下脸来，叫“带出去打二十板子”！又吩咐“都散了吧”。

凤姐第一天理事，有多少人、多少事要经她处理决定！这两次“得空便入”，就是大环中套小环。仅这一次惩一儆百，就把凤姐的机智、狠毒和果断表现出来了，行文也显得丰富多彩，摇曳多姿，耐人寻味。

这种“得空便入”的技法，《红楼梦》中的事例举不胜举。如第二十六回，小红与小丫头佳蕙正在怡红院说悄悄话时，一个未留头的小丫头，拿着花样子并两张纸跑来，说道：“这两个花样子让你描出来呢！”说罢回身就跑了。这个小丫头的出现，就打断了小红和佳蕙的谈话。接着红、蕙二人继续她们的谈话。第六回“刘姥姥一进荣国府”，写刘姥姥拜见凤姐，当刘姥姥窘态万状，正要忍耻告贷时，“只听二门上小厮们回说‘东府里的小大爷进来了。’只听一路靴子脚响，进来了一个十七八岁的少年，面目清秀，身材俊俏，轻裘宝带，美服华冠。刘姥姥此时坐不是，立不是，藏没处藏，躲没处躲，凤姐笑道：‘你只管坐着，这是我侄儿。’”按说贾荣是来借玻璃炕屏的，那就拿了走人就是，作者却颇有深意地叙写道：

这里凤姐忽又想起一件事来，便向窗外叫：“蓉哥快回来！”贾蓉忙回身转来，垂手侍立，听何指示。那凤姐只管慢慢地吃茶，出了半日神，忽然把脸一红，笑道：“罢了，你先去吧。晚饭后你来再说罢。这会子有人，我也没精神了。”贾蓉应了一声，抿着嘴儿一笑，方慢慢地退去。

贾蓉走后，这刘姥姥方安顿了，便道家中艰难，连吃的也没有，天又冷了，只得带着板儿来。说着又推板儿道：“你爹在家里怎么教你的？打发咱们来做煞事的？”凤姐早已听明白了，笑道：“不必说了，我知道了。”让周瑞家的传了一桌客饭，请刘姥姥和板儿吃。凤姐又送了二十两银子。刘姥姥在极度贫困、无法度日时，得到凤姐的周济，真是大旱逢喜雨，救命之恩，便千谢万谢，感激不尽。凤姐也因这次“积得阴功”，后来贾府破败时，得到了刘姥姥的报答，救其女巧姐于火坑中。

这半回以刘姥姥一进荣国府为主，以贾蓉借玻璃炕屏为副，做了颇具匠心的横云断岭设计，不仅“入”得及时自然，也合得恰到好处，水到渠成，又表现了凤蓉的微妙关系，也为刘姥姥的二进、三进荣国府起了端倪，留下余地。

横云断岭或得空便入，要运用得好，须注意以下三点。一是要根据文势和情节发展的需要，在恰当的地方和时机，当“断”则“断”。二是横云断岭是大断，要断得适度，既不能过短，也不能太长。太长拖泥带水，太短又捉襟见肘。三是横云断岭，要有断有续，或似断实连。总之，瞅准时机和空子，在不经意间，顺势而入；又在插叙之后，与断处紧密衔接，作到水到渠成，天衣无缝。

草蛇灰线，伏脉千里。这也是借用绘画之一法。书中线索脉络，如画中一条浅而淡的灰线，又似在草中行走的草色的蛇，或如人体里的筋络血脉一样，虽存在而不易发现，似断而实连。《红楼梦》里有不少这样的暗线。如甄英莲五岁时，在元宵节丢失，派人四处寻找，终无踪影。因一场人命官司，才知道她的下落——她被拐子拐走后，遭受了七八年的折磨，长到十几岁时，被拐子卖给了冯渊。为多得些钱，又卖给了薛蟠；为争夺英莲，薛蟠打死冯渊，夺走英莲，成为薛蟠的奴妾。而这一切，都是通过昔日之沙弥、今日之门子的口述才知道的。英莲这些年的经历遭际，便是一条草蛇灰线。再如袭人的命运变迁，也是时明时暗，属于"草蛇灰线，伏脉千里"的另一种情况。她早年因家贫卖给贾府为奴。先服侍了贾母和湘云几年，后又成为宝玉的贴身大丫头。她与宝玉又极为亲密，关系异常，王夫人也将她拟为宝玉的准姨娘，似乎她的身份已经定了，人人皆知她就是宝玉将来的姨娘。然而事有不测，自从蒋玉函的大红汗巾子阴差阳错地扎在她的腰上，她的命运就神不知鬼不觉地发生了转变——这种变化是在暗中进行的。宝玉走失之后，她既不能守，又不能死，最终嫁给了蒋玉函。这种命运的无形之手，是在暗中操纵着。这是一条似显实暗的草蛇灰线。

脂批又把这种"灰线、伏脉"喻之为"如常山之蛇，击首尾应，击尾首应，击腹则首尾俱应"。这种手法的妙用，使得情节的运筹、行文衔接更加自然和紧密。

《红楼梦》里多是谶语式的"伏脉千里"，如前所述，最大最多的是第五回的判词和曲子，像一种预言，也像是天命，那些人都各有自己的人生道路和遭际，都自然而又必然地最终走向预定的结果。这中间的路线或脉络是看不清也说不明的，只有看到最后的结局，才恍然大悟；再逆向回思，也才明白那"伏脉千里"的奥妙。其中只有秦可卿、凤姐、巧姐、平儿等人的结局，在创作过程中或因"老朽"的干涉，或因续补者的改变而与预言相悖。

再如第六回，刘姥姥一进荣国府，凤姐接见刘姥姥，脂砚斋在此回目后批曰："此回借刘妪，却是写阿凤正传，并非泛文，且伏二进、三进及巧姐之归着。此刘妪一进荣国府，用周瑞家的，又过下回无痕，是无一笔写一人文字。"又在此回"小小一个人家，向与荣府略有些瓜葛"句下批曰："略有些瓜葛，是数回之正脉也。真千里伏线。"此回总批又曰："一进荣国府一回，曲折顿挫，比如游龙，且将豪华之举止，令观者已得大概，想作者应是心花怒放之侯。"(脂批第 131 页)由此可以看出，曹雪芹的伏脉千里之法运用得多么巧妙，这一伏笔贯穿全书，直到贾府被抄，家人风流云散，刘姥姥救巧姐于火坑之中。这一伏笔可谓长而且巧，又不着痕迹。

这种草蛇灰线、伏脉千里的手法，就是文学创作"伏笔"的妙用。其特点有三。一是有伏必应。前面有一"伏笔"，后面必有一照应，有因有果，合乎事体情理。二是伏笔要伏得巧，伏得活，最忌显露。伏笔应在人们不经意间，难以察觉的情形下下笔，做到行云流水，天衣无缝。三是伏与应不宜离得太近，中间要有波折起伏和发展的过程，最终应是水到渠成。曹雪芹正是在这些地方，有了新的创新，达到了超凡入圣，出神入化的境界。

草蛇灰线，伏脉千里，虽是一种技法，但却不是故弄玄虚，而是现实生活中本就存在的普遍现象。各种事物都是有来龙去脉和因果关系的。有显有隐，有明有暗，曲折跌宕，各不相同。曹雪芹正是根据这一生活的规律而巧妙地运用在文学创作里的，既能使文势起伏跌宕，引人入胜，又留下了想象的空间，所以才显得真实、含蓄而有趣。

空谷传声，不写之写。这种手法是以虚写实，虚实相映；或以简代繁，繁简得宜。如写黛玉进贾府实而详，写宝钗进贾府虚而简。迎春出嫁是暗写，探春远嫁是明写；迎春嫁在近处，却受尽折磨之苦；探春远嫁，却享了福；隐写的，中山狼折磨蹂躏迎春的惨景历历如在目前；明写的，周公子恩爱备至却隐而不显。如此写法，可谓笔致灵妙，使人莫测，能领其笔外之神韵。

再比如写凤姐，因其地位显赫，总理贾府，多用实笔。全书 120 回，她出场竟达 90 回之多，偶而不出场，也觉得有凤姐手忙脚忙，或人未到而其声到、神到、威风到。她第一次出场就是未见其人，先闻其声，先领其神。第十三回“王熙凤协力宁国府”，看看是怎样写她的威风的：“话说宁国府中都总管赖升闻得里面委请了凤姐，因传齐同事人等说道：‘如今请了西府琏二奶奶管理内事，倘或他来支取东西，或是说话，我们须要比往日小心些。每日大家早来晚散，宁可辛苦这一个月，过后再歇着，不要把老脸丢了。那是个有名的烈货，脸酸心硬，一时恼了，不让人的。’”这真是人未到其威风已到。这岂止是空谷传响，简直是扔了一颗精神炸弹，震慑了宁国府的一群下人！

凤姐的威风在赵姨娘那里反映得最为强烈。赵姨娘最恨最怕的是凤姐。一次她与马道婆说起凤姐的厉害时，“一面说，一面伸出两个指头儿来，马道婆会意，便问道：‘可是琏二奶奶？’赵姨娘唬的忙摇手儿，走到门前，掀帘子向外看看，见无人，方进来向马道婆悄悄说道‘了不得，了不得！提起这个主儿，这一份家私要不都叫他搬送到娘家去，我也不是个人。’”啊，看看这是多么绝妙的空谷传声！赵姨娘被凤姐的淫威吓破了胆，又恨又怕，但只能恨在心里，不敢出声；同时可以想象马道婆是得意地听着，会意点头相应；凤姐虽未出场，但她平日如何欺压、蹂躏赵姨娘，可以想见，不言而喻，可以说一笔写活了三个人。

空谷传声，有时又表现为“不写之写”。这跟“空谷传声”相似又有些不同。前者人虽未出现，却提到了他；后者是未提到某人，却感觉那人在活动。如写林如海及其家世渊源，虽未提黛玉一字，但却是为林黛玉而写。同理，写李守中的诗礼传家，也是为写李纨和李纹、李绮做铺垫。这是简单的间接写法。有的空谷传声则显得曲折和复杂。如第六十九回“弄小巧用借剑杀人，觉大限吞生金自逝”，写凤姐设计害死尤二姐，但除她如何花言巧语将尤二姐赚入贾府后，至于她怎样“设小巧”杀人，却没有写，她甚至连面也没有露。读者看到的是秋桐如何践踏、摧残、蹂躏尤二姐，善姐如何恶毒地欺负、虐待尤二姐，最后逼她吞金自杀。但人们都明知秋桐和善姐的所作所为皆凤姐指使，她俩只是凤姐用来杀人的两把刀，真正杀人的元凶却躲在后面。诚如脂批所说："写秋桐极淫邪，正写凤姐极淫邪……写下女欺压二姐，正写凤姐欺压二姐。"这种不写之写，或间接的写法，更能引起人的想象，也更富有意趣。

注此写彼，目送手挥。"注此写彼"之法，是借用了武术或兵法上的声东击西，或佯攻此处，实打彼处的战法，目的是迷惑敌人。曹雪芹将此法运用到《红楼梦》的创作里，就产生了微妙的效果：使读者认为他写的是这个，其实他的真正意图是为了写那个。这一技法在书中被多处运用。如写宝钗进京，先交代进京因由：薛蟠素闻都中乃第一繁华之地，正思一游。便趁此机会，一是送妹待选，二是探亲，三是到部销账。但这些只是虚写，而且简单。作者用绝大篇幅着重写了薛蟠如何依财仗势，打死冯渊，夺取英莲，以及昔之沙弥、今之门子如何撺掇贾雨村贪赃枉法，胡乱了结这一人命案，从而揭露了豪强草菅人命、官场和司法的腐败黑暗。贾雨村明知自己的恩人之女遭难，为了保住自己的官位并进一步升迁，攀附权贵，不但不救，竟昧着良心，将英莲送入火坑，足见其人格的污浊卑下。

以上这些，读者觉得好像都是在"注此"，其实作者却是为"写彼"——宝钗进京。呆霸王薛蟠杀了人没事人似的，认为不过花几个臭钱，没有什么大不了的，竟带了母妹扬长去了。其母、妹却知人命关天，须赶快躲祸；其舅王子腾更是催促其早日进京。薛家借住贾府，使宝、黛、钗三个主要人物会合，这在全书有着重大的意义，这才是"写彼"的真意。

"目送手挥"，倒是有典所出：晋代的阮籍善弹琴，时人说他"手挥五弦，目送归鸿"——一面弹琴，同时眼神跟随鸿雁飞向远空。但这不是说一心只看飞鸿，手只是机械地弹奏，而是说手眼一意，神与物游，其间神通气连，彼此灵动。这比注此写彼更显得虚幻空灵，高雅玄妙。要知阮籍的高情雅意，须是他的知音，如钟子期听俞伯牙弹琴一样，知其"巍巍乎志在高山，洋洋乎志在流水"。这是很难很难做到的，只有知音者才能"心有灵犀一点通"。《红楼梦》第二十三回"牡丹亭艳曲惊芳心"，就描绘了林黛玉听艳曲时的心灵共鸣的情景：

林黛玉……刚走到梨香院墙角上，只听墙内笛韵悠扬，歌声婉转，……偶然两句吹到耳内，明明白白，一字不落，唱道："原来姹紫嫣红开遍，是这般都付与断井颓垣。"林黛玉听了，倒也十分感慨缠绵，便止住步侧耳细听，又唱道："良辰美景奈何天，赏心乐事谁家院。"听了这两句，不觉头点自叹，……又侧耳时，只听唱道："则为你如花美眷，似水流年……"林黛玉听了这两句，不觉心动神摇。又听到"你在幽闺自怜"等句，越发如醉如痴，站立不住，便一蹲身坐在一块山子石上，细嚼"如花美眷，似水流年"八个字的滋味。忽又想起前日见古人诗中，有"水流花谢两无情"之句；再词中又有"流水落花春去也，天上人间"之句；又兼方才所见《西厢记》中"花落流水红，闲愁万种"之句。都一时想起来，凑聚一处。仔细忖度，不觉心动神驰，眼中落泪。

这虽不是"目送手挥"，却也是隔墙听"艳曲"。林黛玉不仅听懂了而且陶醉在那艳曲的意境之中，并展开了广泛的联想，将古人的相似诗句凑在一起，把自己融入其中，咀嚼回味，以心感应，产生强烈的共鸣。梨香院演唱的人无意，隔墙听的林黛玉有情，她听得心动神摇，如醉如痴，发生了灵魂的共鸣，绝不不亚于"目送手挥"的效果了。

书中也写了妙玉、宝玉听黛玉弹琴。黛玉是且弹且吟，连续四叠：咏叹她的离伤孤悲，低吟她的相思之苦、爱情的无着和命运的不幸。妙、宝二人甚觉音调清切，忧思过深，悲伤太甚。妙玉以为君弦太高，音韵突然变得激越悲凉，呀然失色道："如何忽作变徵之音！音韵可裂金石矣！"正议论间，只听"嘭"一声，琴弦断了。宝玉问她何故？妙玉说道："日后自知，你也不必多说。"好像是不祥之兆，她也没有道破玄机，说罢竟自走了。果然，夜里妙玉便坐床不稳，走火入魔。不久她就被强盗劫持走了。这种"音谶"的写法，显得玄妙而不可知，有些神神道道的意味。不过，这个地方却写出了灵魂深处的东西，使心灵震颤，感人至深。

特犯不犯，似同而异。《红楼梦》大量写的是贾府的日常生活，如请客、吃饭、过生日、起诗社、写诗填词等，这些相同或近似的事件，极易写得重复、烦琐和平庸，然而却被曹雪芹写得各有特色，各有意趣，读来兴味盎然，丝毫没有雷同之感，这不能不让人惊叹作者的卓越天才。

脂砚斋把这种写相同或近似的故事情节叫作“特犯不犯”。一般作家总是力求避免，曹雪芹却故意写“重复”文章，故意给自己出难题，似乎他要试一试自己的本领和才力。如写刘姥姥游大观园，一次进了潇湘馆，误说“这必定是哪位哥儿的书房”；酒醉误入怡红院，又说“这是哪位小姐的绣房”。作者捉住一个乡下婆子，特地使出交错连环的笔法，写出了“醉卧怡红院”的热闹戏文，让人忍俊不禁。再如抄检大观园时，逐司棋、退入画，这两件类似的事件，却写出了两幅不同的笔墨：逐司棋，由周瑞家的拉着去见迎春；退入画，惜春却请来其嫂尤氏务必严处。迎春听了司棋的哭诉，含泪不舍；惜春见入画苦苦求饶，却吵个不休。司棋哭求，见迎春耳软心活，却不发一语，知道没了指望，反而转为意坚；入画见惜春冷若冰霜，气锐意坚，便自罢休。司棋临别时，这事那事，诉说别离之苦；入画去时，压根没提主仆之情。这两件遥相对称的类同相似的事，不仅写出了两样文字，而且还表现了迎春的懦弱、惜春的冷酷、司棋的情深意决、入画的可怜无辜，以及周瑞家的等管家婆的可恶可恨，真可谓各有妙情，各有妙景，各有意趣(参见哈斯宝《新译红楼梦》回批》)。

这种对生活细节的描写，举不胜举。我们再看看大的方面。比如写秦可卿的丧殡、贾敬的丧殡和贾母的丧殡，就写得完全不同。再如王爷问罪和朝廷抄家，这两件大事，也是两样文字。第十三回王府长府官之来，是为宝玉与优伶交往；第一零五回，因贾赦等暴行，赵堂官奉圣旨而来，是为问罪抄家。奉王命而来的，好似绵里藏针，外柔内刚，冷笑而去；奉圣旨而来的，面如寒霜，句句似刀，直透骨髓。两件事写得同中有异，似而不同，各有千秋。写过生日，脂砚斋说：“看他与宝钗作生日后，又偏写与凤姐作生日。阿凤何人也，岂不为彼之华诞大用一回笔墨哉！只是亏他如何想来，特写于宝钗之后，较姊妹胜而有余；于贾母之前，较诸父母相去不远。一部书中若一个一个只管写过生日，复成何文哉？故起用宝钗，盛用阿凤，终用贾母，各有妙文，各有妙景。余者诸人，或一笔不写，或偶因一语带过，或丰或简，其精当理合不表可知，岂必谆谆死笔，按数而写众人之生日哉！”虽然写的都是过生日，但因年龄不同、身份不同、地位不同，且各个生日的过法不同，具体情形不同，所以写得重而不复，同中有异，各有妙情，各有意趣。不过说“起用宝钗，盛用阿凤，终用贾母”，这只是从书中写作顺序说的；若从贾府兴、盛、衰的顺序，则应倒过来：起于贾母，盛于阿凤，终于宝钗。这三个女性，都是贾府兴、盛、衰三个不同时期的当权者，给她们过生日，是有标志性意义的。还有一个“群芳寿怡红”，那更是写得新颖别致，花样百出，饮酒猜枚，热闹非凡。这是青春的欢乐派对，更富有诗情画意，且意蕴深刻，与别的生日大不相同。蒙古族红学家哈斯宝说：“今只写一个宝玉生日，接连引出了多少生日：借宝玉径直道出了宝琴生日，平儿是让她自己说出的，从湘云口中说出邢岫烟生日，接着探春提到元春、贾母、宝钗、王夫人、贾琏等人的生日。刚说二月没人，袭人又提出林姑娘，宝玉便说袭人也是那一日，且在无意中又引出了薛蝌的生日。此等雷同之事，写得却细腻别致，委实见奇。”（《新译红楼梦回批》）的确，这些生日有重有轻，有主有副，有繁有简，有实有虚，各得其宜。

曹雪芹还喜欢将两个类似而处于不同时空的事件遥相对应地写照。如第八回写宝玉的李嬷嬷在怡红院胡搅蛮缠，宝玉发誓要把她赶走；第十六回写贾琏的赵嬷嬷，来到凤姐处，守礼自尊，亲切交谈，受到凤姐善待。还有两件事也是遥遥相对，特犯不犯：前有梨香院“宝玉识金锁”，黛玉走来；后有“晴日玉生香”，宝钗走来。又是两两相对，却无一笔重复，一处合掌。这种精微的区分和把握事物的才能，更表现在人物的描写上。大观园里的一群少女，“大半同年异月”，且个个美丽聪明，多才多艺，很难把她们区分开来。然而曹雪芹却把她们写得各个性格鲜明，毫无雷同，就连钗、袭和黛、晴所谓两对影子，也决然不同，谁也不会把她们中的任何两个混同起来。

曹雪芹为何能把两件或多个相同或近似的人和事，写得各有特色，特犯不犯？列夫·托尔斯泰说："为了把想要表达的东西表达得更好……艺术家需要掌握技巧，应该付出大量的长期的劳动。"（《托尔斯泰传》第344页）薄伽丘在《十日谈》中说："故事不怕重复，只要讲话的人把时间和地点安排得适当，那么一个题目即使讲了又讲，还是叫人听得津津有味的。"这是说的同一事件在不同时空中会发生不同的变化，讲起来也各有趣味。曹雪芹的艺术技巧似乎比薄伽丘还要高明。这是因为天下没有两片完全相同的树叶或两粒完全相同的沙子，一切事物都有其特征。曹雪芹又具有善于区别和抓住事物的细微特征，把它们精准地描绘出来的本领。他的这种才秉是一般人所不具备的。写出了事物之间的细微差别，特别是能抓住事物的特征，即能从千万个相近事物中认出它来。曹雪芹就有这种本领。

一波三折，引人入胜。这是《红楼梦》行文的又一手法。"文章最妙，是目注此处，却不便写，却从远远处发来，迤逦写到将至时，便且住，却重去远远处更端发来。再迤逦写到将至时，便又且住。如是更端数番，皆去远远处发来，迤逦写到将至时，即便住，更不复写出目所注处，使人自于文外瞥然亲见。"（金圣叹《读第六才子书西厢记读法》）中国古典传奇中确有这种表现手法，也能引人渐进佳境，但却有故弄玄虚之嫌。《红楼梦》里的一波三折之法，却用得自然天成，毫无痕迹，往往使你不知不觉中渐入情节。例如司棋与潘又安的爱情悲剧，就写得曲折委婉，跨度颇长。她的故事起于第七十一回"鸳鸯女无意遇鸳鸯"。鸳鸯夜经大观园，忽遇司棋与潘又安在石洞里做爱。司棋潘又安惊破了神魄，连连叩头求饶，恳求"姐姐超生要紧"，心善仁爱的鸳鸯，发誓不告诉任何人，让他们放心。情节刚展即合，就此一结。谁知撞奸者无意，作奸者有恐，情节再作波澜：潘又安愧恐外逃，司棋羞愧成疾。鸳鸯倒心里过不去，百般安慰司棋，并指天发誓："我要告诉一个人，立刻现死现报！"司棋消除畏惧，感激涕零。这是回风舞雪，延续前文。情节到此一变，似已完结。那想事隔两回，突又起波澜，"傻大姐误拾秀春囊"，恰恰又被嫌隙人邢夫人瞧见。于是又平地炸惊雷，让读者不禁为司棋的命运担忧。这时作者又掉转笔头写抄检大观园去了。在抄检过程中，一心只想害人的王善保家的，却在她外甥女司棋处抄出了潘又安给司棋的情书，打了她自己的脸。读到这里，以为司棋、潘又安的事就要结案，作者却又转写别的去了。直到第七十四回，才接写司棋被逐。心想总该结束了吧，谁知到了第九十二回，作者竟以倒峡逆波之法，写了司棋与潘又安的殉情，才最后结束了这出小悲剧。

司棋和潘又安的故事，真可谓曲折委婉，明灭不定，虽已知结果，仍令人回味再三。这也是《红楼梦》情节吸引人的原因之一。

烘云托月，突出主体。“烘云托月”本是国画的一种画法。金圣叹在《西厢记》评点中说：“欲画月也，月不可画，因而画云。画云者，意不在画云也。意不在画云者，意故在画月也。”意思是画家要画的是月亮却不直接画月亮，而是通过画周围的云来显现月。烘云托月用到文学创作里，就是通过描写别的人和事物，以突出作家所要塑造的人物形象。这一技法又有两种情形。一是采取对比衬托的方法，比如大观园里的少女们，一个个都非常美丽聪慧，才情超人，特别是林黛玉和薛宝钗，一个是美如仙人，一个是天姿国色，堪称绝世美人。突然又来了一个更超美更惊艳的薛宝琴，在大观园里又掀起了一阵美的旋风，简直把钗、黛都压了一头。但是作者并没有具体描写她的美，只是写她引起的美感效应，她的美在众人特别是在贾宝玉、晴雯和探春等人的评论惊叹中，在贾母、王夫人的疼爱中，愈发显得耀眼、强烈。这使我想起一位西哲的名言：“写出了美感，也便写出了美。”

还有一种烘云托月的方法，就是作家想要描写的人物不出现，仅从她引起的美感以突现之。中国古代四大美人西施、王蔷、貂蝉和杨贵妃，后世的人都没有见过，都是从书中、影戏中或传说中得知，但都觉得她们各个都是天姿国色，美如天仙。这是美的日积月累，人们将自己的审美经验与所间接吸收的美感在想象中重新组合与塑造，想象最美最美的意象，那美人就呈现了。这可以说是美的再创造。

文学作品中最突出的例子是《陌上桑》里对罗敷的描写。作品中不仅没有出现罗敷的形象，没有一句直接写罗敷的美丽和勤劳，而是通过行者、少年、耕者、锄者的视觉以及他们不同的表情、话语和神态，来表现罗敷的美在他们身上所引起的美感震撼，进而也使读者发挥自己的想象，更感到罗敷的美丽无限，更增强了艺术的感染力。薛宝琴在大观园乃至贾府所引起的美感效应，则属于另一种“罗敷”效应——人物出现，以自己的美艳震撼众人。

以上各种艺术手法和技巧，有的是古已有之，作者作了继承和发展，而大多数则是作者的创新。它们都是中华民族智慧与经验的积累，是中华传统文化的结晶，反映着生活和艺术的辩证法。更难能可贵的是，作者“运用之妙，存乎一心”，在写作过程中，根据表现的需要，随手拈来，用得恰如其分，恰到好处，且变化多端，臻至化境，使整个作品显得精妙而灵动，含蓄而蕴藉，既新颖别致，又优美高雅，趣味横生，让人既得到了人生的启迪，又获得了美的享受。

这些艺术手法和技巧，都是现实主义、浪漫主义和象征主义的具体而微的妙用，表现了作者的天才智慧和高超技巧，是宝贵的艺术经验，值得后人学习借鉴。

这一部分主要是论述《红楼梦》的艺术手法和技巧，对于现实主义、浪漫主义以及象征主义、魔幻主义等创作方法，没有专门论述。与别的小说相比，《红楼梦》虽然采用浪漫主义、象征主义和魔幻主义占的成分要多些，但还不足以与现实主义与浪漫主义相抗衡，还处于艺术手法和技巧的范畴，是对现实主义创作方法的补充和配合，还未达到什么“主义”的地步。不过，相对而言，《红楼梦》里象征主义占的成分更多，对作品的主旨、结构和人物塑造，起的作用也更大。所以有必要对象征主义作以较详细的介绍和论述。

对于艺术里的象征手法的运用，有各种不同的界定。不仅中外有别，仅西方就有十多种说法，这里不一一列举。我以为最有代表性的是瑞士的心理学家荣格的有关论述。荣格说,“象征不是比喻,不是符号,而是在很大程度上超越了意识内容的意象”(《荣格文集》第五卷)。他认为象征借助于与某种事物的相似性而力图阐明或揭示某种完全属于未知领域的事物……所象征的不是现实世界,而是另一个令人陌生的世界——心灵世界,只能感到它的无限无涯,却始终无法准确地把握它。正因为这样,象征世界才深邃得令人神往(参见金开诚主编的《文艺心理学辞典》第198页)。

在中国诗学里,象征就是所谓“兴”。朱熹解释说:“兴者,先言他物以引起所咏之词也。”《诗经》里的《关雎》“关关雎鸠,在河之洲”这两句,与下面所咏的“窈窕淑女,君子好逑”等下文,并无内在的必然的联系,但鸟儿雌雄的鸣叫求爱,与青年男女的相爱却有些相似之处。所谓“先言他物,以引起所咏之词也”,就是先有一个引子,造成一种情绪和气氛,再详写所咏的内容。《史记》里说屈原作品是“其文小而其指极大,举类迩而见义远”。又说“依诗取兴”,以善鸟香花象征忠贞,恶禽臭物象征谗佞,灵修美女,象征君王。这便是以熟知和具体的事物以象征和暗喻另一种或多种事物。可以看出,象征和暗喻有时连用。象征还具有“无限、无涯”的性能。《红楼梦》里的象征意象种类繁多,性能不同,但体现着共同的特征。有的以个别象征无数或普遍,如甄英莲——真应怜,不仅是对英莲个人不幸命运的悲叹,也是对天下少女悲剧命运的共同悲叹。花儿是春天的精华,是美的象征,也是美女的象征,如称美女为红颜、红粉等。欧阳修诗有句云:“自古红颜多薄命。”这句话在古代成为人们的共识。《红楼梦》里的“红”,既是专指少女,又有无限无涯的性能,如曹雪芹的书斋叫“悼红轩”,贾宝玉的居处名“怡红院”,宝玉和少女们常去的地方叫“沁芳溪”,常走的“沁芳桥”,这“沁芳”二字,具有多么巨大深邃的悲剧象征意义!“花落水流红,闲愁万种”,“流水花落春去也,天上人间”!而“千红一窟(哭)”“万艳同杯(悲)”“群芳髓(碎)”,则是借谐音以象征天下少女的悲剧命运。

荣格还认为,象征即艺术意象背后的原始意象。艺术象征的深层意蕴,只有深入揭示集体无意识的奥秘,只有将象征与原型联系起来,才能真正揭示象征的本质。《红楼梦》正是通过女娲炼石补天的神话，演绎石头的故事，即贾宝玉的来历及一生的。拟神话绛珠仙草与神瑛以泪还溉的故事，则是宝、黛爱情悲剧神奇的诗意的象征。第一回“甄士隐梦幻识通灵”，第五回“贾宝玉神游太虚境”，就是对全书的象征性的概括，是对宝玉和众少女的悲剧命运以及贾府的盛衰，作了形象的暗喻和预示，使全书具有了朦胧深邃的悲剧美。

象征手法贯彻《红楼梦》的始终，多处频繁使用，与现实主义、浪漫主义相交叉、相配合，起了举足轻重的作用，给它冠以象征主义也不为过。

此外，书中还掺杂着魔幻主义手法。如“叔嫂逢五鬼”，秦钟弥留之际小鬼、判官的胡闹，风月宝鉴及贾瑞的淫死，秦可卿、尤三姐、鸳鸯等人鬼魂的出现等皆是。不过这是为了表现内容的需要，以鬼神而写人情。

总之，曹雪芹把中华传统文化中的智慧和经验、各种手法和技巧，灵活地、创造性地用于文学创作里，起到了特殊的奇妙的作用，使《红楼梦》突破了传统的写法，而富有创新性，这是对中华文学艺术的特殊贡献。

第八章

红楼写情

感情是文学作品的血液，是作品思想的灵光，也是激动人心的基因。白居易说："感人心者莫先乎情。"黑格尔说："要表现心灵，必须表现感情。"(《美学》第三卷)狄德罗说："只有大的情感，才能使灵魂达到伟大的成就。"(《狄德罗传》)所以文学作品都非常重视感情的抒写。凡是写出深挚博大感情的作品，都具有永久的迷人魅力。《红楼梦》正是这样的伟大作品。它对人物情感世界的开掘与展现达到了前所未有的高度，谱写了至真、至善、至美、至情的瑰丽乐章，具有空前的人性深度，成为中国古典小说中写情写得最杰出、最精彩、最感人的作品。鲁迅先生称《红楼梦》为"人情小说"，分类极当。曹雪芹借空空道人之口表白说，他的书是"大旨谈情"，是"为众儿女昭传"，要"发泄儿女之真情"。他为了实现这一理想抱负，"于悼红轩中，披阅十载，增删五次"，将全部心血灌注于《红楼梦》创作之中。他感叹说："字字看来皆是血，十年辛苦不寻常。"这部用血写成的书，到处弥漫着、浸润着、流淌着浓郁的感情，燃烧着不息的生命的火焰，感动着一代又一代读者——各个民族、各个阶层、各种职业的男女老少，各种各样的《红楼梦》的读者，都曾沉浸于、陶醉于红楼情中，使愤者扼腕，悲者掩泣，智者沉思，学者探究，重新体验人生的七情六欲，苦辣酸甜，好像这里有探究不完、品味不尽的无穷奥妙和人生况味。

那么,《红楼梦》是怎样写情的,为何写得那样好,那样拨动读者的心弦,它在写情上有什么超越和创新,这是很值得认真深入探究的。

首先要说明的是,这里说的“红楼情”,不是仅指男女之情,而是广义的人情,包括亲情、爱情、友情和世故人情。另外,所谓“千人千面,千人千性”,即每个人都有自己特殊的感情,且在不同情况下有不同的情感表现。当然,这里所论述的主要是儿女之情,同时也兼及其他人情。

《红楼梦》写情之所以那样感人,最根本的原因,就是写出了人的真情至性,特别是能抓住人性的敏感区施一金针——如骨肉亲情,就产生异常强烈的感染效果。看看写林黛玉初次见外祖母的情景:

> 黛玉方进房,只见两个人扶着一位鬓发如银的老母迎上来,黛玉知是外祖母了,正欲下拜,早被外祖母抱住,搂入怀中,“心肝儿肉”叫着大哭起来;当下侍立之人,无不下泪;黛玉也哭个不休。众人慢慢劝解,那黛玉方拜见了外祖母。

黛玉是贾母唯一的爱女贾敏留下的孤女。祖孙二人各怀悲情初次相见,可以想见那种骨肉亲情、悲伤之情和万般疼爱,一时涌上心头,情何以堪!必然像潮水般的喷涌而出。曹雪芹用寥寥数语,极其逼真、极其传神地活画出当时的情景,也写出了天下人共有之情,所以具有强烈的感染力。我每次读到这里,总是产生强烈的共鸣,情不自禁地潸然泪下。真是真情至性,感人至深;天才之笔,令人拜服!

贾政与宝玉的父子关系,总的来说,是猫与鼠的关系,甚至视为仇雠。但那种骨肉亲情并未完全泯灭。《红楼梦》第十七回“大观园试才题对额”,宝玉大展才华,题出了不少精彩的对额,让众门客自愧不如,不断喝彩鼓掌;贾政虽未夸奖,却也捋须点头,心中的欣慰和自豪感不言而喻。再如第二十三回,写宝玉满环恐惧和不安,一步挪不了三寸,蹭到贾政房中,“贾政一举目见宝玉站在跟前,神采飘逸,秀色夺人;又看看贾环人物委琐,举止粗糙……因此上，把平日嫌恶宝玉之心，不觉减了八九分”。书中还有不少地方，星星点点，微而显地表现了父子真情。

至于兄弟姊妹之情，也有亲密无间，互相关爱的情况，例如元春与宝玉，也是姐弟情深，关爱有加。宝玉三四岁时，已得元妃口传教授了几本书，认得几千字。虽为姐弟，有如母子。自入宫后，元妃时常带信给父兄说：“千万好生抚养，不严不能成器；过严恐生不虞。”眷念之心，刻刻不忘。游园时，听说有几处匾额为爱弟所题，深感欣慰，未负其平时殷切之望，因此故将宝玉所题用了。后出园入内省亲，本来只许贾母、父母贾政王夫人和众女眷参见，其他男眷不得入内。但元妃打破惯例，特宣宝玉前来相见。命宝玉近前，元妃携手揽于怀内，又抚其头颈笑道：“比先前长了好些——”一语未终，泪如雨下。可见平日思念之苦，今日久别重逢之乐，故喜极而泣。省亲之后，元妃命诸姊妹入园居住；怕冷落了宝玉，于是也命他入园居住。长姐弱弟情深何许！不言而喻。

宝玉与探春这个同父异母妹妹，相处融洽，彼此关爱，经常嘘寒问暖，温情脉脉，是大观园里一对令人羡慕的兄妹花。这从探春呈给宝玉的小简可以看出他们的高情雅意：探春偶感风寒，宝玉亲自探视，嘘寒问暖，并数迁侍儿问切，兼以新荔并真卿墨迹相赠，让探春深为感动。她要发起诗社，首先致函宝玉，希望得到他的支持。宝玉看了信笺，不觉喜得拍手笑道：“倒是三妹妹高雅，我如今就去商议。”兄妹亲情，感人至深。

平时宝玉与探春的关系亦极为密切，与别个姊妹不同。一天，大家在园内聚会，各找伙伴，说说笑笑，一片欢乐景象。唯独宝玉、探春躲在一旁拉家常，说体己话。只听探春对宝玉说：“二哥哥，这个月我又攒下一吊钱，你拿去给我买些东西吧。”宝玉说：“我倒是大会大庙去逛，给你买什么呢？”探春说：“买些好看好玩的东西，就像过去买的那些泥人儿、小篮篮等。”宝玉说：“那好办，叫小幺儿买两车回来。”探春说道：“小厮哪能行！我要你亲自挑一些精致的买来，我再给你做一双和上次一样的鞋。”宝玉说道：“提起做鞋，还引起一件可笑的话：赵姨娘听说，埋怨道：‘自己的亲弟弟，鞋塔拉袜塔拉的，不给做，倒给外人做。'"探春一听，立马怒斥道："怎么，难道我是做鞋的！……"宝玉说："她自然有那种想法。"宝玉这句话，无意中刺到了探春那根最敏感的神经，愈发生气地说道："连你也糊涂了；那不过是她的阴微下贱的想法！……"正说着，薛宝钗走来，笑道："倒是兄妹亲，两个躲到这里说体己话呢，难道我们听听都不行?"这才说笑着走了。

宝玉对妹妹探春是这样温情关怀，对二姐迎春和四妹惜春，也是情深义重。宝玉听说迎春遭受中山狼孙绍祖的践踏蹂躏，过着非人的生活，非常气愤，要王夫人立即派人把二姐接回来。他对惜春也是疼爱有加，这里不再赘言。

宝玉和史湘云也有极深的感情。湘云是史太君的侄孙女，从小就没了爹娘，老太太非常怜爱这个小姑娘，就接来身边养着，同宝玉一起睡在贾母房中，成为宝玉的玩伴儿。宝玉叫她云妹妹，她叫宝玉"爱哥哥"(湘云有咬舌的毛病，把"二"说成"爱")，两人常在一起，说说笑笑，打打闹闹，形影不离，情如兄妹。长大之后，湘云回到史家，但隔一段又来到贾府。一回到贾府，第一个找的就是"爱"哥哥。两个有说不完的话，做不完的事。湘云是个大乐天，又是一个话篓子，性格豪爽，爱穿男装，她与宝玉站在一起，众入都说"他两个倒像一双兄弟"！他们形影不离，有时玩得不分昼夜。湘云又有个金麒麟，正合"金玉良缘"的说法，这曾让黛玉吃过不少次的醋，也让袭人担过不少的心，直到湘云订了婚，那种疑虑才消除。

贾母除对宝玉、黛玉和湘云的溺爱疼爱外，还特别喜欢凤姐，也是她的眼珠子，亲切地叫她"凤哥儿"。贾母爱凤姐的精明能干，又是贾府的"总理"，治家有方；尤其喜欢她的风趣戏谑，那凤姐又特别善于拍马溜须，恭维邀宠，且能拍到正地方，让老太太开心快乐，舒坦欢笑，所以她成了老太太的心腹弄臣。这里举两个小例子。一次在藕香榭聚会，贾母说史家也有一个水池，她几岁时在那里玩耍，不小心掉到池水里，差点被淹死，鬓角处磕破了一个洞，如今还留下一个凹。这时凤姐打趣说："老祖宗寿大福大，把这个凹填满了，倒鼓起来，像寿星老儿头上的那个疙瘩。若是那时淹死了，这么大的福让谁享去？”说得大家都哈哈大笑起来了。有一次，贾母、王夫人、薛姨妈和凤姐斗牌，老太太赢了，凤姐不想给钱，薛姨妈说凤姐小气，凤姐指着贾母存钱的柜子对薛姨妈说：“姨妈快看，那里头，不知道老太太赚了我多少钱去了。”说着就把所有的钱都放到桌子上，笑道：“这一吊刚进去，柜子里的钱又招手了。放在这里，一下子进去，省得柜子里的钱着急。”又惹得一阵笑。贾母也笑着说：“凤丫头学的越来越贫气了，恨得我牙痒痒，要撕她那嘴！”又是一场哈哈大笑。老太太不仅不生凤姐的气，还说娘儿们在家里原该这么着，有说有笑，生活过得才有意思，不至于沉闷寂寞。老太太是一个懂得生活、会说话、会享受生活的人。这样的细节，表现出贾府亲情和睦的一面。

人和人的感情，有时是在矛盾和对立中表现出来的。如《红楼梦》第三十三回写宝玉挨打，就是贾政这个封建卫道者与那个不听话的叛逆的儿子宝玉之间矛盾激化的结果。贾政对宝玉，本来寄予厚望，让他读圣贤书，写八股文，走仕途经济之道，将来好做官为宦，光宗耀祖。宝玉却走了一条相反的道路。于是由于望子成龙心切，恨铁不成钢，渐次有些失望，进而痛恨嫌弃，动则就骂“孽障、畜生”。第十六回写宝玉到他书房请安，回说上学去，看看贾政那副神情腔调：“你要再提‘上学’二字，连我也羞死了。依我的话，你竟玩你的是正经。看仔细站腌臜了我这个地，靠腌臜了我这个门！”又讽刺道：“他到底念了些什么书！倒念了些流言混话在肚子里，学了些精致的淘气。”后来一连发生金钏跳井、贾环进谗、王府索人等事件，使他感到宝玉有所谓“杀父弑君”的危险，便下决心把宝玉打死，以除后患。他命小厮把宝玉的嘴堵上，用绳子把宝玉捆在凳子上，不准向里边传信，着实打死！他嫌小厮打得不狠，夺过板子，又快又狠得打，直打得宝玉遍体鳞伤，无一处好处，声弱气微，奄奄一息。王夫人听说后，也不顾有人无人，一气跑来，抱住贾政手里的板子，百般哭劝，贾政不听，她便大声哭道：“……既要勒死他，索性先勒死我，再勒死他……”正闹得不可开交，贾母也颤巍巍地走来，大喊“先打死我，再打死他”！这才终于镇住了贾政。

这一段血泪至性的文字，紧紧地揪住读者的心，让人不禁泪下。

然而，《红楼梦》写得最杰出、最精彩、最富有创新性的，还是对贾宝玉和那一群少女的真情至性的描写。宝玉被打成这样，却对黛玉说："你放心，就是为这些人死了，我也心甘！"真是宁可为情而死，绝不为仕途经济而生。当然，最让人感动的还是对宝、黛的纯真美好爱情的描写。有关这些内容，我们放在别的章节中论述。这里着重写少女们那种纯真自然的情怀。大观园里的那一群少女，大多同年异月，正处花季，聪明美丽，能诗会画，多才多艺；她们结诗社，写诗填词，饮酒赋诗，不时聚会，过节、过生日，猜谜语，击鼓传花，说笑话……在相当长的一段时间内，她们过着自由自在的"羲皇上人"的生活。当然，她们都有自己的个性，在基本上能真诚相待的同时，也难免有误会，有矛盾，有争吵，但都表现了真情至性。比如那个"英豪阔大宽洪亮"的史湘云，心地坦白，霁月光风，与人相处，不存芥蒂。一天刚与黛玉吵了一架，没过一顿饭工夫，就又与黛玉聚在一起，有说有笑，讨论起诗的写作，吵架的事好像没有发生过一样。再如林黛玉与薛宝钗这一对所谓"情敌"，由于爱情的排他性，林对薛总是采取讽刺挖苦乃至敌视的态度。直到第四十五回"金兰契互剖金兰语"，通过推心置腹的交谈，才终于解开了心结，弥合了鸿沟，彼此以姐妹相称，黛玉对薛姨妈直呼妈妈，视薛宝琴为妹妹，嫣然如一家人。由此可见黛玉的赤诚坦白（以后的发展巨变，那是由于当权者所为的缘故）。

当然，《红楼梦》的写情，是指各种各样、不同性格人物的感情，以及不同情境的人情。既写骨肉亲情，也写爱情、友情以及世态人情。比如小红与贾云的爱情，就是颇有诗意的散文小品。他俩园中相遇，眉目传情，互有好感；又通过坠儿从中牵线搭桥，于是你情我愿，私订终身。但是，在那样的时代和环境中，哪敢公开的谈情说爱，只好内心煎熬。小红由于相思之苦，加之在怡红院受压抑，难以施展才能，精神痛苦，茶饭不思，夜不安眠，好像病了一样。不懂世事的小丫头佳蕙，就对小红说："你这两日心里到底觉着怎么样？依我说，你竟家去住两日，请一个大夫瞧瞧，吃两剂药，就好了。”又说“林姑娘生的弱，时常她吃药，你就和她要些来吃，也是一样”。小红回击道：“胡说！药也是混吃的?”佳蕙说道：“你这也不是个长法儿，又懒吃懒喝的，终究怎么样?”小红说道：“怕什么？还不如死了倒干净!”可见小红被相思和精神痛苦折磨得多么难以忍受！真所谓“闲愁最苦”。曹雪芹写出了小儿女的内心奥秘。

青春之潮和爱情之力是不可阻挡的。世上不少情侣为了能够结合，不惜失去一切，乃至生命。在《红楼梦》里，不仅贾宝玉和林黛玉是这样，智能与秦钟、司棋与潘又安、尤三姐与柳湘莲等，都为了爱情豁出了生命!

此外，《红楼梦》还写了宝玉与秦钟、蒋玉函、柳湘莲等的友情，也写了焦大的愚忠，倪二的慷慨和仗义，周瑞家的的仗势欺人，贾雨村的恩将仇报等世态人情。书中重点写的是宝玉和众女儿的纯情、痴情。脂砚斋说：“通部情案，皆必从石兄挂号。”这是说，所有青春女性生活中的喜怒哀乐和爱恨情仇，以及她们的悲剧命运，都在贾宝玉的关照之中，并通过他的感受和反映表现出来。

贾宝玉对所有的少女都有情，这种“情”，是无私的纯洁的近乎天性的博爱。正如清人姚燮所说：“宝玉于园中姊妹及丫头辈，无不细心体贴。”(《读红楼梦纲领》)陈其泰认为：“宝玉之于美人，务以心相接，使美人体会我心，至于终身不忘。”但博爱中，又有对林黛玉的至死不渝的专爱。正如涂瀛所说：“宝玉之情，人情也。为天地古今男女共有之情，为天下男女所不能尽之情。天地古今男女所不尽之情，而适宝玉为林黛玉心目中、意念中、谈笑中、哭泣中、幽思梦魂中、生生死死中悱恻缠绵固结莫解之情，此为天地古今男女之至情。”涂瀛所说的一大串“情”其实就是宝玉对天下少女的博爱和对黛玉的专爱。他既有一般人所共有之爱，又有一般人的爱难以企及的广度和深度，称之“至情”。所谓“至情”，就是汤显祖说的“生者可以死，死可以生”的超越生死之情，所以我们可称宝玉为“情之圣者——情圣”!

从脂批中可知，宝玉是“情不情”(对自己无情者也有情)，林黛玉则是“情情”(对自己有情者才有情)。天生一对情种情痴。他俩自称“木石姻缘”，爱得几生几死，死去活来，生死不渝。他们为爱情提供了一个理想的模式：青梅竹马，两小无猜，有感情的沉淀积累；年岁稍长，情窦初开，彼此倾慕，“一个是阆苑仙葩，一个是美玉无瑕”，一见倾心，情投意合；经过爱情的诸多考验与折磨，终于达到了心灵相通，精神契合，忠贞不渝，九死不悔的至爱境界！为后世树立了楷模，虽百世而不朽！这就是宝、黛爱情的永久性价值和意义。

曹雪芹在写情时，总是根据不同人的性格和不同情景去表现她们的情感，这样就能表现出人的灵魂奥秘。我们想通过与宝玉关系最密切、最重要、最有代表性或特殊性的女性——袭人、晴雯、妙玉、秦可卿等人的情感纠葛，来认识曹雪芹写情的灵心妙手。

宝袭之情

在怡红院的一群丫头中，与贾宝玉关系最为密切的是袭人，其次是晴雯。她们的遭遇、命运和生存环境十分相似，但由于天赋秉性的不同，却铸成了完全相反的性格，在贾宝玉的生活中扮演了不同的角色。一个温柔和顺，一个美丽刚烈；一个是宝玉的生活伴侣，一个是宝玉的精神密友；一个是做定了奴隶而又赞美奴隶生活的十足的奴隶，一个是虽身为奴隶却不甘为奴隶而敢于反抗的“奴隶”；一个因适应环境而苟且地活着，一个为了维护人格的尊严而惨烈地死去。歌德说：“性格决定命运。”这句话用到这两个人身上，倒是很恰当的。

这里，先着重考察一下袭人和宝玉之间的关系和情感生活。

袭人原来是贾母之婢，本名珍珠。贾母因溺爱宝玉，生恐宝玉之婢不中任使，素知袭人心地纯良，遂予宝玉。宝玉因知他本姓花，又见前人诗句有“花气袭人知昼暖”之句，遂回明贾母，即更名袭人。这袭人有些痴处：服侍贾母时，心中眼中只有一个贾母；今跟了宝玉，心中眼中又只有一个宝玉。说好听点，人很本分，很敬业；说难听点，骨子里有一点奴性，这也是她温柔和顺性格的基因。

袭人的确没有辜负贾母的信任和委托，她把心思和精力全部都用在了宝玉身上，可谓对宝玉关怀备至，尽心尽力。宝玉的衣食住行，吃喝拉撒睡，一切都由她操持；宝玉的那块“通灵宝玉”，更由她悉心保管；她和他朝夕相伴，形影不离。宝玉偶尔外出回来稍晚一点，她不是依门而望，就是到处寻找；宝玉的神色略有变异，她总是最先察觉而感到不安；宝玉有了不适或病痛，她便食不甘味，寝不安眠；宝玉的纵情任性和时有越轨，更使她忧心忡忡……实事求是地说，她对宝玉是很有感情的，尤其是她与宝玉发生了性关系之后，她“待宝玉越发尽责了”。这就是说，她对宝玉有了超越主仆和一般男女的特殊感情——爱情，或者说夫妻之情。当一个少女将自己的贞操献给一个男性之后，就意味着将命运交付给了他，把他视为终身的依靠；而且在情感上、在心灵里便发生了微妙的难以言喻的变化：自己是他的，他也是自己的——她和宝玉融为了一体，密不可分了。所以她不仅在生活上对宝玉悉心照料，“越发尽责”，事事都融有私情蜜意，而且在为人处世上也极力对宝玉加以劝导，使他能走上“正路”，将来好做官为宦。只有这样，才能实现她那“争荣夸耀”之心——哪怕是次夫人呢。就是说，她的命运与宝玉的穷通荣辱紧密连在一起了，她焉能不关心宝玉的前途？她怎么不极力对宝玉劝导？有论者说，袭人是秉承主子的意旨，从行动到精神对宝玉加以控制，这种看法值得商榷。我以为袭人那样做，一方面是出于她的封建观念，更重要的是从她的自身利益着想。

袭人虽是个丫鬟，却颇有“心胸”和目光，她很会为自己的长远利益着想。她深知像她这样的人，将来的前途只有两个，或者出去“配一个小子，过贫穷日子；或做宝玉的小妾，身份虽差些，却不失荣华富贵”。二者相较，她自然是选择后者。她在宝玉身上所下的一切功夫，她在贾府的广结良缘，特别是处处讨当权派的欢心，都是为了实现这个“远大目标”，甚至她下决心向宝玉献出少女的贞操，恐怕也是出于这样的考虑。袭人因深受封建礼教和奴隶道德的毒害，一般情况下，特别是在公开场合，她总是显得稳重安详，循规蹈矩，与宝玉执主奴之礼；但在私下，她和宝玉的这种特殊关系和私情，就会不经意地流露出来。或许是出于少女的天性，有时她也会向宝玉撒娇撒痴，或躺在床上装睡，逗宝玉跟她玩；或夜深人静，与宝玉甜情蜜意，款叙衷肠；甚至在母亲、哥哥面前，有意显出与宝玉特别亲热的样子……所以他们的私情不管多么隐秘，总会被人发现。一次，李嬷嬷就当面骂袭人"一心只想妆狐媚子哄宝玉，哄得宝玉不理我"。晴雯则不留情面揭露她说："你们鬼鬼祟祟干的那些事，也瞒不过我去。"林黛玉竟当面开玩笑地叫她"嫂子"，说她与宝玉是"两口儿"。她与宝玉的私情，似乎已成了公开的秘密。

袭人对宝玉的私情也具有自私和排他性。她不仅在生活上要控制宝玉，使宝玉一时一刻也离不开她，而且在感情上也极力占有宝玉。一次，袭人见湘云替宝玉梳辫子，便醋意大作，气哼哼地回到怡红院。恰值宝钗来找宝玉，宝玉不在，问袭人道："宝兄弟呢？"袭人生气地说："'宝兄弟'哪里有在家的工夫！"然后又数落了一顿宝玉的不是，说了一大套男女之大妨的道理，赢得了宝钗的欣赏赞叹。宝玉回来后，她又生气地说："你从今以后别进这屋子了，横竖有人服侍你，再不必来支使我，我依旧还服侍老太太去。"说罢便倒头睡去，宝玉几次问她都不理睬，逼得宝玉赌咒发誓，才算了事。袭人这种"吃醋"的表现，此后还有多次，这说明袭人对宝玉的确是有爱情的，而且这爱情是"自私的，排他的"（恩格斯语）。这种特殊的感情，有时就会不经意地流露出来。

人与人的感情是在日常生活中逐渐培养起来的，感情之网是由生活的千丝万缕织成的。不仅袭人对宝玉有情，宝玉对袭人也是有情的。宝玉不仅"素喜袭人柔媚娇俏"，性格温柔和顺，长期的相处也培养了他对袭人的感情。特别是在生活上，他一时一刻也离不开袭人。一时不见，就问："你袭人姐姐呢？"有了袭人爱吃的东西，宝玉就特意给她留着；袭人生病了，宝玉竟亲自给她端水喂药，悉心照料；袭人回家探亲去了几天，夜里暂由晴雯做伴，半夜醒来，仍然喊叫袭人。袭人在宝玉的生活中，简直到了"不可一日无此君"的地步。有一年春节，宝玉还专门到袭人家里看望她——这是宝玉唯一一次出园到一个下人家里去。他之所以到袭人家里去，是在这之前，他撞见了茗烟与那个小丫头万儿正干警幻所训云雨之事，于是在潜意识里唤起了对与他"偷试云雨"的袭人的思念。袭人的母亲、哥哥见宝玉突然到来，就像天上掉下一个活宝，喜得不亦乐乎，慌得张皇失措；袭人的表姐妹避之不迭。那袭人更是既喜且惊，忙跑出来，一把拉着宝玉，把他引进屋里，既埋怨宝玉不该到这里来，怕被家人或老爷看见，怕路上被车马撞着。可同时她又表现出对宝玉特殊的关切和亲热：她不让宝玉乱坐，让他坐自己刚坐的绣墩；怕宝玉受冻，把自己的脚炉手炉给他暖着；不敢让宝玉乱吃东西，可又觉得也不能让他白来一趟，便捻几个松瓤，吹去细皮，用帕子托着递给宝玉。宝玉低声对她说，家里给她留着好吃的，袭人也低声说："悄悄儿的吧，叫他们听着作什么。"其亲密亲热之情超乎寻常。这自然都看在其母兄的眼里。本来袭人母兄要赎她回去，袭人表示"至死也不回去"。母子见她如此坚执，"今又见他二人如此亲热的光景儿，心中更明白了，越发一块石头落了地，而且是意外之想"。她母兄无疑认定她要做宝玉的小妾了。

袭人晚归
怡红院

宝玉和袭人的确是有感情的，而且还十分亲密深厚，谁也离不开谁。然而又不难看出，他们却是貌合神离，就是说在生活上十分密切，在思想上却背道而驰。他们的感情不是精神的契合，而是物质层面的彼此需要，是属于功利性的。宝玉需要袭人在生活上的悉心照料，袭人更需要宝玉作为终身的依靠。在袭人看来，宝玉这个靠山要靠得稳，必须让他走上正道，将来能做官为宦，她才能“争荣夸耀”。但使她焦心的是，宝玉任情恣性，放纵弛荡，不喜读书，不务正业，厌恶仕途，只在女孩子身上下功夫，一点后事也不虑，而且是屡劝不改，她的“伟大理想”岂不落空？这是万万不行的！“今日可巧有赎身之论，故先用骗词以探其情，以压其气，然后好下箴规。”她机会抓得好，对象摸得透，针砭扎得准，果然宝玉“情有不忍，气已馁堕”，于是提出三个条件。一，再不许说死和化灰化烟的话了——这是禁止宝玉说不吉利的话，也是一番好意。二，“你真爱读书也好，假爱读书也好，只是在老爷或别人面前装出个爱读书的样儿，好给老爷争光”——这是袭人式的见识、虚荣和“好心”。三，“更要紧的一件，再不许弄花儿，弄粉儿，偷着吃人嘴上搽的胭脂，和那爱红的毛病儿了”。这是要从根本上改变宝玉爱“红”即爱女儿的“痴性”。最后说“这三件果然都依了，刀搁在脖子上，我也不出去了”，“就拿八人轿也抬不出去我了”。在当时的情形下，宝玉为了留住袭人，自然满口答应。

似乎宝玉屈服了，袭人胜利了，其实不然。宝玉是“口是心非”，虚于应付，把她的话当耳旁风，此后仍是我行我素，“再也劝不醒”。袭人毕竟是个丫头，虽有心计，却没有“远见卓识”，没有“雄辩之才”。她提出的三条，前两条并没有扎到病灶上，只有第三条有实质性意义，就是要改变宝玉的本性。这不过是出于她的私心，一厢情愿罢了。她却忘了“青山易改，本性难移”的俗语，更不懂其中的道理。但她很自信，很执拗，似有不达目的誓不罢休的劲头儿。她决心不仅让宝玉在生活上离不开她，而且还要在感情上独霸宝玉，把宝玉牢牢掌握在她的手里。她意识到要实现这个目标，就只有让宝玉和那一群少女隔离，但这又谈何容易！不过她一直窥视着，等待着，期盼着机会的到来。机会终于被她等来了——宝玉挨打之后，王夫人把她叫去了解贾政打宝玉的原因，袭人说："论理二爷也得老爷教训教训才好呢！要老爷再不管，不知道将来还要做出什么来呢。"并且便趁机说出了她的"小见识"："怎么变个法儿，以后竟还叫二爷搬出园外住就好了。"她的理由是："如今二爷也大了，里头姑娘们也大了，况且林姑娘宝姑娘又是两姨姑表姐妹，虽说是姐妹们，到底是男女之分，日夜一处，起坐不方便，由不得叫人悬心……设若叫人哼出一声不是来……二爷一生的声名品行，岂不完了呢！"王夫人听了她的这些话，既惊且叹，亲热地呼她"我的儿！"，夸她："你竟有这个心胸，想得这样周全。""我素性把他交给你了……自然不辜负你。"果然，不久袭人的月银跟赵、周二姨娘一样一个等级了，似乎她做定了宝玉的"屋里人"，只不过秘而不宣罢了。

随着矛盾的不断深化，斗争的日趋激烈，宝玉与袭人在感情上愈见疏离，乃至对立。特别是抄检大观园，晴雯被逐致死之后，二人的矛盾几乎到了不可化解的地步。当王夫人说出怡红院里的种种内幕甚至私下的话语后，宝玉首先把猜疑指向了袭人："谁这样犯舌？况这里事也无人知道，如何都说着了？"他这样想。后来他对袭人说："咱们私自玩话，怎么也知道了？又没有外人走风，这可奇怪了！""怎么人人的不是，太太都知道了，单不挑出你和麝月秋雯来？"宝玉的话可谓不指而指。"袭人细揣此话，直是宝玉有疑她之意，竟不好再说，因叹道：'天知道罢了。'"至于是谁告的密，因作者采取了烟云模糊之法，可能性极多，不能确指，但宝玉怀疑袭人，表明了宝玉对袭人人品的评价和对她在感情上的厌恶。

《红楼梦》后 40 回对宝袭之情的描写基本上真实可信，这是他们感情的必然发展和结局。到后来，刀没有搁在她的脖子上，也没有八抬大轿抬她，她还是出去了，嫁给蒋玉函。可见建在功利上的"感情"，犹如建在沙滩上的楼房一样，是很容易倒塌的。

贾母说袭人"心地纯良"，王夫人说她"笨笨的"，其实都没有看准。她既不"善"也不"笨"，她是一个颇有心计，颇有城府，也善于言辞的人。由于宝袭人生观的对立，精神上的疏离，情感上的淡化，他们终于分道扬镳了。

《红楼梦》写宝袭之情，基本上采取了实笔叙写，注重感情在日常生活中是由千丝万缕的织成的，又按其固有的规律，一步一步地疏离、消逝。读者好像目睹亲历的一般，感到真实可信，水到渠成。

宝晴之情

再看宝玉与晴雯之间的情感。他们在身份上虽是主仆，在思想上却是知己，在精神上是密友，在感情上是比友谊多一点，比爱情少一点，那种极微妙和难以言喻的关系。若从这个十分微妙的界点上再迈出半步，他们就成了情人，然而直到晴雯死，这半步都始终没有迈出。他们的感情是属于人类感情中纯洁、真挚和高尚的那一种，升华出了感情之美、人性之美。

在怡红院的一群丫头中，贾宝玉最欣赏、最宠爱、最知心和最信任的是晴雯。贾宝玉最爱美，最爱美丽的少女，而晴雯是丫鬟中最美丽的一个。正如凤姐所说："若论这些丫头们，共总比起来，都没有晴雯长得好。"即使在一向恶美的王夫人眼里，也难掩晴雯天然之美，说她是："水蛇腰，削肩膀，眉眼有些像你林妹妹的……"及至见了本人，王夫人冷笑道："好个美人！真像个'病西施'了！你天天作轻狂样儿给谁看！"即使这种厌恶的贬损，也难掩晴雯的美。（王夫人厌恶晴雯的感情，可以想见她对黛玉的厌恶，也可以说，这是对黛玉厌恶的间接表达。）贾宝玉则用诗情画意的语言来形容她，说她像"一盆才透出嫩箭的兰花"。这样一个天生丽质、心灵手巧的少女，自然会得到宝玉的爱怜。但宝玉更爱她的自爱自尊、蔑视等级、坦白率真、刚强勇敢、酷爱自由的精神品格，这更使他们灵犀相通。

《红楼梦》写宝玉与晴雯的文字并不多，主要有"补裘""撕扇""抄检""被逐""探病"和"诗祭"《芙蓉女儿诔》等，但却篇篇精彩绝伦，读之让人心动神摇,铭记难忘。他们的亲密无间,到了忘记主仆的身份,忘记了男女之别。一次,在严冬的雪天,宝玉在薛姨妈那里喝醉了,踉踉跄跄回到怡红院,一进门,晴雯一把拉住说:"好啊,叫我研了墨,早起高兴,只写了三个字,扔下笔就走了,哄我等了这一天。快来给我写完了这些墨才算呢!"宝玉笑问:"我写的那三个字在哪里呢?"晴雯笑道:"这个人可醉了……我恐怕别人贴坏了,亲自爬高上梯,贴了半天,这会子还冻的手僵着呢。"

这是主仆在对话吗?他们的关系倒更像兄妹、好友和情人。在晴雯的话语中流露出她对宝玉的那种特别体贴和亲热的情意;宝玉自然能领会晴雯的这份心意,于是便替她捂那冻僵了的手,同看门上新写的三个字。这一段文字,充分表现出二人之间的平等相待和零距离的关系。

晴雯平时还时常拿硬话"村"宝玉,而宝玉却毫不计较。一个隆冬之夜,麝月说要到房外走走,晴雯便想唬她玩耍。她刚出了门,晴雯就喊道:"外头一个鬼等着呢。"等她出去之后,晴雯就蹑手蹑脚跟了出来,正要唬她,宝玉喊道:"晴雯出来了!"晴雯忙回身进来,笑道:"那里就唬死他了?偏惯会这么蝎蝎螫螫,老婆子的样儿。"晴雯的热身子被冷风一吹,只觉浸肌透骨,毛骨悚然,连打了几个喷嚏。宝玉怕她冻出病来,就让晴雯钻进他被窝里取暖,但却互不相扰,共被不乱。又一次,宝玉生日,袭人对宝玉说,她跟怡红院的丫头们商量好了,要凑钱单替他过生日。宝玉说芳官、春燕等小丫头哪有什么钱,不该叫他们出才是。晴雯说:"他们没钱,难道我们是有钱的?这原是各人的心,那怕是偷的呢,只管领他的情就是了。"袭人笑道:"你这个人,一天不挨他两句硬话村你,你再过不去。"袭人这样说,自然是"调三窝四",但在宝、晴二人,却是"周瑜打黄盖,一个愿打一个愿挨",反而表现出他们的亲密无间。

在贾府里,主奴的界限是十分森严的,奴婢稍有不敬,就要遭到严厉的惩罚,晴雯何以敢这样对待她的主人呢?这恐怕不是恃美而骄,也不是久近而狎，而是他们彼此平等相待。晴雯从来没有把宝玉看作主人，宝玉也从没有把晴雯看作奴婢。宝玉是一向主张“世法平等”的，从不觉得自己有什么高贵，反而是自贬自嫌。他在下人面前从不摆主子架子，倒是以能“为诸丫头充役为乐”。晴雯虽身为丫鬟，却“心比天高”，自尊自爱，认为“谁也不比谁高一等”。她在内心里从来不承认自己是任主子奴役和践踏的奴隶，她身上没有一点奴颜媚骨，这也正是宝玉所看重和珍视的，所以他们在精神上是契合的。

《红楼梦》写情，从不写恩恩爱爱，卿卿我我，有时反而从斗嘴怄气去写。“晴雯撕扇”就是典型的一例。一次，晴雯不小心跌坏了一把扇子，宝玉因当时心情不好，训斥了几句，二人斗起嘴来。晴雯冷笑道：“二爷近来气大得很，行动就给脸子瞧。前儿连袭人都打了，今儿又寻我的不是。要踢要打凭爷去。——就是跌了扇子，也算不了什么大事；先时候儿什么玻璃缸、玛瑙碗，不知弄坏了多少，也没见个大气儿。这会子一把扇子就这么着。何苦来呢？”袭人出来劝解，因她站在宝玉一边说话，反而激起晴雯的火，于是夹枪带棒，左刺右抡，既攻击宝玉，又嘲讽袭人，而攻击重点却是宝袭的关系。因为她听袭人称她和宝玉为“我们”，“不觉又添了醋意”，以至“宝玉气黄了脸”，“袭人羞得脸紫胀起来”，闹得不亦乐乎。

在贾府，主子训斥奴仆，那是再平常不过的事儿了，晴雯为什么会有如此强烈的反应呢？她从来没有受到过宝玉如此严厉的训斥，今日突然发作，让她感到出乎意料，并有损她的人格和尊严，难以忍受，便毫无顾忌地表示了气愤和不服。

由于二人情深意厚，所以冤家易结亦易解。第二天，两人又共演了“撕扇子作千金一笑”的喜剧。晴雯笑道：“可是你说的，我一个蠢材，连扇子都跌折了，哪里还配打发吃果子呢！倘或再砸了盘子，更了不得了。”宝玉笑道：“你爱砸就砸。这些东西，原不过借人所用，你爱这样，我爱那样，各有性情;比如那扇子,原是扇的,你要撕着玩,也可以使得,只是别生气时拿他出气;就如杯盘,原是盛东西的,你喜欢听那一声响,故意砸了,也是使得的,只别在气头儿上拿他出气。——这就是爱物了。"晴雯听了,笑道:"既这么说,你就拿了扇子来我撕。我最喜欢听撕的声儿。"宝玉听了,便笑着递给他。晴雯果然接过来,"嗤"一声,撕了两半。接着又听"嗤""嗤"几声。宝玉在旁笑着说:"撕得好,再撕响些。"正说着,只见麝月走过来……宝玉赶上来,一把将他手里的扇子也夺了递给晴雯。晴雯接了,也撕作几半子,二人都大笑起来。

这绝不是写贵公子千金买笑的豪奢和美人的撒娇邀宠,而是写他们的重人轻物、重情轻扇的心灵共鸣。在宝玉呢,是要弥补对晴雯的歉疚;在晴雯呢,是要赢回那份偶然失去的自尊和真情。果然,此后二人更亲密了。

在平时,晴雯总是想宝玉之所想,表现出了精神上的关怀和体贴;关键时刻,又总是急宝玉之所急,为他排难解忧。一天夜晚,在宝玉将要就寝之际,忽然一个小丫头跑来通风报信,叫宝玉小心,明早贾政要盘考他的功课。宝玉听后,"便如孙大圣听见了'紧箍咒'的一般,登时四肢五内,一齐皆不自在起来。想来想去,别无他法,只有'临阵磨枪',连夜温习功课。于是怡红院中,大小丫头,顿时忙乱起来。有的剪烛,有的倒茶,有的研墨,有的铺纸,一个个困眼乜斜,前仰后合。而宝玉的心却偏偏不能集中在书上,急得袭人不知如何是好"。正在这时,春燕突然喊道:"不好了,一个人打墙上跳下来了!"正为宝玉着急的晴雯,灵机一动,计上心来,向宝玉说道:"趁这个机会,快装病,只说吓着了。"于是大张旗鼓,吵闹起来,连贾母、王夫人都知道了,宝玉这才躲过了一劫。

在宝玉与晴雯的感情生活中,"晴雯补裘"是精彩的一笔,历来为人们所称道。事情是这样的:一天傍晚,宝玉赴宴回来,一进门就唉声顿脚。原来他把贾母给的那件十分珍贵的孔雀裘烧了一个洞,怕老祖母看见,不好交代，非常着急。送到外边让人织补，连高明的裁缝和织补匠见都没有见过这么珍贵的衣服，都不敢揽活。急得宝玉如热锅上的蚂蚁，众人个个束手无策。这时正发高烧的晴雯，听了一会，忍不住，竟不顾一身病痛，奋勇“挣命”了：一面说，一面坐起来，挽了一挽头发，披了衣裳，只觉头重身轻，满眼金星乱迸，实实撑不住。待不做，又怕宝玉着急，少不得咬牙挨着。……晴雯先将里子拆开，用茶杯口大小一个竹弓钉绷在背面，再将破口四边用金刀刮得松松的，然后用针缝了两条线，分出经纬，亦如界线之法，先界出地子来，后依本纹来回织补。补两针，又看看；织补不上三五针，便伏在枕上歇一会。宝玉在旁，一时又问：“吃些滚水不吃。”一时又命“歇一歇”，一时又拿一件灰鼠斗篷替他披在背上，一时又拿个枕头给他靠着，急得晴雯央求道：“小祖宗，你只管睡吧，再熬上半夜，明儿眼睛抠搂了，那可怎么好?”宝玉见她着急，只得睡下……一时只听自鸣钟敲了四下，刚刚补完。……晴雯……唉哟了一声，就身不由己睡下了。

这件事不仅表现了晴雯的心灵手巧，更充分表现了晴雯对宝玉的深情和宝玉对晴雯的疼爱。但作为异性，他们的情感又似乎有些微妙。事情过了很久，袭人还以此取笑晴雯：“我烦你做个什么，把你懒的‘横针不拈，竖线不动’。……什么我去了几天，你病的七死八活，一夜连命也不顾，给他做了出来，这又是什么缘故？——你到底说话呀！怎么装憨儿，和我笑?”这分明是袭人以己之心度人之腹，猜疑晴雯也和她一样，与宝玉有暧昧关系，所以情不自禁地流露了醋意。不可讳言，宝玉和晴雯，的确是彼此欣赏和爱慕，但却只是情感上的爱恋，是纯粹精神人格的一致和互相吸引。而袭人和宝玉的情感则是功利的，是有目的的和互相需要的。前者是形而上的，后者则是形而下的。

晴雯补裘

这一对精神伴侣，终于被封建势力的暴风雨打散了！晴雯的美貌和灵巧，被王夫人诬为要把她儿子勾引坏的“狐狸精”；她那不愿做奴隶的敢于反抗的性格，更引起了统治者及其鹰犬的憎恶。王夫人下令，把病势沉重、四五日水米不沾牙的晴雯“现从炕上拉下来，蓬头垢面的，两个女人架起来去了”。可以想象，面对此情此景，宝玉是怎样的怒不可遏和悲愤万分！然而，在王夫人雷霆震怒之下，他却敢怒而不敢言，只有在心里流血。王夫人走后，便倒在床上大哭起来，怒吼道：“我究竟不知晴雯犯了什么弥天大罪！”他不知晴雯是死是活，哪里放心得下。于是便冒着极大的风险，偷偷去看晴雯。曹雪芹对宝、晴生离死别的情景作了感人肺腑、催人泪下的描写，那真是古今中外文学作品中从未见过的一段精彩绝伦的文字：

他独自掀起门帘进来，一眼就看见晴雯睡在一领芦席上，……心内不知自己怎么才好，因上来含泪伸手，轻轻拉他，悄唤两声。……当下晴雯……忽闻有人唤他，强展双目，一见是宝玉，又惊又喜，又悲又叹，一把死攥住他的手，哽咽了半日，方说道：“我知道不得见你了！”接着便嗽个不住。宝玉也只有哽咽之分。……一面问道：“你有什么要说的？趁着无人，告诉我。”晴雯哽咽道：“……只是一件，我死也不甘心：我虽生得比别人好些，并没有私情勾引你，怎么一口死咬定我是个‘狐狸精’！我今儿既担了虚名，况且没了远限，不是我说一句后悔的话，早知如此，我当日——”说到这里，气往上涌，便说不出来，两手已经冰凉。

这个高洁自尊的晴雯，在她活着的时候，她是那样纯洁无私地爱着宝玉；在死别之际，她怀着极度的悲愤和留恋，咬下自己的指甲，脱下贴身的小袄，遗留给她心爱的人，大胆地表白了她对他的爱情。这是怎样的一种至纯至洁、至真至圣的情感啊！这种情感，只有宝玉才真正懂得和领会。他在为悼念晴雯而写的《芙蓉女儿诔》中，以金玉、冰雪、星辰、日月、鲜花、香草等美好的意象，形容和赞美晴雯的高贵品格和情操，甚至以鲧的刚烈惨死和贾谊的怀才不遇来比拟晴雯的天大冤屈，并怀着满腔悲愤和仇恨，无情地揭露和鞭挞迫害晴雯的封建统治者及其帮凶，大声疾呼“箝诐奴之口，讨其从宽；剖悍妇之心，忿犹未释”！他怀念晴雯，上天入地地求索；他声声呼唤，以求她灵魂的归来。他用美丽的神话描绘她在天国的生活，深深祝愿她的在天之灵永远自由幸福。

宝、晴之情，真可谓“古今未有之情”，“天下未能尽之情”。曹雪芹借宝、晴之情昭示后人：人与人之间，无论贵贱富穷，男女老少，天南地北，都应该互相关爱，真诚相待，和谐相处。

宝妙之情

曹雪芹在《红楼梦》中塑造了一个特殊的人物——带发修行的尼姑妙玉，不仅描绘了她的“气质美如兰，才华馥比仙”的美丽姿容和出众才华，而且通过她与贾宝玉的关系，写出了她身在佛门、心向红尘的矛盾，佛性与人性的搏斗，从而异常深微地揭示了她那隐秘的情感生活和心灵世界。

曹雪芹没有正面叙写妙玉的身世经历，而是借林之孝家的和邢岫烟之口对她作了简单的介绍。从这两个人的介绍中可以看出，妙玉出身于书香官宦之家，自幼受到良好的教育；她不是自愿出家，而是因病久治不好，不得已而皈依佛门；她年轻美貌，颇有文墨；她为人乖僻，高傲自尊；她本在苏州番香寺修炼，因权势不容，而随师来到权势更多更大、红尘滚滚的京都长安，住在西门外的牟尼庵中，而后又因元春省亲，被请入花柳繁华的大观园，栖息在栊翠庵里，作为贵妃盛典中的点缀。她的人生轨迹，就决定了她的性格和命运。设如她起始就在与世隔绝的深山大壑中修炼，她的一生可能就在青灯古寺中寂寞而终；如果她已修炼得六根清净，四大皆空，形如槁木，心如死灰，即使住在贾府的大观园里，那也可能安然无事。然而客观现实偏偏和她作对：她蔑视权贵，却又不得不依附权贵；她厌恶世俗，却又不得不面对世俗。况且她修炼得还不到家，六欲尚未清净，七情犹存丝缕，这就使她处于十分尴尬的境地，具有异常矛盾的心态：她身在佛门、心向红尘，难免有佛性与人性的搏斗。

曹雪芹非常精准地把握了她的特殊身份和性格特征，透视了她的精神世界和灵魂的奥秘，以传神之笔描绘了这个女尼的情感生活，刻画了她的性格特征。她高傲，万人不入她眼；她乖僻，处处不合时宜。她住在大观园的栊翠庵，平时极少步出禅关，偶尔出来，也不过和惜春下下棋，与黛、钗、迎、探等说说话；她可能遇到的唯一男性就只有贾宝玉。但一领袈裟束缚了她的身，佛家的清规戒律锁住了她的心，她时时防备着抵御着"情魔"的入侵。然而她正当青春妙龄，又有文化，感觉灵敏，感情丰富，在她的心里，人性似乎比佛性更有力量，青春之潮更难以抵挡；在二者的搏斗中，人性还是战胜了佛性。那"神采飘逸，秀色夺人"的宝玉，不禁使她心动神摇，启开了她的情窦。但她必须保持她的矜持，注意自己的身份，所以总是隐晦地、曲折地表达她的感情。宝玉在他一生中遇到妙玉，也是一种奇遇，使他感到惊艳和意外之喜。她与宝玉第一次接触是"品茶栊翠庵"：

那妙玉把宝钗、黛玉的衣襟一拉，二人随他出去。宝玉悄悄随后跟了来……妙玉自向风炉上煽滚水，另泡了一壶茶。宝玉便轻轻走进来，笑道："你们吃体己茶呢！"……妙玉斟了一点犀盉与宝钗……又斟了一弧爮斝与黛玉，仍将前番自己日常吃茶的绿玉斗来斟与宝玉。……妙玉正色道："你这遭吃茶，是托他两个的福，独你来了，我是不能给你吃的。"

乍一看去，妙玉是请宝钗、黛玉吃茶，本没有请宝玉；仔细想来，请钗、黛只不过是她引宝玉入室的"诱饵"。宝玉进入栊翠庵后，就一直观察妙玉如何行事；不用说妙玉也留神着宝玉。她想她请了钗、黛，宝玉自会跟进来。我们从她对宝玉说的这句话里，可以听出言外之意，弦外之音。她这是"假撇清"，是一种委婉的反语。其真意是：独你来了，我是不好意思给你吃的，必得有她两个作陪衬，方好给你吃。而且可以想见她那矫饰的神情。在这里，高明的作者精细地描绘点犀盉和弧爮斝两个珍玩，以吸引读者的注意力，而其真意是以此衬托绿玉斗，是对妙玉隐情的巧妙写照。妙玉是清高又有洁癖的，刘姥姥用过的盖钟，她嫌肮脏，撂在了一边不要了。宝玉说扔了可惜,不如给了这穷婆子,她卖了也可度日。妙玉说:“幸而那杯子是我没有吃过的;若是我吃过的,我就砸碎了也不能给他。”“啖肉食腥膻”的妙玉,一个青春妙龄的女尼,怎么竟将自己日常吃茶的绿玉斗斟了茶让刚刚吃过酒肉的宝玉吃呢?这在她的潜意识里,无疑于是她与宝玉的间接接吻!这要多么大的勇气冲破佛家的戒律!需要多么大的情感力量跨越理智的鸿沟!可见感情压抑得愈久,潜藏得愈深,爆发力就愈强,冲击力就愈大,人性终于战胜了佛性。

在《红楼梦》中,对宝妙之情虽然着墨不多,但却笔笔精彩,新颖别致。“宝玉乞红梅”就是一例。原来在咏诗联句时,宝玉又名落孙山,“社长”李纨决定罚他去栊翠庵折一枝红梅来插瓶玩赏,大家都笑说:“这罚的又雅又有趣。”宝玉便欣然前往。不一时,只见宝玉笑欣欣擎了一枝红梅进来。……笑道:“你们如今赏罢,也不知费了我多少精神呢!”作者没有实写宝玉乞红梅的经过,而是以虚笔运之,这反而给读者留下了想象空间,更具有含蓄不尽的意味。再说,还在作诗、乞梅之前,作者就用诗情画意的景色和象征的笔法以渲染之,点化之:“出了院门,四顾一望,并无二色,……走至山坡之下,顺着山脚,刚转过去,已闻得一股寒香扑鼻,回头一看,却是妙玉那边栊翠庵中有数枝红梅,如胭脂一般,映着雪色,分外显得精神,好不有趣。”这雪中红梅不正是宝玉眼中心中的妙玉的意象吗?他怎么能不欣然乞红梅呢?在乞红梅的过程中,免不了会有斗嘴、传情的“费精神”的情景。

如果说“乞红梅”采取了虚写,妙玉之情不得其详,在“品茶栊翠庵”的过程中,妙玉的感情流露还比较隐晦曲折,不易察觉的话,那么宝玉生日那天,她给宝玉送贺帖,则显得大胆而直露。但因是通过信使传送,就变成了间接达情的方式,避免了面对面诉情的尴尬。由于春燕忘记告诉,宝玉在他生日的次日早晨,才看到妙玉的那张粉红笺纸贺帖,上面写着:“槛外人妙玉恭肃遥叩芳辰。”宝玉不看则已,“看毕,直跳了起来”!请看他是多么的受宠若惊,欢喜欲狂!也许是他过于兴奋和激动了吧,竟没有深思他和宝琴、岫烟等同一天过生日，妙玉为什么单单给他送生日贺帖，而是一门心思地琢磨怎样在回帖上署名。在百思不得其词而去向黛玉求教时，恰遇妙玉的旧交邢岫烟，——这却是近水楼台，求之不得的，——于是向她请教，却招来了邢岫烟对妙玉的非议："他这脾气竟不能改，竟是生成这等放诞诡僻了。从来没见拜帖上下别号的：这可是俗语说的'僧不僧，俗不俗，女不女，男不男'，成个什么礼数！"看来岫烟也未解这贺帖之意，她只是恼妙玉这个旧交不给自己送贺帖而单单给怡红公子送。宝玉对岫烟的批评大不以为然，说："姐姐不知道，她原不在这些人中里，她原是世人意外之人，因取了我是个些微有知识的，方给我这帖子。"他的话倒提醒了岫烟，她把宝玉细细打量了半日，方说道："怪道俗语说的'闻名不如见面'，又怪不得妙玉竟下这帖子给你，又怪不得上年竟给你那些梅花。"岫烟终于悟出了妙玉的贺帖所传达的情意。

在封建社会，本来男女授受不亲，何况是一个妙龄女尼对一个青春公子送生日贺帖呢？这说明情窦已开的妙玉，难以抑制一腔热血的沸腾和心中情感的汹涌。可以想见，在佛事已完，夜深人静之时，便有"情魔"入侵，禅床再难以坐定，她会不断思慕她心仪的人；平日她时时关注着宝玉，总想利用一切机会向他传情。这机会终于被她盼来了，恰逢宝玉生日，悄悄给他送一贺帖，不显山不露水的，何其自然？所以，可以说这粉红色的生日贺帖，就是一次飞书传情。但她更翘盼着宝玉对这"情"的回应，然而，她得到的却是"槛内人宝玉熏沐谨叩"的回帖，这绝不是她所期望的，她期望的更多更多。然而这怨谁呢？她要保持自己的矜持，把她的真情包裹起来，结果却遮住了宝玉的眼睛。看来要战胜佛性，复归人性，对妙玉来说谈何容易！

妙玉要保持骄矜，就必然表现出矫情，但矫情中又必然透漏出真情。作者精确地描绘了她这种矛盾而又复杂的微妙情感。一次，宝玉来到惜春的蓼风轩，正遇上妙玉与惜春下棋。

宝玉见是妙玉，不敢惊动。妙玉和惜春正在凝思之际，也没理会。宝玉却站在旁边，看他两个的手段。……一面与妙玉施礼，一面又笑问道："妙公轻易不出禅关，今日何缘下凡一走?"妙玉听了，忽然把脸一红，也不答言，低了头，自看那棋。宝玉自觉造次，连忙赔笑道："倒是出家人比不得我们在家的俗人。头一件，心是静的。静则灵，灵则慧——"宝玉尚未说完，只见妙玉微微地把眼一抬，看了宝玉一眼，复又低下头去，那脸上的颜色渐渐地红晕起来。……妙玉半日说道："再下吧。"便起身理理衣裳，重新坐下，痴痴地问着宝玉道："你从何处来?"宝玉巴不得这一声，好解释前头的话，忽又想道："或是妙玉的机锋?"转红了脸，答不出来。妙玉微微一笑，自合惜春说话。惜春也笑道："二哥哥，这什么难答的? 你没听人家常说的'从来处来'吗? 这也值得把脸红了，见了生人似的?"妙玉听了这话，想起自家，心上一动，脸上一热，必然也是红的，倒觉不好意思起来。因站起来说道："我来得久了，要回庵去了。"惜春知妙玉为人，也不深留，送出门口。妙玉笑道："久已不来，这里弯弯曲曲的，回去的路头都要迷住了。"宝玉道："这倒要我来指引指引，如何?"妙玉道："不敢，二爷前请。"

我们之所以不避冗长之嫌而引这一大段文字，实在深感必要。作者以精细之笔，极其传神地写出了妙玉复杂微妙的心理，表现了她的矫情与真情。一个青春女尼，突然面对自己梦寐思念的人，自然既喜且惊，又难免娇羞不禁，"把脸一红"；听了宝玉的话，欲言又止，止而又欲言，且是"痴痴地问"；欲看又不敢看，却又禁不住要看，"把眼一抬，看了宝玉一眼，复又低下头去，那脸上的颜色渐渐地红晕起来"。她听了惜春的话，"想起自家，心上一动，必然也是红的"。这"想起自家"一句，含义甚丰：她对宝玉的爱情、她的身份和处境以及将来未知的命运，一时如乱麻般绞作一团，"剪不断，理还乱"，使她心跳脸热。作者通过妙玉三次脸红以及低头、微笑、痴问、抬眼这一系列动作，惟妙惟肖地把她内心的矛盾和复杂的感情描绘出来了。她本想跟自己心爱的人多呆一时，碍于惜春在座，不能畅谈，便说迷了回去的路，实是想与宝玉同行，却又不能明说；果然宝玉领会其意，欣然领路，她便顺水推舟，说："二爷前请。"上述一系列言行，虽表面上看不着痕迹，却将他们二人的心理描摹得入木三分。一路上虽未谈情说爱，但通过二人并肩坐在石头上一起“听琴”，不正是她所渴求的美妙一刻吗？不也达到了“心有灵犀一点通”的目的了吗？

显然，宝二爷已进入了她的感情世界，激起了她青春的浪潮。到了夜晚，她再也坐不稳禅床了。“那时天气尚不很凉，独自一个凭栏站了一会，忽听房上两个猫儿一递一声嘶叫。那妙玉忽然想起日间宝玉之言，不觉一阵心跳耳热，自己连忙收摄心神，走进禅房，仍到禅房坐了。怎奈神不守舍，一时如万马奔腾，觉得禅床便晃荡起来，身子已不在庵中。”

身为女尼的妙玉，虽然曾力图用佛门的清规来抵御世俗的侵扰，以佛性极力对抗人性，但终于无济于事，到头来还是由佛性复归了人性。聪明的妙玉，尽管以种种矫饰掩盖她的真情，表现出的虽是一种矫情，但矫情下却露出了真情。谁也改变不了生活的辩证法，什么也抵御不了人性。可贵的是，高明的作者用艺术的辩证法表现了生活的辩证法，以传神之笔写出了妙玉的真情真性。

宝玉和妙玉这一段奇缘和奇情，如天空的一抹彩霞，如仙界的一阵妙音，如水中之月、相中之色，飘忽而短暂，新鲜而奇特，空灵而虚幻，却又具有一种人性的美质。令人叹惜的是，身为情种的贾宝玉，最终遁入了空门，而欲一生清静无为的妙玉，到头来却陷入了世俗的泥淖。这是生活的逻辑，还是命运的作弄？

宝秦之情

下面我们再看看贾宝玉与秦可卿之间的感情纠葛。秦可卿是《红楼梦》中一个重要却不够完满而又颇为神秘的人物。说她重要，是因为她与第一主人公贾宝玉有微妙的关系，又与贾府的盛衰直接相关；说她不够完满，是指她在书中的戏很少，满说出场不过两三次，便很快死去了，她的形象的确不够完整和丰满；说她神秘，是指她留下了诸多疑团，竟形成了“红学”中“秦可卿之谜”的专题，引得多少红学家不惜殚精竭虑地去破解这个迷。例如作家刘心武就专门写了一本《揭秘红楼梦》的书，自称是“秦学”的发轫之作。这些姑且不论，此仅论秦可卿与宝玉之间的微妙关系。

不少青年朋友不止一次地向我提出这样的问题：贾宝玉与秦可卿是叔辈和侄媳的关系，为什么凤姐每次去宁府赴宴或探视病中秦氏，宝玉总是与凤姐一同前往？为什么宝玉不在别处午睡而偏偏在秦氏房中，而且又做了那样一个奇怪的梦，梦中竟与名可卿字兼美的结为夫妻？又为什么宝玉听到秦可卿病死的噩耗后，便“哇”地喷出一口血来？……这一系列的“为什么”，又成了“秦可卿之谜”中的“谜”。不过我们不想去猜这“谜中之谜”，而是想从深层探讨一下贾宝玉与秦可卿之间的微妙关系。然而，如果我们只从小说的正面描写中去求答案，恐怕是徒劳的；只有从曹雪芹的整体构思中，从宝秦二人的个性特点中，以及从蛛丝马迹和烟云模糊中去细心探寻，深切体察，或可略知一二。

对于宝玉的女性崇拜，大家知之甚详，无须赘言；而对他的“意淫”，尚需略加解释。警幻仙子说宝玉“乃天下古今第一淫人”，宝玉愕然而惊，决然否认。警幻对他解释道：“淫虽一理，意则有别。如世之好淫者，……皆皮肤滥淫之蠢物耳。如尔则天分中生成一段痴情，吾辈推之为‘意淫’。唯‘意淫’二字，可心会而不可口传，可神通而不可语达。”她的解释依然让人觉得莫名其妙，不可捉摸，不过倒也给人以“蓝田日暖玉生烟”的启示。脂砚斋说：“宝玉之情，天下共有之情，天下不能尽之情。”这似乎说得恳切了一些，但还是未能解释“意淫”的确切含义。据我的体会，这“意淫”二字，乃是指宝玉对女性的泛爱，特别是指精神上的爱恋，即柏拉图式的“精神恋爱”。只要我们稍微回想一下宝玉对所有年轻女性的态度和作为，就不会觉得有什么难解了。热爱、尊重乃至崇拜女性，是宝玉最基本的个性特征。由此我们可以推想他和秦可卿的关系。这个情痴情种，遇到了“形容袅娜，性格风流”，兼有钗、黛之美的秦可卿，岂有不生爱慕之心？但这只是一个方面，而且是大体的认识，如要细探究竟，还需要从秦可卿方面去考察，去认识。

曹雪芹在《红楼梦册子》中对她的判词是："情天情海幻情深，情既相逢必主淫。"在《红楼梦曲·好事终》里是："擅风情，秉月貌，便是败家的根本。"很明显，曹雪芹是把她定性为一个"淫"的典型的。秦可卿者，"情可轻"也。事实上她的确是个"性"自由者。她既爱她的公公贾珍，与之私通，又对她的丈夫贾蓉也似乎并无恶感；她对凤姐说："婶娘，你侄儿虽说年轻，却是他敬我，我敬他，从来没有红过脸儿。"她也许还与她的小叔子贾蔷有染。焦大不是骂"爬灰的爬灰，养小叔子的养小叔子"吗？"爬灰"自然是指贾珍和她乱伦；"养小叔子"，非指贾蔷而谁？贾珍因外面有闲言碎语，让贾蔷搬到外面住，以避嫌疑，可见也是因故而为。这样一个"擅风情"的秦可卿，遇到了"神采飘逸，秀色夺人"的宝玉，岂不淫心荡漾，必欲捕获这个"猎物"？所谓"情既相逢必主淫"，乃情理之中的事。

以上所说宝秦之情，只是推想，并无事实根据，甚至连一点蛛丝马迹也没有。不过，《红楼梦》与别的小说不同，它是"将真事隐去"，以"梦幻"写之，似假而真，似真而假，真真假假，真假难辨；而且常常采取注此写彼、目送手挥、烟云模糊、反面春秋等手法，写得似盛实衰、似欢实悲、似谲而正、似则而淫，使读者如雾里观花，影影绰绰，似有若无，难见其真容，难明其真意。不过拨开云雾，即露真容；辨其真假，真者自出。就是说，作者两意之中，只有一意是真。只要深入分析，细心体察，就能得其微旨。对于宝秦之情，应该也用此法。

宝玉与秦可卿第一次相会，是他随贾母到宁府赏梅花。"一时宝玉困倦，欲睡中觉，贾母命人好生哄着歇息一回再来。贾蓉媳妇秦氏忙笑道：'我们这里有给宝二叔收拾下的屋子，老祖宗放心，只管交给我就是了。'"这是秦可卿第一次说话，就说出这样的话。她先是领宝玉到"室宇精美，铺设华丽"的一个房间。只因墙上贴着"燃藜图"和那"世事洞明皆学问，人情练达即文章"的对联，宝玉便决然不在那里。作者这样写，一方面是为了表现宝玉的性格；另一方面，其实是虚晃一枪，其真意是为了写宝玉要到秦氏房中。所以接着秦氏笑道："这里还不好，往哪里去呢？——要不就往我屋里去吧。”宝玉点头微笑，但却遭到婆子的非议：“哪里有个叔叔往侄儿媳妇房里睡觉的礼呢?”然而却被秦氏以“他能有多大”为由驳斥了。按说宝玉进入房中睡下就完了，可是作者通过宝玉的视觉、嗅觉和感觉，对秦氏闺房的布置、摆设和珍玩，以及华丽浓艳的氛围，作了细腻而夸张的描写。我看这恐怕不是如有的论者认为的那样，是表明秦可卿出身的特别高贵，而是作者大有深意的。果然，宝玉一进入房中，“便有一股细细的甜香，宝玉此时便觉眼饧骨软，连说‘好香!’”宝玉在缠绵悱恻中酣然入睡，而且做了一个很长很怪的梦。梦中与警幻之妹名可卿表字兼美者结为夫妻，柔情缱绻，云雨作欢。此是真梦乎抑或是以梦写真?

读者请注意：宝玉入睡前，留下了袭人、晴雯等四个丫鬟做伴，秦氏叫小丫鬟们在檐下看猫儿打架；宝玉梦醒后，依然是“秦氏在房外嘱咐小丫鬟们看着猫儿狗儿打架”，这说明宝玉与秦氏并没有单独在房中，二人不可能发生性关系，云雨作欢只能是梦中之事。但是，既然这样，为什么在宝玉和凤姐探视秦氏病时，宝玉听了秦氏说“治了病，治不了命”的话而潸然泪下呢? 我们可以用宝玉听到秦氏的不祥之语，痛惜这个美丽生命的将逝而悲伤来解释，但为什么在半夜时分，当他听到秦可卿的死讯后，就“只觉心中似戳了一刀的，不觉地哇的一声，直喷出一口鲜血来”? 难道只是梦中做过夫妻的缘故吗? 恐怕不是。或曰：宝玉是情种情痴，对所有的青春女性都多情，连刘姥姥编的故事中的女孩，他都要寻根究底，对书房挂着的美女图都怕她寂寞，要望慰一番。那么突然听到他所欣赏的“兼美”秦可卿死去，岂不引起巨大悲怆? 又有人认为：贾宝玉与秦可卿有特殊关系，曾有过铭心刻骨之情，就是说很可能秦可卿就是贾宝玉的第一个性启蒙者，只是曹雪芹碍于二人是叔叔与侄媳的伦理，不便在文中明写，怕唐突宝秦，污秽笔墨，故而托之以梦，空灵其事。此即烟云模糊之法也。作者之意是让读者于言外求其微旨。死读书者读梦则信为梦；活读书者，却能于烟云模糊中得其真意。如护花主人王希廉评曰：“秦氏房中宝玉初试云雨，与袭人偷试即是重演，读者勿被瞒过。”又说：“文章有暗写，有明写。不便明写者，当暗写，宝玉于秦氏房中梦教云雨是也。不必暗写者即明写，宝玉与袭人试云雨是也。”三说之中，孰说为是，至今尚无定论。

不过从心理学来讲，一个少年的性意识，往往是由一个比他年长成熟的美丽而又有性魅力的女性所唤醒。贾宝玉遇上了“鲜艳妩媚有似乎宝钗，袅娜风流则又如黛玉”的秦可卿，为她所诱惑，二人发生性关系是极有可能的。曹雪芹既然把她的“淫丧”改为“病死”而为之讳，又为何不能把她与宝玉的性爱以梦幻而讳之呢？所以我的基本看法是：作者是以梦写真。所谓袭人、晴雯等做伴、秦氏让小丫头看着猫儿打架，皆是烟云模糊，以欺瞒读者耳。贾宝玉的第一个性启蒙者不是袭人，而是秦可卿。当然这里边可能也有曹雪芹本人青春期性萌动的体验，而借宝秦以发之。

我总觉得，曹雪芹塑造秦可卿这个人物，主要是出于艺术构思的需要，特别是出于塑造贾宝玉和王熙凤这两个主要人物的需要。一是通过贾宝玉和秦可卿在梦中的做爱，说明他已由童年步入少年，他的性意识已经觉醒，是他人生阶段的重要标志。二是通过秦可卿与其公公贾珍的乱伦、与小叔子贾蔷的偷情，揭露贾府的肮脏腐败。三是通过贾宝玉神游太虚幻境和秦可卿的大出殡，预示和暗示十二钗的悲剧命运以及贾府由盛而衰的必然趋势，并为表现宝玉和凤姐提供契机。这一写作意图实现以后，她便完成了任务，再没有必要用更多的笔墨精雕细刻她的形象了，所以她的形象不够完整和丰满。这是题外的话，随笔及之。

通篇而论，写情写的最杰出、最精彩、最激动人心的，自然是宝、黛的爱情悲剧了。黑格尔说：“为了表现心灵，必须表现感情。”（《美学》第三卷）曹雪芹正是通过表现宝、黛的感情而揭示他们的心灵世界的。可以毫不夸张地说，在整个世界文学史上，写爱情婚姻悲剧的，无过于《红楼梦》了！《红楼梦》之所以将“情”写得好，一是曹雪芹“知人性之深”，把握了各种各样人物的思想感情，透视了人物的心灵奥秘，深知她们在某种情势之下的心理活动及表情达意的方式。二是他有一枝传神的生花妙笔，能够精准地把人物的神态和情感描绘出来。三是他笔端带情，无论写人、写景或写物，都是笔端带情，所以全书到处都浸润着、流淌着浓浓的情意。即使是书中的思想，也是活的思想，即融于情感之中，犹如阳光照进水晶里。所以脂砚斋说，《红楼梦》是一篇情文字。《红楼梦》的写情，不仅感动了一代又一代的读者，也为后世作家提供了宝贵的经验。

第九章

红楼写梦

《红楼梦》这部伟大的现实主义杰作，却具有浪漫主义色彩，甚至还有些魔幻和虚无缥缈的神奇。它的写实的真实程度，竟然像生活本身一样真实，致使一些考证派的红学家忘记了《红楼梦》是一部小说，而误认为是曹雪芹的自传和曹家的家史。它的真实性，的确令人惊叹。然而，读起来却觉得行云流水，一片神行，充满了诗情画意之美，并有迷离朦胧之感。这就像刘勰在《文心雕龙》里所说的："石蕴玉而山晖，水怀珠而川媚。"也如李商隐说的"蓝田日暖玉生烟"。从根本上来说，《红楼梦》是深刻的思想和美好的意蕴闪出的神奇的灵光，达到了真与美的完美统一；同时，与作者的高超的艺术手法和写梦的技巧也不无关系。

梦是人类普遍的生命现象。每一个人一生中都做过许多各式各样的梦。对于梦的实质，人们有不同的解释和界定。中国人认为"梦是心里想"，又有"日有所思，夜有所梦"的说法。这是普遍性的感觉和经验。我本人在 80 多年的生命历程中，在不同时期也做过不同的梦。至今还记得我童年时，自己会飞起来了，飞过了房顶和树梢，飞呀飞，真是快意极了，美妙极了；突然，从空中掉了下来，梦醒了。上初中时，经常梦见打仗的事。一次梦中一颗子弹射中了我，我从梦中吓醒。之所以做这样的梦，可能与我看有关战争的小说如《保卫延安》和电影如《南征北战》等有关。上大学时，曾幻想当一名作家或诗人，经常练习写诗和写小说，一天夜里，就像香菱梦中写诗一样，我也在梦中写出了一首自以为非常好的诗，可醒来后只记得两三句；到了壮年，祖父辈渐次逝世，就经常梦见逝去的亲人，从梦中哭醒；到了老年，也做梦，但醒来什么也不记得了。所以我自己的体会是：梦是心中想，是情思在心灵中的折射和幻化。也有从来没有想过，却出现在梦里的稀奇古怪的画面，我认为这种梦是“思想的渣滓”，是各种画面的胡乱拼凑。以上这些感觉、说法和认识，还处在感觉和经验的层面，还没有达到理性的科学的高度。奥地利人弗洛伊德，曾把梦作为人类的生命现象，进行专门的长期的科学研究，著有《梦的解析》。其基本观点是：梦是人的无意识和潜意识；梦是欲望的达成。这种认识虽然不够完整和深刻，也不够明晰，却是对梦作了较为科学的解释和定义，应该是大大前进了一步。我以为对梦这种生命现象，至今还没有真正的认识和准确的界定，仍然是未被完全认知的心灵奥秘。

梦境的描写，早已反映在《诗经》《楚辞》和《史记》等文学和历史作品中。再如李白的《梦游天姥吟留别》，既是一首记梦诗，也是一首游仙诗。杜甫的《梦李白二首》，则是他在北方听说李白得罪被流放到蛮荒之地夜郎，为之忧虑焦思，“三夜频梦君”之后，写了这两首诗。白居易的好友元稹《酬乐天频梦微之》(微之是元稹的字)诗中说，两位好友在同一夜晚梦见了对方。苏轼以词写梦，《江城子乙卯正月二十日夜记梦》，写他梦见死去10年的妻子王弗的情景。“十年生死两茫茫，不思量，自难忘。……夜来幽梦忽还乡，小轩窗，正梳妆。相对无言，唯有泪千行。”这个梦是他长期怀念妻子的结果。写得真实而又恍惚迷离，梦中还出现了生前的画面。以上这些梦，都是因焦虑积思而成。小说如《三国演义》《水浒传》《金瓶梅》等，也都写过梦境。但我以为写梦写得最多最好的是《红楼梦》。

《红楼梦》描写梦境，是把梦看作人的潜意识和心理活动来描写的。那些梦多是人物“日有所思，夜有所梦”的类型，是不同性格的人物在特殊情形下自然而然会做的梦。这些梦在《红楼梦》里起着非凡的不可或缺的作用,具有特殊的意义。第四十八回脂批曰;“一部大书,起是梦,宝玉情是梦,贾瑞淫又是梦,秦之家计长策也是梦,(香菱)今作诗也是梦,一并风月鉴,也从梦中所有,故红楼梦也。”这是说,《红楼梦》中有类型不同,大小不等,性质各异,以及作用轻重不同的梦。不同性格、不同地位、不同身份、不同年龄的各种人,会做不同的梦。宝玉黛玉多是因情做梦;凤姐的梦,多是有关家计管理之事;那个小丫头坐着打盹,梦里听见晴雯骂说要用针扎她,便怔怔地以为打了她一下,遂哭着央告说:“好姐姐,我再不敢了!”这是惊恐的梦,也是最短的一个梦。情窦初开的小红,做的是春梦(第二十四回)。其实《红楼梦》是曹雪芹对人生无常感受的大梦。

那么《红楼梦》里到底写了多少梦呢? 据统计,共写了33个梦,其中前80回有20个,后40回有13个。这些梦从作用分,大致有以下几种。

一是有关全书宏构主旨的梦:第一回“甄士隐梦幻识通灵”。这是《红楼梦》里第一次写梦。一日炎夏永昼,士隐在书房闲坐,手倦抛书,伏机盹睡,朦胧中走到一处,遇到一僧一道,大谈前世今生,演绎了石头的故事,以及神瑛侍者与绛珠仙草以泪还溉之说,以象征宝玉黛玉忠贞不渝的爱情。甄士隐是第一个走近太虚幻境(石牌坊为界)的人:第一次看到了“通灵宝玉”;第一次提到了警幻仙子,以及一干风流冤家都要下凡历世,要在警幻案前挂号。士隐正欲跟着和尚、道士过那太虚幻境的牌坊,忽听一声霹雳,若山崩地陷,士隐大叫一声,——定睛一看,只见烈日炎炎,芭蕉冉冉,梦中之事,便忘了一半。甄士隐这个梦,与第一二零回“甄士隐详说太虚情”最后一个梦首尾呼应,珠联璧合,从而使《红楼梦》形成一个有机的整体。

第五回“贾宝玉神游太虚境”,这是《红楼梦》第一大梦,也是最重要、最丰富、最长的一个梦。是在秦氏房里做的。刚一合上眼,便恍恍惚惚地睡去。由秦氏前引,悠悠荡荡来到一个去处;朱栏玉砌,绿树清溪,真是人迹不逢,飞尘罕到。这就是神仙境界“太虚幻境”。在这里,他受到警幻仙姑的热情欢迎和款待,让他看了金陵十二钗的正册、副册、又副册的图册和判词;听了新制的红楼梦十二支仙曲,闻了“群芳髓”的香;喝了“千红一窟”的茶;品了“万艳同杯”的酒。又将其妹乳名兼美字可卿的,许配与宝玉,并授予男女云雨之事。次日,便柔情缱绻,软语温存,与可卿难解难分。他们牵手并行,在深有万丈的迷津渡口徘徊,突然迷津内响如惊雷,有许多夜叉海鬼,将宝玉拖将下去,吓得宝玉失声大叫“可卿救我”!宝玉梦醒。这梦入得自然,醒得无迹,使梦境与现实无缝衔接,浑然一体。此后的许多梦都是如此,表现出曹雪芹写梦的手法高妙。

贾宝玉这个梦很大很长,内容异常丰富,意义极其重大。通过这个梦,预示和隐喻了众少女的悲剧命运和贾府的必然衰亡,突出了“千红一窟(哭)”“万艳同杯(悲)”的主旨,使悲剧美的氛围笼罩全书。同时,也表现了贾宝玉由童年已到性成熟的少年。在以后的岁月里,他将亲历和感受众少女的悲剧人生和命运,以及贾府的由盛到衰的历程,更让他亲自体会和感受他自己的悲剧人生。所以这一回在结构上也有着非常重要的作用,与第二回“冷子兴演说荣国府”,一实一虚,一明一暗,彼此映照,概括而形象地表现了两大主题。同时,也与第一一六回的“得通灵幻境悟仙缘”前后呼应。这个梦与第五回那个梦相似又有区别,只不过所见是那些人的魂灵罢了。与第五回相比,我感觉这一回除与第五回遥遥相对,首尾照应,使全书结构完整外,写得却索然无味,毫无神采,可能是补续者所为,难望曹雪芹项背。

《红楼梦》第十三回,秦氏给凤姐托梦,无论在结构和主题上,都是一大关节。这个梦是贾府由盛而衰的转折点。当时贾府还处在“烈火烹油,鲜花着锦”的盛期,全府上下,个个都是安富尊荣,耽于享乐,不虑后事;就是当家的凤姐,手握大权,春风得意,只顾眼前风光。只有秦可卿这个清醒的智者看到了繁盛下的危机,深谙“月满则亏”“水满则溢”,“登高必跌重”的格言,以此惊醒凤姐,让她在盛时做好衰败时的准备,留有后路。这个梦不托给别人,而托给凤姐,她认为凤姐是贾府的当家人,是“脂粉队里的英雄”,只有她,那个长策大计才能实施。这直接关系到贾府的盛衰。

正是由于这个梦，畸笏叟命芹溪（曹雪芹号）赦免秦可卿，改淫伤为病死。

此梦发生在秦可卿去世前的当天夜里。凤姐方觉睡眼微蒙，恍惚只见秦氏从外走进来，含笑说道："婶娘好睡！我今日回去，你也不送我一程，因娘儿们素日相好，我舍不得婶娘，故来别你一别。还有一件心愿未了，非告诉婶娘，别人未必中用。"她的长策大计，一是在贾氏祖茔附近广置田庄，多盖房舍，兴建家学，将来便是有罪，家被抄了，己物可以入官，这祭祀产业，连官也不入的。即便败落下来，子孙回家读书务农，也有个退步，祭祀又可永继。但凤姐听了，却胸中不快，自然也不会实行，最后终于酿成了"树倒猢狲散"的后果。

秦氏的计策，确实富有远见，她似乎意识到了赫赫扬扬已历百载的贾府，露出了衰败的苗头。她懂得事物消长变化和盛衰的规律。即使到今天，仍不失其积极意义。比如长期的和平岁月，易使人忘记战争的危险；甜蜜幸福的生活，也易让人耽于享乐，忘记天灾人祸的突然到来！凡事都要深思远虑，作好各种准备。所谓"人无远虑，必有近忧"，所谓有备无患，人只要做好充分的准备，防患于未然，就会立于不败之地。这是历史的经验和教训。

有些梦，是人物长期思虑所致。如第三十六回"绣鸳鸯梦兆绛云轩"，那天宝玉午睡，袭人坐在旁边做针线，宝钗走来。袭人想出去放松一下，宝钗就一蹲身，坐在袭人坐的地方，不由地拿起针线活，替她作几针，不想黛玉湘云来找袭人，黛玉隔着纱窗一看，只见宝玉穿着银红纱衫子，随便睡在床上，宝钗坐在身旁做针线，旁边放着蝇刷子。黛玉见了这个景况，早已呆了，捂住嘴笑，又拉湘云来看。湘云一向觉得宝钗待她厚，连忙拉了黛玉走了。

宝钗刚做了两三个花瓣，忽见宝玉在梦中喊骂，说："和尚道士的话如何信得？什么'金玉姻缘'？我偏说'木石姻缘'！"宝钗听了这话，不觉怔了……可惜黛玉刚走，没有听到这话，要不宝钗该多么尴尬，黛玉又该多么称心！这个梦表明宝玉对"木石前盟"的无比坚贞，对"金玉良缘"的彻底反对和否定！

有些梦却是人受了强烈的刺激而做的。如第六十六回，《情小妹耻情归地府，冷二郎一冷归空门》，写的是，正直刚烈的尤三姐，因柳湘莲误认为自己也是淫奔之流而悔婚，便耻情刎剑而亡！柳湘莲悔恨莫及，昏昏默默，信步行来。“正走之间，只听得隐隐一阵环佩之声，三姐从那边走来……向湘莲哭道：‘妾侍君五年，不期君果冷心冷面，妾以死报此痴情。’柳湘莲不舍，连忙拉住问时，那三姐一甩手去了。柳湘莲放声大哭，不觉从梦中哭醒。昏昏沉沉，竟跟随瘸腿道士，不知哪里去了。”尤二姐则是受不了百般折磨之后，梦见尤三姐让她报仇，软弱的尤二姐没有勇气杀人，选择了吞金自杀。

少女的春梦，往往是羞于启齿的心事，难于告人，甚至也不可告爱己之人，只能自己在心里情意缠绵，任其熬煎，久而成梦。平日不敢想，不敢说的话，更不敢做的事，在梦中，却放开了手脚和身心的自由。如林黛玉这个孤傲、敏感、自尊的少女，她父母双亡，孤身一人，寄人篱下，她虽然与宝玉建立了生死不渝的爱情，却无人做主，也不见外祖母和舅母有一点意思，就是有万般情思，也不好向宝玉倾诉；再加上“金玉良缘”的威胁，使她总是不能放下心来。“不放心”成了她的一个心病。随着年龄一天天大，又体弱有病，深恨父母在时没有定下这门亲事；又转念一想，若那时别处定了婚姻，怎能够似宝玉这般人才心地？此时真是千愁万绪，一齐涌向心头。这种缠绵不尽之思，积之既久，必现之于梦。第八十二回“病潇湘痴魂惊噩梦”，就是平日愁思的折射与幻化。林黛玉这个噩梦，就是那天晚间，薛府送荔枝的老婆子觑着眼瞧黛玉，半天才说：“怨不得我们太太说，这林姑娘与你们宝二爷是一对儿，原来真是天仙似的。”这句话黛玉听来好不刺心，勾起了她的无限情思，这是她惊噩梦的契机。她梦见父亲升了湖北粮道，娶了一个继母。这继母做主，把她许配给自己的一个亲戚，而且还是续弦，不日就送她回南边成亲。黛玉心里着急，正想别人帮忙时，只见凤姐、邢王二夫人、宝钗等都来了，笑道：“我们一来道喜，二来送行。”黛玉请舅母坐坐，他们互递眼色，冷笑而去。黛玉想道："此事唯求老太太，或还有救。"于是双膝跪下，抱着老太太的腿哀求道："老太太救我！南边我是死也不去的……"但见贾母呆着脸儿笑道："这个不干我的事。"黛玉百般哀求，贾母道："续弦也好，倒多得一幅妆奁。"黛玉继续苦苦哀求，撞在怀里痛哭，贾母厌烦地说道："鸳鸯，你送姑娘出去歇歇吧，我倒被她闹烦了。"黛玉心想，外祖母、舅母平日待她何等的好，可见都是假的。情知求也无用，正想自寻短见，忽见宝玉从对面笑嘻嘻地走来。她问宝玉道："我是死活打定主意了的，你到底叫我去不去？"宝玉道："我说叫你住下，你不信我的话，你就瞧瞧我的心！"只见宝玉拿着一把小刀子，破胸取心，鲜血直流，说："不好了！我的心没有了，活不得了！"吓得黛玉魂飞魄散，抱住宝玉痛哭不止！只听紫鹃叫道："姑娘，姑娘！怎么魇住了？快醒醒吧……"黛玉一翻身，却原来是场噩梦，喉间犹是哽咽，心上还是乱跳，被头已被湿透，浑身冰冷，心想："父母死的已久了，和宝玉尚未放定，这是从哪里说起？"又想梦中光景，无依无靠，再把宝玉死了，那可怎么样好？一时痛定思痛，神魂俱乱。

黛玉这场噩梦，是她长期愁思积郁的幻化和折射；幻中有真，真中有幻，荒诞而微妙地表现了这个少女内心深处的心理活动。这种心理活动，平时是难于发现和认识的，只有在梦境里，才得以自由地释放和表现。这就是梦所起的特殊作用。

《红楼梦》写梦，主要是为塑造人物形象，特别是刻画人物心理活动的需要；再者是为幻中求真，真中呈"镜花水月"的朦胧之感，在现实生活真实的基础上，蒙上一层迷离恍惚的面纱，使作品显得真实而美，达到真与美的统一。这应该是曹雪芹的又一创新。

做梦的动因有多种，但"日有所思，夜有所梦"，是做梦的主要动因之一。梦的内容，多是日思的变形再现，或潜意识的流露，都表现了人物的思想和性格，特别是表现了人物深微的内心活动。如贾宝玉在被逼情况下，向王爷长府官说出了蒋玉函在檀香堡的地址，挨打之后做了一个梦，梦见王府派人捉拿蒋玉函。这个梦说明他忧虑朋友的遭遇，悔恨对不起朋友。凤姐理家，操心的是贾府的经济状况。当时贾府已是寅年吃了卯年的粮，入不敷出。梦想发一笔大财，以救紧急。夜里就梦见太监与她争夺几匹红绸缎，正争抢之间醒了。第二天，夏太监派小太监来了，要借二三百两银子。给，没有；不给，又不行。这种敲竹竿是常有的事，又不敢得罪太监，只有拆东墙补西墙。贾琏恳请鸳鸯把老太太用不着的古董，暂典当出去，换几千两银子，以应当下之急，就是不得已而为之。再如小红在与贾芸热恋中，做了一个春梦，梦见她与贾芸换手绢的情景，这个梦是白日梦，很短，简直是把前些天的换手绢的事在梦里重演了一次，只是梦中情景，更显示了情欲，也更有些朦胧变幻，飘忽不定。

梦的根源和本质，乃是出于人的心理活动和深层思绪。梦的情景，是隐藏在灵魂深处，不轻易暴露的隐秘，只有在梦境里，才得以释放。这就是弗洛伊德所说的“欲望的达成”。中国就有“梦里娶媳妇——净想好事”的口头禅。梦不都是虚幻的，所谓“梦想成真”，说明梦境虽然虚幻，幻中却深藏着“真”，只有在情思异常强烈的情况下，藏在极深处的“真”才能表露出来。不过，梦中还有奇奇怪怪从来意想不到的事。这也不奇怪，现实生活中不是有也变幻无常、飘忽不定的事吗？不管什么样的梦，即使多么稀奇古怪的梦，都只是心理和思维的结果，都与心理和思维有着直接间接或曲折甚至扭曲变形的关系。一个深懂人性的作家，他就会懂得并透视人的心灵奥秘，揭示梦的底蕴，并能巧妙地用来揭示人物的心理活动，表现人物的性格。《红楼梦》就给予我们这样的启示。

湘云醉卧

下篇

第十章

《红楼梦》的诗情画意美

《红楼梦》区别于其他古典小说的一个突出特征，就是富有浓郁的诗情画意，读起来觉得行云流水，一片神行；诗情画意，荡漾其间；情趣盎然，美不胜收，好像心灵受了一次洗礼，精神得到了升华，是一种美的享受。

一般读者读《红楼梦》，首先关心的不是要从中得到什么道德教训，也不是要学习某种知识，而是被书中情节故事和人物形象所吸引，因而欲欣赏、体验那个时代人的生活经历和感受。总之，我们读《红楼梦》，首先是感受到的是它的旖旎缠绵之美，进而才体味其中的人生百味。古罗马的贺拉斯曾有一条艺术法则："诗人的愿望应该是给人益处和乐趣，他写的东西应给人以快感，同时对生活有所帮助，既劝喻读者，又使之喜欢，才符合众望。"鲁迅先生也说："由纯文学而言之，则一切艺术之本质，皆是使观听之人，为之感兴愉悦，使吾人乐于观诵，如游巨浸，前临渺茫，浮游彼际，神志悉移。"两位先哲都主张文学作品的愉悦和劝喻作用。一般人阅读《红楼梦》，总是由感性到理性，由皮毛到内里，由浅入深，渐进佳境。但只要喜欢，爱读，读起来感到愉悦，是一种美的享受，才能反复深入地去读。而《红楼梦》的诗情画意之美，正是它吸引人的艺术魅力之因。

《红楼梦》里的社会生活，是被曹雪芹心灵化了，也即艺术化美化了，所以逼真而优美，让人感到信而美的心灵愉悦。曹雪芹不仅是一位伟大的小说家，也是一位伟大的艺术家、杰出的诗人和画家。他那天才的本能，广无涯际的视觉，超越凡人的敏锐感觉，以及吸纳信息的卓越能力，能将生活中的真金美玉纳入胸中，加以改造和融化，创造出美丽梦幻般的艺术世界。他总是以画家的眼睛观察事物，以诗人的心感受生活，以作家的精思宏构熔铸和编织作品，进行叙写和描绘，并融诗情、画意和哲理于一炉。生活在曹雪芹的笔下，是那样的五彩缤纷，诗意盎然，兴味无穷。我们打开《红楼梦》，随处都可见充满诗情画意的立体的活的画面。如"共读《西厢》""黛玉葬花""宝钗戏蝶""湘云醉卧""晴雯补裘""椿龄画蔷""凹晶馆联句""群芳寿怡红""茗烟闹书房""五官斗赵姨娘""刘姥姥醉卧怡红院"等，都是读者从阅读中归纳出来的美的立体的活画。此后都为诗人所咏，画家所画，世人所赏。这些富有诗意的立体的活画，每一幅都有特定的意蕴和美感。比如"黛玉葬花"，如果联系她的身世遭际，她的体弱多病，她的父母双亡，孤身一人，寄人篱下，她被封建礼教束缚和封建势力压迫，她对爱情的担心和焦虑，以及葬花前一天晚上去怡红院因误会吃了闭门羹，联系这一切，再吟唱《葬花词》，去欣赏这幅声情并茂的画，就会领略到它丰富深刻的意蕴和哀怨谐美的情调。再如"宝钗戏蝶"，看着这幅画，想到这个温柔敦厚、自尊稳重的淑女，有这样一个活泼的举动，乍然会觉得奇怪。然而，当你想到她是一个少女，尚有天真烂漫的天性，你就会感到合情合理了——因为你看到了她性格的另一面。再如你看了共读《西厢》，会感到宝、黛爱情萌芽的甜蜜；看了"湘云醉卧"，你会马上想到那个"英豪阔大宽宏量""霁月光风耀玉堂"的爱说爱笑、心胸坦荡的史湘云，等等。总之，每一幅画都能让你想的很多很远，又觉得很美，这就是文中有画，画中有诗的缘故。

古人说，"诗是有声画，画是无声诗"。苏东坡评王维的诗画说，"诗中有画，画中有诗"，可谓至言。《红楼梦》虽是长篇小说，却也是文中有诗有画，充满诗情画意。

《红楼梦》是一部诗化的小说，整部作品都充溢着、流淌着浓浓的诗意，它把诗意的光华弥漫于整个艺术的世界，让人始终陶醉其中，谜留忘返。当然，它的诗意首先表现在除主体文字众体兼备外，更指诗歌诸体皆备，如诗词曲赋、骚体歌行，乃至歌、谣、赞、颂、联额、诗谜、灯谜、酒令、骈文等，应有尽有。有古体诗、律诗，有五律、七律、排律，有五绝、七绝，有咏人诗、咏物诗、写景诗、怀古诗、即事诗、打油诗，有限题的、限韵的、限体的，有同题分咏的、同题合咏的，有应制体、联句体，有“春江花月夜”之格的，有“长恨歌”“琵琶行”之歌行体的，真是五花八门，诸体兼备，是其他小说中未曾见过，也绝不可比拟的。它不像其他小说中的诗歌，与小说的内容无甚关系，只是作者显摆自己才华的手段，或者是说书人的噱头，这些诗歌即使去掉，也无伤大体。而《红楼梦》里的诗歌，是它的有机组成部分，起着独特的作用，若去掉这些诗歌，《红楼梦》就会残缺不全，甚至面目全非，不复为《红楼梦》了。

这么多的各式各样的诗歌，不是硬加上去的，而是在全书设计构思时，在情节故事的发展中，在人物形象性格的描写刻画中，顺势而出，自然而必然地各得其所地处在应处的地方，起着各司其职的应起的作用，犹如人的五官四体、五脏六腑一样，天然地长在应长的地方，不多也不少，恰到好处，成为身体不可或缺的有机组成部分。就是说，这些诗歌都融汇在小说的血肉中，成为《红楼梦》的有机组成部分，对小说的结构组成、情节故事的发展、人物性格的描写刻画，特别是对人物心灵世界的深层意识的展现，起着特殊的作用。仅从第五回的“判词”和“红楼梦曲”即可看出，它们对全书起的形象生动而又概括笼罩的作用，对人物性格、命运和贾府的结局所起的暗示、预示作用，而且还滃然烘托了全书的悲剧气氛和韵味。如果我们对作者代人物写的诗歌，结合人物的性格和处境、心情进行分析，那就更会认识和体会到诗歌的独特作用和意义了。因为这些诗歌多是抒情诗，都反映了作者的情思和灵魂。别林斯基说：“抒情诗主要也是诗人灵魂中的现实的表现，目前的、转瞬即逝的感觉的表现。”(《别林斯基选集》2 卷 82 页)。所以我们阅读时不能就诗论诗,而要结合人物当时的处境、心情和性格来分析欣赏。

探春和宝玉他们结社吟诗,多是同题分咏,如海棠诗、菊花诗、梅花诗、柳絮词等,简直是一次次诗歌大赛:比才情,比格调,比韵味……往往是各有所长,各有特色;不过多是林、薛或薛、林夺冠,可谓两山对峙,二水分流,不分轩轾。如菊花诗,林黛玉连咏三首,首首卓逸超群,勇夺桂冠;薛宝钗讽和螃蟹咏,别有意趣,艺压群钗。海棠诗,宝玉力主林潇湘为冠,社长李纨倾向蘅芜君的最好,争持不下,社长稻香老农一锤定音。有时是分题对吟,如第五十回,众人在芦雪庭以雪为题,即景联句,参与者共 12 人之多,各个兴致高扬,诗兴大作,争先恐后,出口成章,好不热闹。先后共吟 34 联 68 句。其中独湘云最多,宝琴次之。第一句"一夜北风紧",是不识字的凤姐所吟,起了个开头,却为众人留下了广阔余地;湘云是因吃了鹿肉、喝了酒而诗兴大作;宝琴年龄最小,争胜心强;宝玉又名落孙山,被罚到栊翠庵向妙玉乞红梅。姐妹叔嫂,亲密无间,过着热闹快活的诗意生活。再如第七十六回,贾府男女老少在凸碧山中秋赏月,击鼓传花,饮酒猜谜,欢乐异常,但品着那悠扬的笛声时,渐渐生出一丝凄凉来,最后不欢而散。与此同时,林黛玉与史湘云躲在凹晶馆里联句。黛玉起头,湘云相和,俩人诗兴飞扬,你一句,我一句,紧锣密鼓,一气灌注,一连对了二十多联,直到湘云说出"寒塘渡鹤影",黛玉吟出"冷月葬花魂"的警句,联句已达巅峰,被躲在山坡后听的妙玉出来打断。一家人在突碧山赏月,两个人在凹晶馆联句,另一个罕出禅关的妙玉也出来赏月品笛听诗,这本身就如诗如画。在大观园里结社吟诗,对展现少女们的才情,刻画她们的性格,揭示她们的内心奥秘,起了独特的作用。

诗歌在《红楼梦》里,如碧海辰星,闪烁发光。若把 120 回的目录认真读上几遍,仔细研究一番,就会觉得每一回的标目,都对得那么精工整齐,含义丰满;整个目录,则是诗情画意的大海,可以说概括弥漫了全书。

《红楼梦》中人物所写的诗歌,则是她们的心灵之歌,唱出了她们的心声，最能表现其性格特征，特别是一般语言难以描绘的非常深奥精微的心理活动和心弦的颤音。

这些诗歌活动，首先由探春提出结诗社，受到众人的热烈响应，聚会商量有关事宜，选出了社长、总监和限韵人，并各取了雅号。这天正好贾芸送来几盆白海棠，故名海棠社。她们兴致颇高，说干就干，便以咏海棠为题，写起诗来。看看海棠在这些不同性格的少女心中笔下，闪现出来什么样的异彩：

咏白海棠

探春

斜阳寒草带重门，苔翠盈铺雨后盆。
玉是精神难比洁，雪为肌骨易销魂。
芳心一点娇无力，倩影三更月有痕。
莫道缟仙能羽化，多情伴我咏黄昏。

探春理家
議事廳

探春是贾府青年人中最明智、最清醒、最有见解，也最有志气的人。她文采精华，精明能干，又有文化，精细处不让凤姐。她曾有“立一番事业”的雄心壮志，一度代理凤姐理家，也算是女中一杰！她情志高雅，首创诗社。她这首《咏白海棠》诗，既是咏花，也是自况。首联，是写白海棠的翠绿茂盛，颇有生机，然而已是“斜阳寒草”时节，生不逢时。颔联是说，这花也像自己，具有比美玉还润洁的精神，其肌骨像雪一样洁白，使人为之陶醉。尽管如此，却难免有心无力，月光迷蒙，似有瘢痕，非人力所能改变。这是说她虽为主子姑娘，却是庶出，是她的终生憾事，一块无法医治的心病。尾联是说，在这无可奈何的情景下，她只好放弃羽化升天的幻想，在黄昏里以海棠为伴，含情脉脉地咏叹遣怀。

薛宝钗的咏海棠诗，依然保持其温柔敦厚、含蓄蕴藉的风格，但也难免漏出些微的隐情。如颔联：“谈极始知花更艳，多愁焉得玉无痕。”前一句是警句，也是美学的一种理念，更是诗人的自况——宝钗性喜素淡，不爱浓饰，但素淡至极反而至美。但下一句“多愁焉得玉无痕”，则把矛头指向了林黛玉了。这是不经意间流露出来的，是敦厚乎，阴险乎？精微处方能看出真伪。

黛玉叩篱饶石，喃喃自语，从容不迫，精心构思，然后一挥而就，其诗曰：

半卷湘帘半卷门，碾冰为土玉为盆。
偷来梨蕊三分白，借得梅花一缕魂。
月窟仙人逢缟袂，秋闺怨女拭泪痕。
娇羞脉脉同谁诉？倦倚西风夜已昏。

大家看了，立即轰动起来，都不禁叫好说：“果然比别人又是一样心肠。”看一句，赞一声；看一联，夸一阵，都说“这首为上”！不禁叫好。夸她的诗立意新，构思巧，想象奇特，格调高雅，都推黛玉第一。唯李纨说道：“若论风流别致，自是这首；若论含蓄浑厚，终让蘅稿。”这个同为儒家淑女的社长，自然倾向宝钗，而且由她一锤定音。

这首诗到底好在何处呢？除了众人所说之外，我以为是咏物抒情，物我为一。黛玉是咏海棠，不也是自况吗？诗里的海棠，却具有诗人的个性色彩，因为她所表现的感情，在创作的一刹那间，变成了她自己的感情，通过她的个性而被表现出来。白海棠也如诗人一样，具有梨花之白，又有梅花之香。似仙女的缟衣，又如闺中拭泪的怨女。她就像眼前的海棠，有无限情思羞于倾诉，只好在日暮黄昏无情无绪地回到房中。

史湘云来迟了，听说结社吟诗，急得啥样似的。别人咏海棠，几乎将其说尽，她却也诗思敏捷，竟一连弄了两首，缀以枕霞旧友之号。她的两首诗，首首不凡，都表现了她的潇洒倜傥、开朗达观的性格。

菊花诗，是一次更大的也更为热闹的诗歌竞赛会。黛玉在菊花诗竞赛中，连写三首，连夺三魁。她的诗曲折微妙地表现了她的性格特点和内心世界："满纸自怜题素愿，片言谁解诉秋心？""孤标傲世偕谁隐，一样花开为底迟？"她把菊花人格化，且以自况。前两句是说，她的诗蕴含着她的千种情思和愿望，也只能自艾自叹，谁又能理解其中的情愫呢？

薛宝钗的《忆菊》，则是另一种心态意绪：

怅望西风抱闷思，蓼红苇白断肠时。
空篱旧圃秋无迹，冷月清霜梦有知。
念念心随归雁远，寥寥坐听晚砧迟。
谁怜我为黄花瘦，慰语重阳会有期。

这是一首谶语诗。从《红楼梦》第五回她的判词和曲子看，是暗喻和预示她婚后不久，宝玉便"悬崖撒手"，离她远逝，使她落了个终生独守空房的下场。她对心上的人无完无了的思念、追忆，让她充满了孤独、寂寞、空虚和悲哀，其诗完全是一幅寡妇腔。诗人紧扣诗题的一个"忆"字，追思她非常珍视却已失去的"菊花"（宝玉）。首联是写她怅然追思的哀婉神态：在秋风吹拂下，遥望她神往的菊影，渺然不见，只看到水中的蓼草花变红、芦苇花白绒绒一片，哪有菊花的踪影？于是痛苦至极，为之断肠。中间两联，继申此意：花圃里没有菊的痕迹，往日的菊，只有在清冷的梦中相见;看到鸿雁由北向南飞去,她的心也随之远去。夜深坐听捣衣砧声,越觉空虚痴迷,担心远方的人是否有棉衣御寒。作者就是这样不断地追忆、思念,以致面容憔悴,瘦比黄花,但仍希冀将来的重阳节能与之相会。

再看枕霞旧友史湘云的《供菊》:

弹琴酌酒喜堪俦,几案婷婷点缀幽。
隔座香分三经路,抛书人对一枝秋。
霜清纸帐来新梦,圃冷斜阳忆旧游。
傲世也因同气味,春风桃李未淹留。

供菊,就是将菊花插枝在水瓶中,放在桌上供人观赏。林黛玉评这首诗说:"就我看来,头一句好的是'圃冷斜阳忆旧游',这句背面傅粉,'抛书人对一枝秋',已经妙绝,将供菊说完,没处再说,故翻回来想到未折未供之先,意思深透!"黛玉真是慧眼独具,一下子就抓住了要害。"圃冷斜阳忆旧游"是全篇的诗眼,精神团聚处,其他七句都是为它而设,全为这一句服务。首联写供菊,以表示对菊的热爱和崇敬。颔联写赏菊,闻其芬芳,感其灵气神韵。颈联由赏菊而梦菊,梦醒之后,西风斜阳,衰煞之景,一片凄凉,只能追忆昔日旧游。联系《红楼梦曲乐中悲》斯配得才貌仙郎……终究是云散高唐,水涸香江。这岂不是湘云一生中先乐后悲的命运写照吗?尾联则写在此境况下,决心抛弃世俗繁华,与想象中自己同样傲世的"菊"偕隐。这又有点在无可奈何时她那种旷达自适的"隐士"风味了。

再看他们写的柳絮词。大家商定,以"柳絮为题,限各色小调"。湘云先写了首《调寄如梦令》:"岂是绣绒才吐。卷起半帘香雾。纤手自拈来,空使鹃啼燕妒。且住,且住!莫使春光别去!"黛玉看毕,笑道:"好得很!又新鲜,又有趣儿。"平心而论,整首词其实比较一般,倒是前两句却也逼真自然,生动形象。黛玉是一阙《唐多令》:

粉堕百花洲,香残燕子楼。一团团逐队成毬。漂泊亦如人命薄,空缱绻,说风流!草木也知愁,韶华经白头。叹今生,谁舍谁收?嫁与东风春不管，凭尔去，忍淹留！

这既是咏柳絮，也是对自己身世遭际的形容。开头两句，起得自然，又有特指，发人联想。“漂泊亦如人命薄”以下各句，可谓花人合一，形逼神出，把柳絮和自己的境况、命运和心理形容殆尽！这不正是颦儿的人生处境和心境吗？不由让人惊叹颦儿的才情，复感叹她的命薄运蹇！

再看薛宝钗的柳絮词《临江仙》：

白玉堂前春解舞，东风卷得均匀。蜂围蝶阵乱纷纷：几曾随逝水，岂必委芳尘？万缕千丝终不改，任他随聚随分。韶华休笑本无根：好风凭借力，送我上青云。

这首《临江仙》，咏物抒情，作者将柳絮人格化、自我化。这柳絮所处环境，是多么富丽堂皇？这东风吹得不大不小，不紧不慢，恰到好处，又多么惬意舒坦？惹得蜂蝶绕着柳花飞来飞去，春色岂减！“几曾随逝水，岂必委芳尘?”这些情景感受，与林黛玉的柳絮词相比，无论是思想内容，还是情感韵味，岂不是完全唱的是反调？因她们有着完全不同的人生机遇和感受：黛玉是漂泊无根，“空缱绻，说风流”，长得美丽，情思缠绵，又有何用？而薛宝钗是“白玉堂前春解舞，东风卷得均匀”；是那么自由自得，适应环境，富贵风流；黛玉却是“草木也知愁，韶华经白头；嫁给东风春不管，凭尔去，人淹留”。她难以把握自己的命运，只好听天由命；而薛宝钗是“好风凭借力，送我上青云”！要不停地攀升，好上加好。两相比较，真是一个如鱼得水，一个漂泊无依；一个天上，一个地下；一乐一愁，一喜一悲，两个完全对立的意象。

在大观园诸艳中，要论思维的敏捷、诗词的新颖，恐怕要数林黛玉了。她赋有诗人气质和情怀，感受灵敏，感情丰富，想象奇特。她写诗，好像从不苦思冥想，常常是从容不迫，灵感飞来，一挥而就。她的诗立意新、构思巧、意境优美，能道出别人说不出的话语和警句，读了让人有耳目一新之感。她不仅写了大量不同体裁的诗词，而且还写了《桃花行》《秋窗风雨夕》

和《葬花词》等歌行体长诗。她的诗有自己独特的风格：清新自然，婀娜多姿，音韵和谐，飘逸流畅，特别具有悲剧色彩。一次宝琴拿着一首《桃花行》诗，诳宝玉说这是她写的。宝玉笑道："我不信！这声调口气，迥乎不像。"并说："断不是你写的，你也不曾离丧；再说，宝姐姐也不许妹妹有丧悼之句。妹妹本有此才，却也断不肯做的。"宝玉能一眼看出黛玉的诗，因为他深知黛玉的遭际和性格，以及她的诗风。这里，要着重分析一下她的《葬花词》：

花谢花飞飞满天，红消香断有谁怜？
游丝软系飘春榭，落絮轻沾扑绣帘。
闺中女儿惜春暮，愁绪满怀无释处。
手把花锄出绣帘，忍踏落花来复去？
柳丝榆荚自芳菲，不管桃飘与李飞；
桃李明年能再发，明年闺中知有谁？
三月香巢初垒成，梁间燕子太无情！
明年花发虽可啄，却不道人去梁空巢已倾。
一年三百六十日，风刀霜剑严相逼；
明媚鲜艳能几时，一朝漂泊难寻觅。
花开易见落难寻，阶前愁杀葬花人；
独把花锄偷洒泪，洒向空枝见血痕。
杜鹃无语正黄昏，荷锄归去掩重门；
青灯照壁人初睡，冷雨敲窗被未温。
怪侬底事倍伤神？半为怜春半恼春：
怜春忽至恼忽去，至又无言去不闻。
昨宵庭外悲歌发，不知花魂与鸟魂？
花魂鸟魂总难留，鸟自无言花自羞；
愿侬此日生双翼，随花飞到天尽头。
天尽头，何处有香丘？
未若锦囊收艳骨，一抔净土掩风流。

质本洁来还洁去，不教污淖陷渠沟。
尔今死去侬收葬，未卜侬身何日丧？
侬今葬花人笑痴，他年葬侬知是谁？
试看春残花渐落，便是红颜老死时。
一朝春尽红颜老，花落人亡两不知！

《葬花词》是《红楼梦》中的一株仙草、奇葩，也是诗歌中最娇艳、最凄美、最吸人眼球、最震撼人心的一篇歌行体长诗。表面虽是“泣残红”，其实却是林黛玉的心灵之歌、生命之歌，是她感叹不幸身世遭际和痛苦人生的全部哀音的代表作。我以为，1987年版《红楼梦》电视剧里，陈力演唱的《葬花吟》，唱出了它的灵魂、真意和韵味，就是林黛玉听了，也会颔首称赞的。

这首《葬花词》，是黛玉情思积之既久，发之必烈的结果。在前一天晚上，她去怡红院，因误会吃了“闭门羹”，却看到宝钗等人一拨一拨从怡红院出来，越发动了气，可想到自己的身世处境，又不好发作，便站在花荫之下，悲悲切切哭了起来……思绪万千，一夜无眠，这是写诗的契机，触发了她的灵感，辗转反侧，在心里孕育了这首诗。第二天是芒种节，又是祭送花神的日子，于是就有了“葬花词”的悲吟和葬花的举动。

花开花谢，自然现象，年年如此，自然规律。一般人习以为常，并不在意。然而，在林黛玉看来，花是大自然的精华，是春天最美的象征，也是人生花样年华的象征。“草木也知愁”，花是有知觉、有感情、有灵性的。黛玉的春愁哀思，不是一般女子的思春闲愁，而是发自灵魂深处的痛惜和哀婉。“花谢花飞飞满天，红消香断有谁怜?”第一笔，就写出了暮春的景象和发自内心的痛惜之情。姹紫嫣红的春色褪去了，鲜美的花香消失了——美消亡了，怎能不感到深深的痛惜? 花是纯洁的，不能任人践踏，也不能让她陷入污淖，这就引起了“葬花”的举动：“手把花锄出绣帘，忍踏落花来复去?”黛玉把花人格化了，也自我化了，达到了花人合一，花就是黛玉，黛玉就是花。花的感觉，也是黛玉的感觉。“柳丝榆荚自芳菲，哪管桃飘与李飞！”这不就是她感受到的炎凉世态吗？她曾对宝钗说：“我是一无所有，吃穿用度，全是靠这里的，那起小人岂不嫌弃？”她生活在黑暗腐朽的贾府里，受着封建礼教的束缚，又有爱情的折磨，其精神痛苦可想而知。“一年三百六十日，风刀霜剑严相逼。”这既是花遭受风吹雨打、霜冷雪寒的自然实情，又是林黛玉身处贾府的切身感受。

"明媚鲜艳能几时,一朝漂泊难寻觅。"这既是对花易败易落的惋惜,也是她对命运不可把捉的恐惧和对生命无常的担忧。这就把花的命运与自己的命运连在了一起。自己青春的逝去,也像花的易谢。所以"花开易见落难寻,阶前愁煞葬花人;独把花锄偷洒泪,洒向空枝见血痕"。白天一边葬花,一边哭泣,千种愁思,无释放处;夜晚回到屋内,"青灯照壁人初睡,冷雨敲窗被未温"。从外到里感到的阴冷,使她辗转反侧,缠绵不尽。于是展开了想象的翅膀;"愿侬此日生双翼,随花飞到天尽头"。她想离开这个污浊的世界,飞到天上去,这是她的梦想,也是难以实现的幻想。"天尽头,何处有香丘?未若锦囊收艳骨,一抔净土掩风流。质本洁来还洁去,不教污淖陷渠沟。"理智让她又回到了现实,但却表现了她的高洁的人格和品质。她死前对紫鹃说:"我的身子是干净的,好歹叫他们把我送回去。"如今她预感到自己像花儿一样,青春易逝,生命短暂。"侬今葬花人笑痴,他年葬侬知是谁?试看春残花渐落,便是红颜老死时。一朝春尽红颜老,花落人亡两不知!"这几句诗书中几次重复,特意强调,连鹦鹉也会吟哦,可见作者寓意之深。

"葬花"是诗题,也是抒写的中心;"花落人亡"则是全篇的诗眼,精神团聚处,预示并象征黛玉将在落花时节死去。有人认为《葬花词》是林黛玉自作的谶诗,如与曹雪芹同时人明义,在他写的《咏红楼梦》诗二十首的第十八首中有句云:"丧心一首葬花词,似谶成真自不知。"其实曹雪芹代红楼梦人物写的诗,多数都含有谶语,这首《葬花词》也不例外;只是它写得比较隐晦,不易察觉罢了。

这首《葬花词》之所以吸引人,感动人,让人产生共鸣,是由于它情真意切,形象生动,音韵优美,唱出了黛玉的心声,极易让读者产生共鸣。古希腊哲人柏拉图在《理想国》里说:"音乐……节奏与乐调以最强烈的力量浸入灵魂,使它也就因而美化,如果教育方式合适,它们就会拿美来浸润心灵,使它也就因而美化。……受过这种良好教育的人,一看到美的东西,就会赞赏它们,很快乐地把它们吸收到心灵里,作为滋养,因此自己的性格也变得高尚美好。"(《西方论文选》上卷第 29－30 页)出于灵魂的悲吟,最易浸入灵魂。这恐怕就是《葬花词》能感动读者并与读者并产生共鸣的原因。

《红楼梦》的诗情画意美,除了大量的诗歌的诗意弥漫外,还有一个重要原因,即曹雪芹心中有诗,眼中有景,笔尖带情,即使写叙事文字,依然充满着流淌着诗情画意。《红楼梦》这部百万字长篇巨著,不是某一部分或局部是这样,而是全书皆然。我们随便打开哪一页,都能看到优美抒情的文字。因为叙事体的长篇小说,如果是经典之作,同样充满诗情画意。别林斯基说:"散文与诗的区别不在于形式,而在于是否有诗意。"又说:"也许,长篇小说更适合于诗情的表现说话吧,它的容量,它的界限是广阔无边的……它吸引人的不是局部和片段,而是整体,包容着这样的细节,这样的琐事,它们分开看时,似乎是不足道的,但和整体联系起来看,在作品的全体性上看时,用来诗情地表现却有着深刻的意义和无边的诗意……这样说来,长篇小说的形式和条件,用来诗情地表现一个从其对社会生活的关系中看到的人,是更方便的,我以为它的异常的成功,它的无条件的支配权的秘密,便在这里。"(《别林斯基选集》第一卷第 159 页)这说明长篇小说是最适宜诗情表达的。事实上中国的诗文从来都是水乳交融、密不可分的,看看《古文观止》里的散文,特别是唐宋八大家的文章,哪一篇不是诗意盎然? 比如韩愈的《劝学篇》、王勃的《滕王阁序》、范仲淹的《岳阳楼记》、欧阳修的《醉翁亭记》、苏轼的前后《赤壁赋》等散文,甚至李斯的《谏逐客书》、诸葛亮的前后《出师表》、苏洵的《六国论》等政论文,哪一篇不是充满了诗情画意? 曹雪芹正是在这样一个诗文融合的深厚的文学传统上,来创作他的《红楼梦》的,《红楼梦》焉能不充满诗情画意呢! 比曹雪芹稍晚的法国作家雨果,曾希求出现一种具有诗性的小说,他说:"它真实而又伟大,生动逼真而又富于诗意,切合实际而又具有理想。"雨果还说:"在这种新型的小说中,想象的情节开展为真实而多变的画面"(《雨果论文学》第 5、6 页)。这是 1823 年说的。曹雪芹在 1763 年以前,就创作了雨果理想型的小说《红楼梦》。

我们应该认真思考和研究一下,《红楼梦》是怎样成为诗化小说的,为什么它能充满诗情画意?我以为生活中本来就有诗和画的潜质,就看作家、艺术家能否发现并提炼出来,创造性地铸成、雕刻成精美的艺术品。同理,《红楼梦》所以充满诗情画意,就是曹雪芹心里充满诗情画意,笔端带情,并有卓越的表现才能。他写景绘镜,栩栩如生,似在目前,如置其中;他叙事,不管多么千头万绪,错综复杂,盘根错节,都能写得条理清晰,层次分明,交代得一清二楚,明明白白;他写人,更是形逼神出,各有特性,几十上百个人物,个个活蹦乱跳,如同真人,成为不朽的艺术典型,一直活在人们心里。曹雪芹那枝神魔之笔,触处生春,点铁成金,化腐朽为神奇,真可谓"传神文笔足千秋,不是情人不泪流"。

我们阅读《红楼梦》,随便打开哪一页,都能看到诗情画意的描写。从大处说,一开头,那神瑛侍者与绛珠仙草"以泪还溉"的故事,就是那样神奇而富有诗意;宝、黛的爱情史和贾府的盛衰史,绝大部分是由"文"构成,诗歌为"宾",它是一幅诗情盎然、画意弥漫的长卷。就是说,《红楼梦》不是百分之百的"诗情画意",而是大体上、基本上是;总有一些地方如介绍、说明的文字,就没有诗情画意。但如前所说,曹雪芹那枝神魔之笔,笔端带情,触处生辉;就是叙述的文字,也是行云流水,一片神行,诗情画意,流荡其间。如写四季景色,惟妙惟肖,如见如感。第二十三回,写仲春景色:

> 那一日正当三月仲浣,早饭后,宝玉携了一套《会真记》,走在沁芳桥那边桃花底下一块石上坐着,展开《会真记》,从头细细看。正看到"落红成阵",只见一阵风过,树上桃花吹下一大半来,落得满身满书满地皆是。

这是仲春的景色,花盛而未谢,劲风一吹,花便纷纷落下。只要人们稍加留心,都是见过的,只是曹雪芹看得真切,写得生动形象。

再看他写夏日的景色：

第一回“甄士隐梦幻识通灵”，梦中他正要过石牌坊，一声炸雷惊醒，张开眼一看，“赤日炎炎，芭蕉冉冉”八个字，不仅写出了夏日酷暑的景象，而且还寓意了“严老爷”（即火神炎老爷）将临其家。

特别是下面一段话，写得尤为精彩：

且说宝玉见王夫人醒了，自己没趣，忙进大观园来，只见：

赤日当天，树荫匝地，满耳蝉声，静无人语。

后面四句十六个字，真是精确恰当到了极致。每一句都成了特定的画面，合起来则是炎炎夏日的特有景象。看到的、听到的、感觉到的，都是热不可挡的盛夏酷暑。正因为赤日当天，才觉得满地树荫；正因为寂静无声，愈觉得蝉声满耳。这些景象都在渲染宝玉此时烦躁不安的心情。宝玉处在这样的氛围中，愈显得诗中有画，情景交融。再看他如何写秋景：

这里黛玉喝了两口稀粥，仍歪在床上。不想日未落时，天就变了，淅淅沥沥下起雨来。秋霖脉脉，阴晴不定，那天渐渐的黄昏时候了，且阴的阴沉黑，兼着那雨滴竹梢，更觉凄凉。

这是诗的意境，这是画的情韵，这是诗画交融的秋意图。它浸染着林黛玉特有的悲剧性格和阴郁诗人的气质和情怀。那“秋霖脉脉，阴晴不定”“阴的沉黑”的日暮黄昏景色，这既是黛玉当时的处境，不也是她的心境吗？那“淅淅沥沥”的秋雨、那雨滴竹梢的声响，岂不是黛玉的眼泪和哭泣？她是多么的孤独、寂寞、凄凉啊！就在这天的下午，她曾作“司马牛之叹”，哀伤她的孤苦伶仃、寄人篱下的苦命；夜晚在这样的心境下，又处在这样的景色气氛中，听着那雨滴竹梢的凄凉声，怎能不倍觉悲凉呢？在这种情景中，黛玉诗魂浸绕，诗情激荡，不禁发于章句，遂成“代别离”一首，拟“春江花月夜”之格，乃名其词曰《秋窗风雨夕》……

读着这段文字，会自然地联想到李清照的《声声慢》和温庭筠的《更漏子》。我以为曹雪芹曾化用了他们的意境并进行了新的创造，使小说的韵味更富有悲剧色彩和气氛，与林黛玉的性格亦更水乳交融。

再看一下冬景的描写：

宝玉此时非常欢喜，……出来园门，四顾一望，并无二色，远远地是青松翠竹，自己却似装在玻璃盆内一般。于是走在山坡之下，顺着山脚，刚转过去，已闻得一股寒香扑鼻，回头一看，却是妙玉那边栊翠庵中有数十枝红梅，如胭脂一般，映着雪色，分外显得精神。

这写得多么绝妙啊！我们也像宝玉一样，站在玻璃盆内，闻到了红梅的阵阵寒香，身心为之陶醉。冬天的雪景人人见过，许多文学作品也写过，然而，可曾见过如此绝妙的"红梅白雪相映图"吗？宝玉"四顾一望，并无二色""似装在琉璃盆内"的感觉，形容得多么确切逼真！"顺着山脚，转过山坡，已闻得一股寒香扑鼻"，然后才看见红梅，写得多么有次第。特别是"数十枝红梅，胭脂一般，映着雪色，分外显得精神"数语，简直妙极了，把冬天的美、冬天的神韵写出来了！这是画，这是诗，这是大自然的精魂！

这段描写，自然是为宝玉向妙玉乞红梅和写红梅诗做铺垫，但作者让宝玉作为这幅画的主体，由他感受这一切，似乎有更深一层的意义；在宝玉看来，黛玉等青春少女，不正像顶风冒雪而盛开的红梅吗？他自己不也是挺立在冰天雪地的青松翠竹吗？下面更为绝妙的描写，恰恰证明了我们的猜想。

贾母笑着挽了凤姐儿的手，仍上了轿，带着众人，说笑出来夹道东门。一看，四面粉妆玉砌，忽见宝琴披着凫靥裘，站在山坡背后遥等；身后一个丫鬟，抱着一瓶红梅。众人都笑道："怪道少了两个，他们却在这里等着，……也弄梅花去了！"贾母喜得忙笑道："你们瞧，这雪坡儿上，配上他这个人物儿，又是这件衣裳，后头又是这梅花，像个什么？"众人都笑道："就像老太太屋里挂的仇十洲的'艳雪图'。"贾母摇头笑道："那画里哪有这件衣裳？人也不能这样好！"

这幅以薛宝琴为主体的活的艳雪图，与前边以宝玉为主体的“红梅白雪相映图”，各有特色，各有诗意。贾宝玉是观赏“红梅映雪图”，是主体；薛宝琴是与折来的红梅相配，是“艳雪”。曹雪芹为什么偏偏让十二钗之外的薛宝琴去折梅，并且作为这幅图的主体？我想曹雪芹也许一方面出于美学角度的考虑：薛宝琴是大观园诸裙钗里最美的一个美人儿，她又穿着那件漂亮的稀世珍宝凫雁裘，让她站在白雪红梅相映的图画中，显得更美，更富有诗意；然而，更重要的是，曹雪芹可能有更深一层的寓意：薛宝琴已许配给梅翰林之子，她这个“雪”对于“梅”自然有一种特殊的感情；她也要与“梅”相陪衬。梅雪相映虽然很美，但因是折来的红梅，不会长久，而雪也会很快化掉，自然是好景不长。宝琴写的《咏红梅花》诗有句云：“闲庭曲槛无余雪，流水空山有落霞。”这“无余雪”似“无余薛”的谐音，而“有落霞”，又似只留下红梅的意思（山中落霞喻红梅），合起来就是“有梅无雪”。薛宝琴虽不在薄命的十二钗之列，但根据曹雪芹的“千红一窟（哭）”“万艳同杯（悲）”的艺术构思，她的命运可能也是悲剧性的。因而这幅画就具有更深一层的特殊的诗意美。

在论述了《红楼梦》的诗情画意美之后，再分析一下它的“意境”之美。“意境”，是美学、诗学中的一个名词。它是指人的主观的情意与客观事物的境界相交融而形成的艺术境界。王国维在《人间词话》中说：“‘红杏枝头春意闹’，着一‘闹’字，而境界全出矣。”为什么着一字就会形成意境呢？因为这是“思与境偕”；“‘云破月来花弄影’，着一‘弄’字，而境界全出矣”。这个“闹”与“弄”字，把自然人格化了，使客观景物成为主体情思的象征。作为富有诗情画意的《红楼梦》，无论“诗”与“文”，都有优美的意境。比如那些人物的居处环境、设备和氛围，都与其主人的性格相适应、相交融而独具风采。比如黛玉的潇湘馆，宝玉的怡红院，宝钗的蘅芜院，探春的秋爽斋……都各有特点和寓意。怡红院，即宝玉希望让所有红颜女子都愉悦快乐；潇湘馆，则是因黛玉爱哭，窗外又有百千竿翠竹，引舜之二妃洒泪竹上而成斑竹的故事，以象征黛玉（故号潇湘妃子）。潇湘馆里外的一切，都带有阴郁的悲剧色彩:“只见那凤尾森森,龙吟细细,湘帘坠地,悄无人语”的潇湘馆,偶尔发出春愁秋悲的喃喃思语和叹息;连那廊上的鹦鹉也像黛玉唉声叹气,吟唱《葬花词》的诗句。探春的秋爽斋,高大宽阔,书桌上的笔筒里插满了笔,如森林般,显示了其主人胸怀宽阔,心怀大志,精明开朗的性格。而薛宝钗的住所蘅芜院,满院种的是药物香草;室内朴素淡雅,别无长物,与宝钗的素喜淡雅,不事艳饰吻合,“事不关己不开口,一问摇头三不知”的处世哲学和温柔顿厚、沉默寡言的性格十分契合。再如李纨的稻香村,与其身份、心性也颇吻合。当然,在叙述描写情节和人物时,更能看到优美的意境。如莺儿编玲珑过梁的柳条花篮,再放上几朵花儿,愈显得娇艳美丽,表现了她心灵手巧、追求生活美的理想。“黄金莺巧结梅花络”,看她搭配色彩的审美情趣:

莺儿问道:“汗巾子是什么颜色的?”宝玉道:“大红的。”莺儿道:“大红的须是黑络子才好看;或是石青的,才压得住颜色。”宝玉道:“松花色配什么?”莺儿道;“松花配桃红。”宝玉笑道:“这才娇艳。再要雅淡之中带些娇艳。”莺儿道:“葱绿柳黄可倒还雅致。”宝玉道:“也罢,也打一条桃红,再打一条葱绿。”莺儿道:“什么花样的?”宝玉道:“也有几样花样?”莺儿道:“‘一炷香’‘朝天凳’‘象眼块’‘方胜’‘连环’‘梅花’‘柳叶’,此外,还有攒心梅花”等。

这个心灵手巧的莺儿姑娘,不仅能欣赏美,而且还能创造美,她充满了对美好生活理想的赞美与追求,这不也是生活中的诗吗?在《红楼梦》的叙事海洋里,不乏闪着诗情画意的星辰。潇湘馆里的紫鹃,她名义上是林黛玉的贴身丫鬟,但在思想感情上,在实际生活中,她与黛玉是知心好友,亲如姊妹,无话不说。不仅知冷知热,时时关心黛玉的身体和病痛,更操心黛玉的婚事。她担心宝玉对黛玉是否真心一意相爱,编瞎话以探其情,结果一试“莽玉”竟闹出了大乱子:宝玉听说林妹妹要回南方的家,再也不回来了。一时受到猛烈刺激,便发起诳来:翻着白眼,口吐白沫,不省人事！立即轰动贾府，直至老太太。紫鹃挨骂受埋怨别说，她心想如果宝玉有个三长两短，自己也以死自惩！好在有惊无险，宝玉又活过来了。但却仍没有脱了干系。不仅受了黛玉深怨，让她把自己勒死！还陪着宝玉一个多月。宝玉病愈之后，她才回到潇湘馆。她仍痴心不改，劝黛玉说："趁着老太太还硬朗，早把大事作定要紧！……"一次，薛姨妈说，宝、黛是天生的一对，紫鹃便怂恿说："姨太太既有这个意思，何不向老太太说……"紫鹃真是日夜为黛玉的婚事操心，胜过己事。后来，在钗嫁黛死之际，看到那边笑声阵阵，锣鼓喧天，热热闹闹；这里黛玉奄奄一息，出来进去，只有她一个。她悲痛万分，气愤至极，说："这些人为何如此冰寒雪冷！……"最后，她看破红尘，削发为尼。有人说她是个"忠仆"，我以为她是个不为自己，只为别人着想的异常高尚的人！再如宁死不屈的晴雯，为证明自己人格纯洁而吻剑的尤三姐，为保自己的人格清白而决绝抗婚的鸳鸯，都是叙事文海中闪烁的明星，大写的人！她们的人生故事和精神，就是这些文中意境的"诗眼"！

《红楼梦》之所以具有诗情画意美，还有一个重要原因，就是它的优美的文学语言。因为无论是诗情还是画意，一切一切的美，都必须通过语言表达出来。《红楼梦》的语言，是中国古典小说中最优美的。其特色是纯净、典雅、晓畅、富有表现力。纯净而又色彩缤纷，典雅却毫不晦涩，晓畅而不浅露。至于表现力，更是"传神文笔足千秋"，挥洒自如，无不如意；笔锋所至，无论什么事物，甚至鬼神，无所遁形。如写秦钟死前的鬼判，凤姐死前的冤魂索命等，虽有封建迷信之嫌，却也写得活灵活现。再如写秦可卿丧殡的情形："只见府门大开，两边灯火照如白昼，乱哄哄人来人往；里面哭声摇山震岳。"出殡之日，"只见宁府大殡浩浩荡荡，压地银山一般从北而至……"只几笔，就写尽了天下望族丧事的场面气势，让人有亲睹目见一般。写事，不管多么头绪众多，错综复杂，盘根错节，都能交代得清清楚楚，明明白白，如小红向凤姐传话一样，把隔着几门子亲戚的事说得一清二楚，简洁明了。写景绘境，栩栩如生，如在目前，似置其中。特别是写人的心境，至精至微，不仅能感受到人的七情六欲，且能感觉心弦的颤动，所以数十上百的人物都成了精。宝、黛、钗、湘、探等人的诗词，都有独特的风格和意境，表现了她们的内心世界。

白话文是《红楼梦》语言的基础，它大量运用了当时话的口头语，经过加工润色，既保持了它的生动形象和通俗易懂，又显得纯净规范。它还吸收了中国古典文学中的精华，并创造性地活用在作品里，使作品具有典雅含蓄之美。读着这部小说，只觉得赏心悦目，文采精华，灵气贯注，如饮清泉，如品佳酿，只觉得鲜润、清香、醇厚，有一种回味无穷的甘美。这样优美的语言，使《红楼梦》更具有诗情画意美的神韵。

第十一章

《红楼梦》的悲剧美

《红楼梦》是中国古代文学史上空前伟大的悲剧，也是世界文学史上罕见的宏大悲剧。全书弥漫着生命的悲剧意识，具有巨大的艺术震撼力和美感效应。我们每次读它，总是被贾宝玉和那一群青春少女的悲惨命运深深打动，灵魂受到强烈的震撼，使我们悲愤扼腕，潸然泪下，难以自抑。但痛哭流涕之后，似乎变得轻松了些，于是便陷入了沉思默想，重新思考和感悟那悲剧的一切内容及其本质。这时我们的思想似乎得到了一些澄清，灵魂得到了净化，认识进一步升华，“悲”与“美”在我们的灵魂里似乎趋于和谐一致，于是我们便感受到了一种悲剧的美。这种感觉，很像听配乐《红楼梦曲》和《葬花词》那样的感觉：听着那哀伤的、低回的、悠远的、柔美的乐声，我们的情感渐渐化入肃穆沉静、崇高神圣的意境；我们的灵魂似乎同悲剧主人公一起升上了太虚幻境，感受到了一种恬静的和谐之美。不过，就整个《红楼梦》来说，其美感是以凄美为主旋律，同时糅合着哀婉的优美。应该说，悲剧美是《红楼梦》的基本美学品格。

这真是一个奇怪的现象！“悲”和“美”这一对看似完全对立的审美意识，怎么竟然会在我们的灵魂里达到了和谐一致？“悲”是怎样转化为“美”的？《红楼梦》的悲剧美表现在哪里？一提到悲剧，人们自然会想到灾难、不幸、死亡和痛苦，难道这些悲惨的因素还会产生美吗？当然不会。然而，我们在《红楼梦》里却真真切切感受到了这种悲剧美，这是值得我们认真研究和探讨的一个哲理和美学奥秘。

为了揭开这个奥秘，我们必须首先对悲剧及其效果作以简要的阐释，以为我们论述《红楼梦》悲剧美的基础和前提。

我们首先探讨一下悲剧及其悲剧美。对于什么是悲剧，先贤们曾做过不同的界定。例如，恩格斯说："悲剧是历史的必然要求和这个要求的实际上不可能实现。"别林斯基说："悲剧是心灵爱好与道德法则的冲突及其结局。"鲁迅说："悲剧是将有价值的东西撕破给人看。"这些定义都非常正确和深刻，但又觉得不够完美。结合上述先贤们的界定和美学的有关论述，我的理解是：悲剧是正义势力为邪恶势力所战胜，新生的进步的力量为落后的腐朽的力量所扼杀，真善美为假丑恶所摧残等等这样的人间惨剧。灾难、不幸、痛苦和死亡，虽然是构成悲剧的重要因素，但却还不是悲剧。悲剧总是有矛盾冲突，通过两种敌对势力或温和、或激烈的斗争，最终形成悲惨的结局。悲剧的崇高在于抗争之中迸发出来的精神之美和美被毁灭的瞬间所激起的不甘与愤慨，即使失败了，也是打不倒、征服不了的英雄。古今中外无数各种各样的悲剧莫不如此，《红楼梦》自然也不例外，而且它是寓悲于美之中的。

那么《红楼梦》是什么样的悲剧呢？王国维说《红楼梦》是"彻头彻尾的悲剧，是悲剧中的悲剧"。我以为他道出了《红楼梦》悲剧的突出特征，指出了《红楼梦》悲剧的突破性和创新性。

首先说说《红楼梦》是"彻头彻尾的悲剧"。阅遍中国文学史，除《红楼梦》外，没有哪一部作品是彻底的悲剧，总是有一个光明的尾巴或叫大团圆的结局。例如关汉卿的《窦娥冤》，窦娥的冤情真可谓感天动地，让观众或读者怒目扼腕、悲愤填膺，燃起正义的火焰。然而她的三誓（血溅三尺白练、六月飞雪、楚地大旱三年）却一一皆应。这虽是窦娥的誓愿，也是千百万老百姓的愿望，当然更是悲剧的作者关汉卿的意愿，且带有理想夸张的色彩。但后来她的冤案被她做了官的父亲窦天章平反昭雪。这虽然满足了读者或观众的心理需求，同时也减弱了悲剧的冲击力。再如纪君祥的《赵氏孤儿》，写的是晋国首相赵盾与权臣屠岸贾之间的世仇。剧情矛盾之尖锐、斗争之惨烈、场面之血腥，令人惊心动魄，荡气回肠，可与莎士比亚的悲剧相抗衡，所以还被伏尔泰译成英文。但是，它也不是彻底的悲剧。最后赵氏孤儿赵武长大，杀了屠岸贾，报仇雪恨，晋王室又复其官爵、宗庙和田邑。洪升的《长生殿》写唐明皇与杨贵妃的爱情悲剧，他们曾发誓"生生世世永为夫妇"。可天不遂人愿，安史之乱，杨贵妃马嵬坡被迫缢死，成为长恨。但后来在织女、嫦娥帮助下，二人又在广寒宫相会，复为夫妇，也是团圆结尾。这些大团圆的结局或光明的尾巴，一方面是作者迎合观众或读者想从悲剧的痛苦中舒展出来的心理，另一方面也表现了人们对美好未来的理想和向往，但却违背了生活和艺术的真实，减弱了悲剧的震撼人心的力量。比较而言，《红楼梦》的悲剧意识更浓厚，悲剧的情节和主题贯彻得更为彻底。它第一次打破了大团圆的模式，成为"彻头彻尾"的真正悲剧。作者赋予小说以悲剧精神气质和总体构架，且贯穿全书。

曹雪芹的一生是悲剧的一生，《红楼梦》则是他对生命的总体体验。《红楼梦》的生命悲剧意识，集中体现在宝、黛身上，体验最深、觉悟最彻底的乃是宝玉。鲁迅说："宝玉于繁华丰厚中，且亦屡与'无常'觌面……悲凉之雾，遍被华林，然而呼吸而领会之者，独宝玉而已。"他的悲愁已超过了个体命运的不幸，成为一种具有普遍意义和形而上意味的生命体验。他是情痴情种，更是一位忧郁的诗人，且善于哲理思索。他是生命和存在的沉思者，与哈姆雷特颇有些相似。一个十多岁的少年，却有时会想到死，说要"化灰化烟"，这是怎么回事呢？他感到了生命的痛苦，感到人生的无望。他曾发誓来生"不再为人"，就是他对人生的诅咒和绝望。当人痛苦至极时，才会产生这样悲观消极的思想。其实贾宝玉是个"喜聚不喜散"、愿花常开不败的人。小丫头佳慧就说他弄这弄那，"好像要过几百年似的"。所以"想死""化灰"，只是他对所处环境和人世的厌恶和绝望，而不是他真正要结束自己的生命。

也许有人会说《红楼梦》不是也有个“官复原职、家业复初、兰桂齐芳”的光明尾巴吗？是的。不过这不是曹雪芹的原意，而是补作者的狗尾续貂。即使这样，也不过是人造的几朵纸花，哪能抵过血淋淋的事实！按曹雪芹的构思，的确是彻头彻尾的悲剧，看看第五回里的判词和曲子，就可一目了然了。不仅《红楼梦》里的所有人物都逃脱不了悲剧的命运，就连整个贾府也是“呼啦啦似大厦倾，昏惨惨似灯将尽”，最后是“树倒猢狲散”，“落了片白茫茫大地真干净”！王国维对《红楼梦》悲剧实质的认识，要比我们一般人的认识更准确和深刻。

其次，《红楼梦》又是“悲剧中的悲剧”。这又是什么意思呢？有两种不同的理解，即古希腊艺术家的分类与古罗马人的分类。古希腊艺术家的分类，悲剧共有四类。一是英雄悲剧，它往往是通过政治斗争、阶级斗争、民族斗争或战争，来表现帝王将相和杰出人物之间的正面冲突。二是家庭悲剧。即表现家庭内部派系之间的利益冲突，以及伦理道德和价值观念的差别和对抗。三是表现“小人物”平凡命运的悲剧。最后一种是命运悲剧，即超人力、超自然的无形“神力”左右着人的命运，如天灾、横祸、战争等造成的悲剧。王国维说《红楼梦》是“悲剧中的悲剧”，还有一层意思，即古罗马人分的三种悲剧中的一种：自然灾害造成的悲剧、奸邪小人制造的悲剧和人的各种欲望彼此冲突造成的悲剧。

我以为王国维说的“悲剧中的悲剧”，好像不是以上西方悲剧分类的某一种，而是说《红楼梦》的悲剧不是某个单一的悲剧，而是多种悲剧的交织与叠加，是综合性的大悲剧。既有“千红一窟(哭)”“万艳同杯(悲)”所有红颜女子的悲剧，又有以宝、黛爱情悲剧为中心的青年男女的爱情悲剧，还有宝玉和青年一代的人生悲剧，以及贾府衰亡的悲剧。他认为这种大悲剧里套有许多小悲剧，就是“悲剧中的悲剧”，或者说这才是真正意义上的悲剧。这些内容有别、性质不同的悲剧，相互交织、上下叠加、彼此映照，有序地自然地向前发展，最后形成了含蕴丰富、规模宏大、蔚为壮观的人间悲剧，这在中外文学史上也是罕见的。

有人说《红楼梦》里的悲剧，比莎士比亚所有的悲剧还要多。这样比虽欠恰当，也不无道理。如果把《红楼梦》里的悲剧故事一一写成剧本，其数量和种类可能都超过莎氏的悲剧数量。但是，这不过是离开实际的假设类比。若将两相比较，却又截然不同。莎翁的四大悲剧，多是古代英雄悲剧，情节跌宕紧张，场面生动激烈，具有人性的广度和深度。《红楼梦》的悲剧所描写的主要是家庭内部“心灵爱好与道德法则的冲突”，是新旧势力的斗争，是平凡的小人物的悲剧。悲剧主人公并没有具体的敌人或仇人，他们的对立面，反而是他们的亲人或友人。双方的斗争也不是杀伐决斗、你死我活的拼杀。除了宝玉挨打、抄检大观园和黛死钗嫁等少数章回双方的斗争比较激烈外，大量的经常的却是在日常生活的演绎中，在温情脉脉的亲情中，或明或暗的“温水煮青蛙”式地进行着。比如宝、黛的关系，贾府上下，人人都以为他们是天造地设的一对，宝、黛二人也对他们的“木石前盟”坚信不疑。然而，“金玉良缘”与“木石前盟”的斗争却一直在暗处进行。有一双看不见、摸不着而又无所不在的无形之手——封建势力在向他们伸过来，到了关键时刻，贾母、王夫人和凤姐合谋，用“调包之计”，欺瞒宝、黛，弃黛取钗，造成了宝、黛、钗爱情婚姻的悲剧。此外，元、迎、探、惜的悲剧，也是她们的亲人直接或间接酿成的。元春被送入皇宫，是为赢得荣华富贵，后来果然晋升为贵妃，荣耀至极；但她被“送到那不得见人的去处”，寂寞宫中，三十八岁便一命黄泉。迎春被其父贾赦变相地卖给了暴发户中山狼孙绍祖，不到一年，就被践踏摧残而死。命运较好的探春，虽然觅得如意郎君，却远嫁海疆。在古代交通不便的情况下，也是“悲莫悲兮生别离”。惜春因其忍受不了宁府的乌烟瘴气、腐败污浊，加之她的冷漠的性格，最终遁入空门。这就是元、迎、探、惜四人的命运。青春守寡的李纨，一心一意孝亲养子，虽然子贵母荣，封为诰命夫人，“戴珠冠，披风袄，也抵不了无常性命”。香菱、尤二姐，则是婢妾制度的牺牲品。其他的少女和丫鬟，司棋、鸳鸯、尤三姐、紫鹃、芳官和一群小戏子等，死的死，散的散，也都不能逃脱悲剧的命运。总之，正如第五回判词和曲子所预示的，现实生活所显示的，所有的红颜女性，都是悲剧的一生。她们是被封建制度和封建礼教扼杀的，真所谓“千红一窟(哭)”“万艳同杯(悲)”“群芳髓(碎)”！

宝、黛的爱情故事是贯穿全书的中心事件。围绕它还有几颗闪烁着凄迷之光的爱情小悲剧——秦钟与智能的爱情悲剧，司棋与潘又安的爱情悲剧，尤三姐与柳湘莲的爱情悲剧等，他们都为爱情而失去了性命或遁入空门！

爱情悲剧与青年一代的人生悲剧是叠加而并行的。贾宝玉的人生就是悲剧的一生。因他含玉而生，又长得俊美，颇受老祖母的溺爱和贾府众人的器重。他在温柔乡里安眠，锦衣丛中打盹，又有一群美女环绕，过着锦衣玉食，要啥有啥，要月亮，也会有人去摘的优越生活……在常人看来，他该是心满意足，别无他求，是最幸福的人了。然而，他却“无故寻愁觅恨”，忧愁幽思，痛苦不堪，这又是为何？原来他是物质生活富裕，精神生活贫瘠。他的理想愿望，一个也不能实现：他崇尚自由，但他连要走出大观园和贾府的大门的自由都没有；他爱读的书不许他读；他喜欢交的朋友，不让他交往；他有爱红的习性，愿与姐妹们永远在一起，王夫人则将他们生生拆开；他要保护他所爱的那群少女，却眼睁睁看着她们一个个被摧残，被迫害，特别是他最爱的人不让他爱，他不喜欢的人，非让他娶为妻子……他厌恶这个世界和所处的黑暗腐朽的贾府，于是他痛不欲生，彻底绝望，“悬崖撒手”，渺然远逝。

《红楼梦》里悲剧人物多矣，然而最悲者莫过于贾宝玉了。因为贾宝玉的悲剧，超越了他自身的悲剧，他所崇拜、所热爱的众少女的命运与他密切相连。众少女就是他心中的诸神，正是她们美丽纯洁的情操成为他减轻人生痛苦的明丽光辉，正是她们的慰藉，才使他感到生存的乐趣和价值。他最大的痛苦是她们的痛苦和不幸。他曾说“活一起活；死一起死，一起化灰化烟。”除了这些，他能忍受任何肉体的和精神的痛苦。所以千红一哭、万艳同悲的女性悲剧，总的承担者是贾宝玉。

与宝玉同为贾氏的其他子弟，走着一条与之相反的道路：爬灰的爬灰，偷小叔子的偷小叔子，寻花问柳，寻欢作乐，腐化堕落，醉生梦死，不可胜数。这不仅是贾府的后继无人，也是年轻一代人自身的不幸，岂不也是另一种悲剧？

贾府这个百年望族，到了贾赦、贾政、贾珍，已是到了末世。所谓“烈火烹油，锦上添花之盛”，也不过是回光返照、一时的荣华现象。由于一代不如一代，后继无人，又过着奢侈无度的生活，出的多，入的少，经济上捉襟见肘，加之人各自私，人各自利，都挖贾府的墙脚，那管家的王熙凤，虽是治家，维持大局，但却是假公济私，挖得更厉害，贾府焉能不“呼啦啦似大厦倾”！尤其元妃死后不久，即被抄家，于是便一败涂地！封建势力在扼杀新生力量的同时，它也走向了灭亡！这是历史的规律，不是人为所能阻挡的。按马克思的说法，封建制度在历史上也曾起过进步作用，它的灭亡也是一种悲剧。

以上这些悲剧，汇聚在一起，就是一个丰富多彩、宏伟壮阔、内涵深刻的大悲剧。

我们论述了《红楼梦》的悲剧，再探讨一下它的悲剧美的问题。如前所说，悲剧美，是悲剧产生的艺术魅力和效果。亚里士多德说：“悲剧能唤起恐惧和怜悯，并随而促成这些感情的净化作用。”这是说的悲剧的作用和效果。“恐惧”与“怜悯”是两种重要的人类感情，更是悲剧最易唤起的两种感情。但悲剧所唤起的情感也不只是恐惧和怜悯，还有其他更复杂的情感，如同情、惋惜、爱憎以及正义的愤慨和抗争，对美好理想的向往和追求，等等。所以悲剧可以澡雪人的精神，净化人的灵魂，升华人的认识，完善人的品格。因为读者在阅读欣赏悲剧的过程中，能分清善与恶、正与邪、美与丑、真与假、高尚与卑鄙……人们自然会把真善美的东西吸入心灵，而排斥那些假丑恶的东西，于是人的心灵会变得高尚优美起来。真正的悲剧，都含有生活的哲理和人生的真谛，对人会有启迪教育作用。

悲剧的美，首先取决于悲剧对象的美学价值。愈是真善美的事物被毁灭，愈能唤起人们的怜惜和同情，并激起正义的愤怒与抗争；在毁灭的过程中，真善美的事物与假丑恶的事物斗争愈惨烈，结局愈悲惨，人们就愈对美好事物的失去深感同情和惋惜，并激起对丑恶势力的仇恨，心里升腾起正义的怒火，为美好事物的毁灭而痛哭流涕，愤愤不平；与此同时，平时淤积在读者心中的痛苦和压抑，以及生活中的种种缺憾，与之产生共鸣，情不自禁地流下眼泪，积郁得到发泄，顿时感到一阵畅快，即获得心灵的美感。我们每次读《红楼梦》，总是被贾宝玉和那一群青春少女的悲惨命运深深打动，灵魂受到强烈的震撼，使我们悲愤扼腕，潸然泪下，难以自抑。但痛哭流涕之后，似乎变得轻松了些，于是便陷入了深思默想，重新思考和感悟那悲剧的一切内容及其本质。这时我们的思想似乎得到了一些澄清，灵魂得到了净化，认识进一步升华，“悲”与“美”在我们的灵魂里似乎达到了和谐一致，于是我们便感受到了一种悲剧的美。

我们读《红楼梦》，一开始并不曾想到什么悲剧美，而是在阅读过程中，陶醉在艺术的氛围里，竟不知所以然地被感动得哽咽难语，泪流满面。就像林黛玉听艳曲时，联系自己的身世遭际和当时的心情，还把前人的有关诗句聚在一起，反复咀嚼品味，以心感心，以意会意，以情融情，全身心地沉浸在那艺术的氛围中，从而产生强烈的共鸣。静而沉思，方意识到是被书中主人公的不幸与痛苦深深打动，心灵受到了震撼，自己与主人公融为一体，同喜同悲，感同身受。不过，林黛玉只是陶醉共鸣，没有进行理智的审视，不知道何以如此感动。

《红楼梦》里每日每时都在上演着各式各样的悲剧。其中有四次大的冲突：一是宝玉挨打，二是抄检大观园，三是弃黛娶钗，四是贾府被抄。这四次大的冲突和悲剧，前三次是封建势力与新生力量的搏击，像国共内战的“三大战役”一样，具有战略意义；最后一个是统治阶级最高层与公府大臣之间的冲突，其结果则是家破人亡，风流云散，是一个总的悲剧。宝玉挨打，前文已论及。至于抄检大观园，则是封建势力又一次向新生势力的大扫荡。表面看是因“绣春囊”事件引起，实则是邢王二夫人窝里斗，问罪王夫人管家的不善，促使王夫人决心抄检大观园。王夫人命邢夫人陪房王善保家的与凤姐带领一群媳妇丫鬟，杀进大观园，对园里小姐的居所一一搜查。那气势，那阵仗，俨然是奉命抄家一样。抄检的结果是：逐司棋，退入画，禁五儿，撵四儿，遣散一群小戏子——有的当尼姑，有的被卖，有的配人……好像秋风扫落叶，又像一群猪闯进花园里，大肆践踏、吞噬。一座充满生机、热闹繁华的大观园，顿时变得“悲凉之雾，遍被华林”，一片凄凉。读者眼见一个个美丽聪慧的少女被驱逐，被侮辱，被摧残，自然对王夫人和王善保家的，心里充满仇恨，对那些无辜的少女的被害，深感痛惜和不舍！特别是对晴雯遭受的冤枉和迫害，更是让人切齿痛恨。她在病中，四五日水米不沾，王夫人命人将她从床上架起来拖走，送往她表哥多混虫家，正如贾宝玉所说，她“像一盆抽箭的兰花，投进猪圈里”！这样一个美丽纯洁、心底坦白，性格爽朗，敢于反抗，毫无媚骨，又心灵手巧的美女，是宝玉最喜爱的精神密友。她就这样被害死了，岂不天怒人怨！正像宝玉悲愤万分地仰天怒吼：“我不知晴雯犯了什么弥天大罪！”千万读者不也发出了这样的怒吼吗？后来宝玉怀着深情，用极优美的文字，写了《芙蓉女儿诔》，回忆她的生平事迹和他们在一起的欢乐时光，用香草、美玉、日月之光，赞美她的高洁美好的品格，甚至把她的冤枉惨死，比作贾谊因才高遭妒而被贬，像古代神话中的鲧，由于耿直刚烈而被击杀在羽野。宝玉对害死晴雯的凶主恶奴愤恨至极，口诛笔伐，声称“箝诐奴之口，讨其从宽？剖悍妇之心，忿未犹释”！以爱憎分明的态度，抒发对晴雯的深情和怀念，对恶势力的仇恨。这既是讨伐封建势力的檄文，又是对晴雯的赞歌。晴雯短暂的一生，是美丽生命的闪光，她的人生悲剧是摇人心旌、动人心魄的，永远留在读者的心中。

然而，在众多的悲剧中，最凄美、最动人、最震撼心灵的还是宝、黛的爱情悲剧。他们的爱情，不是一般意义上的男女之情，而是爱情中的爱情，爱情巅峰上的巅峰。不仅完全超越了以前所有的旧式情爱，甚至也超越了《西厢记》《牡丹亭》那样的才子佳人一见钟情的爱情，而具有现代爱情的规范和特征，甚至还具有人类对爱情的理想模式和色彩；这种爱情不只是适合今天，也适合未来。这是因为，首先他们的爱情是建筑在深厚友情基础之上的，是发自心灵、与生命一起成长发展的，是经过反复考验的。作者为了使他们的爱情显得异常美好，合乎天理人情，用神奇而又富有诗意的神话——神瑛侍者与绛珠仙草“以泪还溉”的故事，表现他们的爱情是前世修来的宿缘宿情；到了人世间，他们又成为表兄妹；初次相见，便互相欣赏仰慕，留下了极美好深刻的印象，有一种似曾相识、一见如故之感，这就埋下了最初的爱情种子。更重要的是他们有共同的生活经历，从小积累了深厚的友谊。他们的爱情是在这个基础上发生发展的。恩格斯说：当遇见有“体态的美丽、亲密的交往、融洽的旨趣之异性时，自然会引起一种建立更亲密关系的冲动与愿望”。这是现代爱情所具有的规律性的表现。宝、黛二人，正是这样。他们初次相见，宝玉眼中的黛玉，黛玉眼中的黛玉，一个似花，一个如玉，都彼此觉得对方就是自己所仰慕所心仪的那个人，有久别重逢的感觉，二人又都深得贾母溺爱，同桌吃饭，同床安息，青梅竹马，两小无猜，建起了深厚的友谊，比别的姊妹更为亲密。年事稍长，情窦初开，渐懂人事，彼此更加欣赏和仰慕，心里萌生了爱情。然而，这里又是个不许爱的地方。他们不得不采取“地下活动”，用所谓浓词艳曲，甚至谈禅的方式传递情意，这就难免有误会和口角。因为彼此都将真意瞒起，只用假意试探，两假相逢，必有一真，这就难免有误会，要斗嘴怄气，“一个是阆苑仙葩，一个是美玉无瑕”，一个是情痴，一个是情种，真是天造地设的一对。他们各为心中第一，绝无第二个可代。更为难得的是，长期相处，彼此相知，虽有“求全之毁，不虞之隙”，但那也是爱情的试探与磨合，是不断加深认识和理解的过程。经过长期的交往和考验，终于突破了爱情路上的各种障碍，达到了理想爱情之巅——精神一致，灵犀相通，成为知音知己。这种心灵的沟通与默契所爆发出来的感情力量，足以感天地，泣鬼神，坚不可摧，死不改志！他们把爱情看得贵于生命，谁也离不开谁，真所谓“合则生，不合则死”。所以宝玉听紫鹃说林妹妹要回南方再不回来的谎言，顿时狂症大作，口吐白沫，两眼发直，昏死过去。黛玉听了侍书说的“宝玉提亲”的流言而绝粒、自残，但后来证明都是无根之词，宝玉康复，黛玉更是转悲为喜，病来得快也去得快。这种情况倒引起了当权派的注意。他们加快了“弃黛娶钗”的阴谋。他们明知这样做会是什么样的结果，但为了家族的利益，不惜牺牲黛玉的生命和宝玉一生的幸福。于是采纳凤姐的“调包计”，以欺瞒宝、黛。但天下没有不透风的墙，又是傻大姐透露出了“宝二爷娶宝姑娘”的天机。

黛玉听了傻大姐“宝二爷娶宝姑娘”的话，如一个晴天霹雳打在她的心头，让她顿时彻底精神崩溃，迷失本性，感到天旋地转，沉入无底深渊：

那黛玉此时心里，竟是油儿、酱儿、糖儿、醋儿倒在一处的一般，竟说不出什么味儿来了。……说着，自己转身回潇湘馆去。那身子竟有千百斤重的，两只脚却像踩着棉花一般，早已软了。只得一步一步慢慢地走将来。走了半天，还没到沁芳桥畔。原来脚下软了，走得慢，且又迷迷痴痴，信着脚儿从那边绕过来，更添了两箭的路。这时刚到沁芳桥畔，却又不知不觉地顺着堤往回里走起来。

黛玉此时心中一片空白，没有思想，没有情感，没有知觉，如风中败絮，飘飘摇摇，不知走向何处，不知如何活下去……这个父母双亡、孤身一人、什么也没有的少女，身边只有一个紫鹃，贾府上下，竟无有人看视。他们在干什么呢？贾母、王夫人和凤姐正躲在阴暗一角，在商量谋划“弃黛娶钗”诡计。这个诡计是黛玉最亲近的贾母提出、王夫人和凤姐同意的，这无异于判了黛玉的死刑！她们明知这样的做法难以行得通，正在为难之际，凤姐献上“调包之计”，诓骗傻乎乎的宝玉；为了家族的利益，她们不惜杀死黛玉、毁灭宝、黛美好的爱情，断送宝玉的一生。

黛玉命悬一线，奄奄一息，但神志清楚，她已对最疼爱她的贾母彻底失望，唯有宝玉是她生命的唯一希望。于是她打起仅有的一点精神，要去问问宝玉。

黛玉走进房来。可只见宝玉在那里坐着，也不起来让座，只瞅着嘻嘻地傻笑。黛玉自己坐下，却也瞅着宝玉笑。两个人也不问好，也不说话，也无推让，只管对着脸傻笑起来。……黛玉说道："宝玉，你为什么病了？"宝玉笑道："我为林姑娘病了。"两个却又不答言，仍旧傻笑起来。

读着这段文字，看着眼前的情景，我们心里是一种什么滋味呢？那是悲苦凄凉的，那是不能言喻的滋味，是不忍心看的一种惨景！

这是宝、黛两人最后一次见面。黛玉虽是茫然地随便一问，却也是发自内心地自然直白；宝玉的回答虽带有傻气，却也真实。二人在此时此地见面，没有哭声，没有眼泪，只是傻笑，笑，笑……常说喜极而泣，悲极而笑。此时宝、黛的笑，正是人性的痛极而反，比哭更悲痛百倍千倍！这是发自灵魂的痛哭，这是生命的变形的哀号！他们的心里正在流血。这种精神的痛苦、心灵的悲惨，比肉体的酷刑还要难忍千倍万倍。

亲爱的读者，此刻作者曹雪芹是什么滋味？你读到这里心里又是一种什么滋味？宝、黛心里是什么滋味？如果你心里也像曹雪芹和宝、黛的心里一样那就算你真"解味了"。

临离别时，那黛玉也就站起来，瞅着宝玉只管笑，只管点头。紫鹃说道："姑娘回家去歇歇吧。"黛玉道："可不是，我这就是回去的时候了。"这时黛玉爆发出生命的最后一点精神，一种"特异功能"，不用人扶，自己走得飞快，连紫鹃也跟不上。将到潇湘馆门口时，紫鹃说了声"阿弥陀佛，可到了家了"！黛玉"一口鲜血吐出来，昏死过去"。紫娟心里着慌，马上让人告诉上头。贾母、王夫人、凤姐闻说，便到潇湘馆来看视。贾母看了黛玉的病情说："不是我咒她，只怕难好。"然后就命贾琏请大夫诊治服药，自己推得一干二净，便去忙更重要的事——宝玉宝钗成亲的事了。外祖母就这样了判了黛玉的死刑。

黛玉时昏时醒，挨延了几日。以往黛玉向来病着，贾母以下人等都来看视，如今连问的一个人也没有，睁眼只有紫鹃一人，自料万无生理，于是便焚稿断痴情，不留一点生前的痕迹。"质本洁来还洁去"，是她一生的夙愿，一直秉持着、实践着。如今将死之际，她对紫鹃说："妹妹，我这里没有亲人，我的身子是干净的，你好歹叫他们送我回去！"紫鹃看着不好了，叫雪雁看守着，自己到贾母处告知。哪知贾母上房，静悄悄的，只有几个老婆子，一问三不知；又走了几处，皆不见人，偶尔见一两个，都说不知道。遂到宝玉房里，竟也无人。紫鹃已知八九，心想"这些人怎么竟这样狠毒冷淡"！她把一腔怒气都发在宝玉身上："今日倒要看看是何形状。看他见了我怎样过得去……可知天下男子之心真是冰寒雪冷，令人切齿！"紫鹃发了一回呆，忽然想起黛玉来，这时不知是死是活，两眼汪汪，咬着牙，发狠道："宝玉，我看他明儿死了，你算是躲得过，不见了！你过了你那如心如意的事儿，拿什么脸来见我！"回到潇湘馆，见黛玉肝火上炎，面色红赤，疑似回光返照的情形，便大哭起来。

正惊恐万端，不知如何是好时，李纨、探春先后来到。看见黛玉微微开眼，似有知识之状，眼皮嘴唇微有动意，但只是出气多，入气少，浑身冷汗，赶紧为她擦身、穿衣。正擦者，猛听黛玉直声叫道："宝玉，宝玉，你好——"说到"好"字，不作声了。身子便渐渐地冷了……

读者恕我不避冗长之嫌引用原文，实是为了让读者再次感受一下这难于言喻的悲惨情景，体会一下宝、黛的悲剧，认识封建势力和封建礼教的残忍可恨。

林黛玉这个具绝世姿容，冰雪聪明，才情横溢，品格高洁，又富有诗人气质的少女，这个天地宇宙之精华，就这样香消玉殒了！她和贾宝玉的纯洁高尚的美好爱情被毁灭了！

就在黛玉断气之时，潇湘馆里传出来的是阵阵哭声，哽咽难语的悲泣，一片阴冷的死气沉沉的氛围。李纨、探春站在门外，隐约听到远处的乐声，忽而又听不见了，只听风动竹梢，好不凄凉！

正是此时，在宝玉宝钗的新房里，欢声笑语，锣鼓喧天，一片喜庆气氛，与潇湘馆哭声阵阵，一片凄凉形成了鲜明的对照！这更加强了悲剧的冲击力和震撼力，使悲剧达到了高潮。

封建势力摧毁了宝、黛爱情，杀死了黛玉，让宝玉绝世远逝。然而宝、黛之情是天地古今之至情，天地古今男女所不能尽之情。这种情是永恒不朽的，是永放光芒的。封建势力只能破坏他们的爱情，杀害他们的肉体，而绝不能摧毁他们的精神和理想！他们美好的有价值的人生，他们优美的形象，他们所追求、所实践的理想爱情，不仅活在后人的心里，还成为他们所景慕、所向往的爱情理想模式，而且具有永恒的人生价值和审美意义。而那些迫害他们、践踏他们、扼杀他们的封建势力和封建礼教，都被历史的洪流冲刷得几乎殆尽。这就是生活的辩证法，历史的必然趋势。人们将会在未来理想的爱情王国见到他们。

《红楼梦》的悲剧，还有一个特点，即寓悲于美之中，让人看到了美的毁灭，体验了不舍的痛惜之情，所以既具有巨大的震撼力，又具有很强的美感效果。

因为读者目睹亲感了"美被毁灭的过程"，悲剧正是触动了人性中最根本的怜悯同情之心，震撼了读者的心灵，产生强烈的共鸣——视书中人物的不幸为己之不幸，悲人物之悲痛如己之悲痛，然而使人最悲痛者，却是最美丽最有价值的人生的毁灭。只有身在那境界中，感同身受，才能产生共鸣。如黛玉听艳曲而惊芳心，贾宝玉闻黛玉边哭边吟《葬花词》，并一而再，再而三的联想去，顿感生命的短暂，美丽的易逝，而恸倒在山坡上。人在极度悲痛时，大哭一场，就会感到轻松一些，似乎悲痛已减轻了一些。痛哭是减轻痛苦的一剂良药，它可以使心中的积郁得到发泄，使情绪得到缓解。释放和缓解的过程，是一种无害的快感，更带来一种理性的升华。所以悲剧有一种澡雪精神，净化心灵的作用。

黑格尔说:“悲剧是艺术的桂冠。”这是对悲剧在艺术中的崇高地位和迷人魅力的高度评价,用在《红楼梦》上自然也是很恰当的。《红楼梦》的悲剧美,正体现着悲与美的对立统一,水乳交融,从而具有强大的震撼心灵的效果与醉人的美感效应。

第十二章

《红楼梦》的艺术创新和成就

我们探究了《红楼梦》艺术各个方面的奥妙之后，想再从总体上归纳总结一下其艺术特色和成就，看看它在哪些地方有新的超越和创新。我们认为主要有以下几个方面打破了“传统的写法”。

一、《红楼梦》充满了理想和诗意的光辉

曹雪芹是怀着崇高的社会理想和浓厚的诗情画意创作《红楼梦》的。他在开篇就说：“今风尘碌碌，一事无成，忽念及当日所有之女子，一一细考校去，觉其行止见识，皆出我之上。何我堂堂须眉，诚不若彼群钗哉？实愧则有余，悔又无益，大无可如何之日也！”“万不可因我之不肖，自己护短，一并使其泯灭也……”他要为众女儿昭传，将几千年的男尊女卑的传统观念，做一次颠覆性的颠倒——变成女清男浊！他让幼童贾宝玉说出他的观念：“女儿是水做的骨肉，男人是泥做的骨肉。我见了女儿便觉清爽，见了男人便觉浊臭逼人。”中国几千年来，都将男尊女卑视为天经地义。曹雪芹第一个翻了这个弥天大案，变成女清男浊。这需要多么大的胆量和英雄气派！又需要多么超远的历史眼光和清醒的哲理认识！这在中国文化史上也是振聋发聩的创举，是曹雪芹的一大贡献。毛泽东说贾

宝玉是第一个革命家，不完全是开玩笑。

在曹雪芹的笔下，众女儿各个都是聪明美丽，善良纯洁，多才多艺，可亲可爱。而那些男人，多是淫魔恶棍，流氓恶霸，胡作非为，乌七八糟：扒灰的扒灰，偷小婶子的偷小婶子；有的是草菅人命，霸占民女的呆霸王，有的是无才无德，偷鸡摸狗的下流胚……总之，男人好的不多。而全书表现了对女性的热爱、尊敬乃至崇拜。曾经认为林黛玉是神仙似的妹妹，薛宝钗是绝色人物的贾宝玉，见到薛宝琴后，更惊叹道："老天老天，你有多少精华灵秀，生出这些人上之人！"这种女性崇拜，体现在全书的始终，特别是表现在诗歌活动和日常生活的描写中。

《红楼梦》所描写的多是平凡琐碎的家庭日常生活，不仅描写了青春、欢乐和美好，更多的则是写了压迫、奴役、痛苦和死亡，还揭露了贵族家庭的黑暗、腐败和丑陋。然而我们读着这部小说，觉得它充满了生活的兴味、诗意的光辉和对理想的憧憬。这恐怕是它产生巨大艺术魅力的内在基因。

在《红楼梦》以前，以家庭为题材的著名长篇小说有《金瓶梅》，人们喜欢拿《金瓶梅》与《红楼梦》比较。从脂批看曹雪芹是读过《金瓶梅》的（脂砚斋"有《红楼梦》曾得《金瓶梅》之奥"）。《金瓶梅》有许多人物也写得很有个性，而且在描写的细腻和口语的生动上，可以说超过了它以前的许多长篇小说。曹雪芹可能吸收了它的优点，并加以发展和创新，如出于污秽的脱壳金蝉，有了新型新质。所以《红楼梦》比《金瓶梅》的思想境界和艺术成就、社会价值要高得多，也大得多。尽管《金瓶梅》所描写的生活和人物是真实的、活灵活现的，我们还是更喜欢读《红楼梦》。原因可能是多方面的，但其中一个最基本、最深刻的原因，就是《金瓶梅》缺乏《红楼梦》的那种人性的纯美、诗意的光辉和对理想的憧憬。在《金瓶梅》里，我们看到的多是腐朽和丑恶、庸俗和污秽，以及无数的赤裸裸的色情描写，难能看到一点优美动人的东西。读着这样的作品，好像觉得一直处在污臭的茅厕中，让人感到恶心和憋闷，或者煽起邪恶的欲火。它污染人的精神，毒害人的心灵，尤其对青少年的毒害更大，所以各朝各代，都把它作为禁书。在这种情况下，人们总是殷切期待能呼吸到更清新的空气，看到优美动人的事物。

读《红楼梦》则大不一样，《红楼梦》不仅描写了残酷的现实，而且同时也描写了生活的光明和美好，因而放射着诗意和理想的光辉。这种诗意和理想的光辉，或者表现在作品中正面人物的言行上，或者来自平凡琐碎的日常生活的描写中，或者就是从对消极否定的事物的深刻而无情的揭露批判中，也可以投射出来。不仅宝、黛这一对叛逆者的思想性格中闪耀着诗意和理想的光辉，就是封建淑女薛宝钗，也有美丽聪慧、博学多知、有涵养、能忍让、乐于助人的美好品格；就连有名的恶人王熙凤，也有精明能干、治家有方、善于逗乐的优点。此外，那些对平凡的日常生活的描写，也充满了诗意和生活的兴味。因为作者所描写的并不是随便的一种琐事，而是经过选择、提炼和加工的典型细节，它们都含有深刻的哲理和美好的意蕴，能表现出优美动人的思想感情。《红楼梦》不仅写了大观园里的结社咏诗和欢乐幸福，也写了抄检大观园的暴行和少女们被摧残的凄惨悲凉；既写了“意绵绵晴日玉生香”的爱情甜蜜，也写了“苦绛珠魂归离恨天”的悲惨情景……不管写什么，作者笔下都流淌着激情，字里行间都闪耀着诗和理想的光辉；至于书中人物所写的诗词曲赋，如《葬花词》《芙蓉女儿诔》等等，就不言而喻了。

《金瓶梅》所缺乏的正是这些诗和理想的光辉。问题不在于它写的尽是西门庆及其妻妾的龌龊淫秽的色情，而在于以什么态度和笔墨去写。《红楼梦》也写了贾赦的老而淫，贾珍的扒灰，贾琏的淫荡，甚至写得比较露骨；但是，作者是怀着憎恶的感情、暴露和批判的态度进行描写的。它在读者心目中激起的是厌恶与憎恨——黑暗可以使光明显得更明亮，丑恶的事物能把美好的事物反衬得更美好。《金瓶梅》以百回大书，不厌其烦地津津乐道地描写那些淫秽的事情，虽然在客观效果上也淋漓尽致地暴露了市井恶棍的种种罪恶和腐败，但作者的爱憎态度却不甚分明。特别是那些女性形象，塑造得更糟糕，她们都是以被玩弄、被侮辱、被践踏为快乐乃至为荣的卑贱污浊的形象，是一些没有感情、没有意志、没有灵魂、失去人性的行尸走肉。这跟《红楼梦》对女性的态度相比，简直是天壤之别。

《红楼梦》中的诗意和理想的光辉，来之生活中的美和作家进步的人生观，而它的核心则是作者的初步民主主义思想，他对生活理想的追求和渴望，以及心里燃烧着的火一样的高尚情感。他从平凡生活中看到了美的事物，从黑暗中看到了一丝光明，从人的心灵中发现了纯洁的、高尚的和善良的东西，并通过艺术形象的描写，表现出诗和理想的光辉。这是《红楼梦》的第一个艺术特色和成就，也是它具有艺术魅力的主要原因。

二、文学创作的新理念和新实践

曹雪芹在《红楼梦》第一回里，首先批判了才子佳人的“千人一腔，千人一面”的老套子以后，表示他要别出新面，将其“半世亲见亲闻的几个异样女子……其间离合悲欢，兴衰际遇，俱是按迹寻宗，不敢稍加穿凿，至失其真”地表现出来，即如鲁迅所说：“正因写实，反倒新鲜。”这里说的“写实”，并非照抄生活原貌，而是经过作家提炼加工之后，更集中，更典型，更强烈，也更美化的生活真实。我们在《红楼梦》里看到的人物和生活，正是这样的艺术真实。

《红楼梦》的另一个艺术特色，就是它把世界的整体性与事物的细腻性做了天衣无缝、浑然一体的反映。它总是大处着眼，全面布局，小处着墨，精雕细刻，绘形绘色；既有有机的整体感，又有局部的细腻感，像生活一样真实自然。众所周知，《红楼梦》是曹雪芹“披阅十载，增删五次”，呕心沥血写成的，正如他所说：“字字看来皆是血，十年辛苦不寻常。”然而这部用血凝成的书，读起来却行云流水，一片神行，全不觉得他是在镂心刻骨的“雕凿”中产生出来的，丝毫看不出人工的痕迹，一切都显得真实自然。社会生活在《红楼梦》里的再现，好像没有经过作家的精心提炼和匠心经营，只不过像它原来的样子如实写出来。阅读《红楼梦》时，常常忘记自己是在读书，而是完全沉浸在、陶醉在那艺术境界中；那是一个熙熙攘攘、活生生的世界，而自己也是其中的一员。我们谈论起书中人物的时候，好像也不是谈论书中的人物，而是谈论和我们关系密切的亲戚、朋友或邻居。惨淡经营而看不出匠心，精雕细刻而不见痕迹，这种巧夺天工而不露人巧地反映生活的本领，是《红楼梦》艺术上的一大特色和成就，也是艺术反映生活的创新和超越，是曹雪芹对中国乃至世界文学的杰出贡献。正因为这样，我们在这部小说里看不到虚构和夸张，好像一切都是"追踪蹑迹不敢稍加穿凿"地照实写下来。其实艺术离不开虚构和夸张，曹雪芹却做到了虚构而真实，夸张而可信，把这些艺术技巧运用到了巧夺天工的化境。

《红楼梦》虽然来自曹雪芹的"亲闻亲见"的现时生活，以他的家族史和他的亲身经历为创造素材，也可能采取了生活中的某些生活原型，但从生活真实到艺术真实，这中间还有一段不小的距离和艰难的过程，这个过程需要艺术的提炼和加工，虚构和创造。所以文学作品虽然来自生活，但绝不是照抄生活，而是在创作中把生活现象作了大规模的改造，就像把群山打碎，通过想象和构思，重新塑造出一座比原来的山更雄伟、更和谐、更完美的群山，却又看不出人工的痕迹。

《红楼梦》的艺术真实，竟使人忘记它是一部小说，甚至让一些"红学家"认为是一部"自叙传"，一部写真人真事的编年的"实录自传"。这一现象实在值得深思：在中国文学史上，为什么没有哪一部小说像《红楼梦》那样引起人们的"考证癖"？尽管作者一开始就声明，此书是"将真事隐去，假语村言"，可是人们还是觉得这"假语村言"比现实生活还有迹可寻，还真实可信。它不仅经得起推敲，细细咀嚼品味，而且当推敲得愈深愈细的时候，就愈觉得合乎"事体情理"；无论是人物活动和情节发展，也不论怎样的千头万绪、盘根错节，都是那样合乎生活逻辑，似乎处处都有事实根据，好像都是"不加穿凿"地写下来的，好像一切都在生活中安排好了，作者只不过顺手拈来，照实地记录下来似的。无怪乎有的红学家犯了"考证癖”，他们是中了《红楼梦》艺术真实的“毒”！

文学艺术作品虽然来自现实生活，但却是作家呕心沥血、精心组织刻画出来的。一方面它真实自然，像生活本身一样真实自然；另一方面，它又是精美的艺术品，是创造性的心灵的果实。歌德说：“古人的最高原则是意蕴，而成功的艺术处理的最高成就便是美。”《红楼梦》的确达到了真与美的统一。《红楼梦》的这一大艺术特色和成就，就是真实自然，是大匠运斤，巧不见巧，是百炼化为绕指柔，达到了出神入化的境界。正如刘熙载在《艺概》中所说：“极炼如不炼，出色而本色，人籁归于天籁。”这种艺术成就，在古今中外文学史上都是罕见的，这也是曹雪芹在艺术上的创新和超越，是他对中国和世界艺术做出的卓越贡献。

三、含蓄的艺术风格

《红楼梦》的另一特色，就是它的含蓄的艺术风格。我们读《红楼梦》，常常有这样的感觉：第一次读，感觉朦朦胧胧，似懂非懂；再读，似乎知道了大意，记住了一些人物和故事情节；再三读之，则渐进佳境，略领其妙。总之，每次读都会有新的发现，新的理解，新的认识，新的意会，新的领悟。这是一本很耐读、百读不厌的作品。这恐怕除了博大精深之外，就是它的含蓄的艺术风格所产生的魅力。

所谓含蓄，就是言简意赅，含而不露，是饱满的蕴藏，或者意在言外，弦外之音，象外之象。让人反复琢磨，方思而得之。所以含蓄的作品如同“几千斤的一个橄榄含在嘴里”，需反复咀嚼，回味无穷。《红楼梦》的含蓄不是某一部分或某一方面，而是通体含蓄。但其含蓄的方式方法却是多种多样的。有象征、暗喻、寄托、寓意，或以诗词、谜语、谶语以及烟云模糊、注此写彼、一击数鸣、背面敷粉、草蛇灰线、曲径通幽等各种手法，以达到含蓄的艺术效果。

《红楼梦》全书布局以神话开端，创造了一个神仙世界，蒙上了一层若隐若现的神奇面纱，给人一种雾里看花的朦胧美和神秘感。其实石头的故事就象征和涵盖了贾宝玉的一生；神瑛侍者与绛珠仙草结为木石前盟以及“还泪之说”，则象征了宝、黛爱情的悲剧。甄士隐小乡宦的败落和甄英莲的悲惨遭遇，象征着天下望族贾府将来的衰败和天下所有少女的悲惨命运。第五回里作者用隐晦的画面、暗喻性的判词和红楼梦曲以及谐音双关的手法，巧妙地设置玄机，让人存谜于心，百思不得其解；及至看完全书，再回思细想，方恍然大悟。这些象征性和暗示，几乎涵盖了全书的内容。由此可见作者的匠心。

在具体情节和人物的描写上，曹雪芹同样表现出惊人的天才。他不仅深谙生活的辩证法，知道它的现在，也知道它的过去和未来，以及它们的内在联系，并且在表现方法上总是竭尽曲笔之能事。比如凤姐与平儿这一对主仆的关系，乍一看去，亲切和睦，同心同德，可是贾琏与鲍二家的鬼混被撞破后，他们夫妻恼羞成怒，对平儿一个拳打，一个脚踢，如此荼毒，一下子撕去了平日温情脉脉的面纱，露出了主奴之间的鸿沟。再联系平儿说的凤姐屋里“原来七八个，死的死，散的散，如今只剩我一个孤鬼儿了”的话，就可想见凤姐以往对身边的丫鬟是如何的虐待和摧残了，也不难理解宝玉说的“平儿命薄，尤甚于黛玉”的话了。

曹雪芹还善于用背面敷粉、反面春秋的方法，热中写冷，冷中写热。《红楼梦》第七十六回写中秋节，本是全家团圆，欢聚一堂，赏月欢笑，但却没有往年的无拘无束、亲热融洽。贾赦说笑话，却针刺其母的偏心，接着就崴了脚。贾母命吹笛，夜静月明，笛声呜咽悲切，甚觉凄凉。黛玉、湘云两个外姓人，躲到凹晶馆赋诗联句，从富丽处起笔，诗兴飞扬，但吟着吟着，不自觉地落入颓败凄楚。这预示着贾府的运数将尽，大厦将倾。再如元春省亲，那是皇家更是贾府的一桩盛事。作者浓墨重彩书写了这一人间盛事。那场面，那阵势，那气魄，那氛围，说不尽的富贵风流，热闹繁华，真有“锦上添花，烈火烹油”之盛。贾府主仆上下，个个欢天喜地，处处欢声笑语。但正在这时，却传出了哭声。原来贾妃与贾母、王夫人等见面时，悲从中来，都哭作一团。贾妃安慰道：“当日既送我到那见不得人的去处，好容易今日回家娘儿们一会，不说说笑笑，反倒哭起来。一会子我去了，又不知多早晚才来！”听了这话，又悲悲切切哭了起来。这哭声一直贯穿了省亲过程中的始终。作者就是这样把喜庆写出了悲凄。

我们读了这些地方不禁会想：中秋佳节是全家欢乐团圆日，元妃省亲更是贾府的泼天喜事，为何却写出悲戚来？细想深思，原来是必然之势。赫赫扬扬已历百年的贾府，已是末世，“外面的架子虽未甚倒，内囊却也尽上来了”。它的内部已有不少悲剧因素。贾府上下弥漫着一种暮落情绪和心理，大家都感到盛宴将散，好景不长，及时行乐，不顾其他的心态。人们心里都有说不出的忧郁悲戚之感。所以即使在中秋佳节和元妃省亲的喜庆日子，他们也想欢乐，却欢乐不起来，只能强作笑颜，又不知不觉变成了悲哭。曹雪芹看透了这一点，巧妙而又真实地将它表现出来。

曹雪芹不仅能把繁华和衰落、笑和悲交织在一起，而且还能从平凡的日常小事挖掘出不平凡的意义，甚至是与表面完全相反的潜在意义。如偌大一个贾府，老太太吃的香米都不够了；贾琏因一时紧急，连一两千两的银子都拿不出来，竟与鸳鸯商量偷着把老太太用不着的银器家伙当几千两银子以应急；凤姐把下人的月钱不发，而去放高利贷……所有这些，都反映出贾府“外面的架子虽未甚倒，内囊却也尽上来了”。再看看那些小人物一时都造起反来，也显示出贾府从底层开始动摇了。这就是以小见大。暴风雨起于青萍之末。读《红楼梦》不要忽略这些小的地方。

《红楼梦》也有冷中写热的情况，最典型的就是秦可卿的丧事。死人毕竟是很悲伤的事，但却表现出了另一面，且有些蹊跷。儿媳妇死了，老公公贾珍却哭得泪人一般，甚至“恨不得跟她一起去了”，发誓为她办丧事要“尽其所有”。谁劝也不听，一味地铺张奢华：买凡人不敢用的樯木棺材；为丧礼上风光，高价给贾蓉捐了个龙禁卫的官衔；停灵四十九天，请一百单八众僧念经，九十九位道士打醮，超度亡灵。看那气派气势：宁国府大门洞开，两边灯笼照如白昼，乱哄哄人来人往，里面哭声摇山动岳，撼天动地！出殡人群浩浩荡荡，压地银山一般。一路公、侯、伯、子、男，甚至王爷，都设路奠，尽显贾府的高贵豪华！把一个丧事竟办成了惊动京城的热闹盛事。不过，也隐伏了秦氏给凤姐托梦里说的“月满则亏，水满则溢，乐极生悲，树倒猢狲散”的危机，作者如此处理则大有深意，写得如此好，不禁令人拍案叫绝！

《红楼梦》在表现手法上，往往曲笔出之，写得隐晦精微，作者的真实意图不易发觉，只有细心体察，才能领会，甚至出人意料。特别是在写爱情时更为绝妙。比如宝、黛虽然情深，但在贾府那样的封建大家庭里，他们难以正面地明白地表露自己的心迹，只能采取曲折痛苦的方式，以诗词甚至谈禅来传情，并以假情试探，这就难免有误会而发生口角。所以他们的恋爱不是卿卿我我，反而是经常口角斗气。一天因湘云的麒麟，黛玉吃醋，二人又斗起气来：

宝玉瞅了半天，方说道“你放心。”黛玉听了，怔了半天，说道：“我有什么不放心的？我不明白你这个话。你倒说说，怎么不放心。”宝玉叹了口气，问道：“你果然不明白这话？难道我素日在你身上的心都用错了？连你的意思若体贴不着，就难怪你天天为我生气了！”黛玉道：“我真不明白放心不放心的话。”宝玉点头叹道：“好妹妹，你别哄我，你真不明白这话，不但我素日白用了心，且连你素日待我的心也都辜负了。你皆因不放心的缘故，才弄了一身的病。但凡宽慰些，这病也不会一日重似一日了！”

这里，似乎看不到一个“爱”字、“情”字，倒更像怄气、斗嘴，故意绕弯子兜圈子；但若再深思细想，里面含蕴着多么深厚炽烈的“爱”和“情”啊！特别是那“素日的用心”，又包含着说不尽、道不完的温柔、体贴和疼爱！不言爱而爱满纸，不说情而情四溢，而且能引起读者那么多的联想和回忆，真可谓“不著一字，尽得风流”了。

曹雪芹不仅能把乐事写出悲戚，又能把丧事写出繁华热闹，还能把平凡的琐事写出不平凡的意义，甚至能挖掘出与表面现象相反的意义，触及人性的深度，让读者反复思考，仔细推敲，方能领悟。如第二十七回“杨妃戏彩蝶”，薛宝钗无意听到小红与坠儿在滴翠亭说私情话，而被对方发觉，她便立即用“金蝉脱壳”之计，移祸林黛玉。她无中生有地编造黛玉在亭子窗下撩水儿，暗示听了小红她们的私情话，并故意问她们把林姑娘藏到哪儿了，亲自进亭子里找了一番，装装样子，以假充真。对于这件事，当时有的评论家就指出这是薛宝钗在"使奸"，但有人认为薛宝钗并非有意害黛玉，而是本能地心生一计。那么怎样看这件事呢？实事求是地说，薛宝钗是为自保而不顾别人，表现了她潜意识里的自私心理，是在特殊情况下近乎本能的反应。再联系她“事不关己不开口，一问摇头三不知”的处世原则，一次，她在看贾宝玉的那块“通灵玉”时，似乎有意让莺儿说出她的金锁，并且借疯和尚的话说，她的金锁将来要配有玉的。薛宝钗表面远着贾宝玉，却又时时留心别人带的物件，相信她确实在意“金玉良缘”，最终也实现了她的愿望。

《红楼梦》博大精深，本就难以全部领会，加之作者又多用象征、暗喻和各种曲笔等手法，更加让人难以真正解味。一读就懂的书，往往不值得读；愈是难读的书，愈是值得花气力去钻研，去解味，从中领略到最美最美的人生之味和艺术之美。让我们把对《红楼梦》的研读过程作为人生的美好享受吧！

四、艺术技法的创新

曹雪芹是一个知识渊博，又富有创新精神的伟大天才。他从源远流长、博大精深的中华传统文化中，汲取精华，总而汇之，经过匠心经营，创造出众多艺术手法和技巧。它们各有特色，各有作用，组合起来，自成体系，成为中华文学艺术中的瑰宝，遗惠后人，功在千秋。

曹雪芹所创造出来的众多艺术手法和技巧，多来自琴棋书画、医学、建筑，乃至武术和战争。但它们与文学创作，似乎相隔千里万里，要跨越几个门类学科，才能进入文学创作。要把它们转化为文学的手法技巧，是一种质的飞越，很不容易的。但在曹雪芹看来，没有跨越不了的鸿沟。因为世界万物，都不是孤立的、绝缘的，而是有着直接、间接乃至曲折隐晦的联系，都体现着共同的基本的规律和辩证法。他能看到万物的内在联系，并能从整体上认识和把握复杂的事物，根据事物的相似性和内在联系，把不同领域里的各种方法技巧运用到写作艺术里。如虚实真假、明暗显隐、胜败进退、明修栈道、暗度陈仓、指东打西等，多从战略、战术中来。还有不少技法来之于绘画艺术，如草蛇灰线、横云断岭、烟云模糊、雾里观花、烘云托月、层层皴染等。目送手挥，则来之嵇康弹琴。一歌两声，一手二牍，则来之唱法和书法。一击两鸣或一石两鸟，则是比喻做事一举两得。空谷传声，一击数鸣，则来之于声音的多方反响，以比喻特殊的效果。总之，曹雪芹把这些跨时空、跨行业的手法和技巧，巧妙地运用到文学创作里，而且用得恰到好处，便发生了难于言喻的奇妙效果。这就是鲁迅先生说的新的写法，是对创作经验的总结，是对文学理论的丰富。用得好，能使行文显得更加跌宕起伏，曲折有致，而又含蓄蕴藉，妙趣横生。这是一般写法所不能达到的效果。

这些手法和技巧，因它们的功能不同，有的用在结构行文上，更多的则用在人物的塑造和刻画，还有的用在叙事或写景抒情……不过关键是用得好，用得恰当，能产生奇妙的效果。曹雪芹正是“运用之妙，存乎一心”，信手拈来，触处生春，表现出了惊人的天才。

当然，《红楼梦》最突出的一个艺术成就，是她创造出了数十上百个艺术典型，特别是宝、黛、钗、凤等人物，是中外文学史上不曾有过的艺术形象，并且一个个都成了“精”，走向了社会，活在了人间。他之所以能塑造出这么多的艺术典型，是因为他写出了人的灵魂，比一般作家写出的更多，更深，更精微，而且是形神兼备，形逼神出，一个个都是活脱脱的真人。这也是在继承传统文化基础上的创新。

总之，《红楼梦》的出现，是我们中华民族文明史上一颗耀眼的永远不落的巨星，是为之引以为自豪和骄傲的世界级顶尖艺术精品，是中华民族对世界的卓越贡献，值得我们百倍诊视，潜心研究，学习和借鉴它的创作经验，以推动我们今后文学事业的发展。

后　记

写完初稿，读了一遍，自觉满意，欣然而笑，怡然而乐；却又疲惫不堪，犹如母亲产后吻儿之情状。放置两月，再读一遍，却又发现了不少问题，个别还是大问题。耐着性子，增删修改，五易其稿，方算告罄。但年老粗疏，若有错误纰漏，敬请读者指教。

在写作过程中，曾得到各方不少的帮助。交大的翟星遥先生，应邀为本书创作了八幅插图，并设计了书的封面，对初步排版提出了具体建议。我在电脑写作中，经常遇到这样那样的技术问题，我女儿陈焰、外孙女袁芳，多次为我解忧疏困；出国留学的孙子清源，也在回国探亲之机帮我整理编排书稿。女婿袁小阳给我打印清样，使我能够顺利进行校对。老伴何金燕对我悉心照料，保证我集中精力写作。出版社的领导和编辑的悉心指导和大力支持，使拙著得以顺利出版。对以上各位，我都表示衷心的感谢。

陈继征

2023 年 5 月 15 日于西安交大寓所